無限人生

INFINITE

布萊恩・弗利曼

Brian Freeman

獻給瑪西亞

「一次一個世界。」

——臨終前的梭羅（美國作家、詩人、哲學家）

第一部

第一章

「我們對於您的失去深感遺憾，莫蘭先生。」警察對我說話的同時，把一個盛著咖啡的白色保麗龍杯遞給我。他手裡拿著自己的咖啡，嘴裡吃著一顆糖粉甜甜圈，鬍鬚沾染一層白粉，看起來就像草坪上的新雪。

我不發一語，覺得茫然麻木，彷彿處於昏迷狀態，不確定會不會醒來。寒意凍得我發抖。他們拿走了我溼透的髒衣物，用羊毛毯裹住我赤裸的身體，但這毫無幫助。一名就住在附近的女警表示會幫我把我的衣服洗乾淨再烘乾，明天早上之前還給我。我雙臂和兩腿上的深切傷口已經消毒包紮，但我還是覺得刺痛。我咳個不停，還能嘗到河水的味道。

嘗起來像死亡。

「雨要麼下得太多，要麼下得太少。」警察說。

他看起來大概四十歲，一張圓臉，頭上沒剩多少棕髮，兩邊鼻孔中間有一顆很大的痣，讓人想不盯著看都難。他身形肥潤，整個人乾淨又乾燥，是晚上會坐在辦公桌前的那種警察。另外兩個年輕健壯的警察在原野發現我，我當時臉上湧流著雨水和淚水。

這是哪裡？

這是哪個城鎮？

我毫無頭緒。是警察開車載我來這裡，但我完全不記得過程。我只記得他們把我拖走的時候，我喊著卡莉的名字。她還在河裡。

「雨要麼下得太多，要麼下得太少，」警察重複這句話。「這個地方在這個季節就是這樣。五月和六月乾燥得跟枯骨一樣，快把農夫們搞瘋了，田地硬得就像石頭。結果來了這場暴雨，水全跑進溪裡，河岸根本沒辦法一下子引開這麼多雨水。」

他說得沒錯。我爺爺在北達科他州的平原長大，那裡的河川水位每年都會隨著春天融雪而上漲，他常常警告我注意河流。**永遠別相信河川，迪倫。只要給河川一點機會，它就會想辦法要你的命。**

我真該聽他的。

「抱歉，這種時候還要你填寫這麼多文件。」警察接著說。他好像名叫華倫，但我實在沒心力抬頭查看他的名牌。「我知道你現在最不想看到的就是文件，但既然有人死了，我們就得處理很多步驟，法律就是這樣。就像我剛剛說的，我深感遺憾。」

「謝謝你。」我幾乎不認得自己的嗓音，聽起來根本不像我。

「你能不能再告訴我一次，尊夫人叫什麼名字？」

「卡莉・錢斯。」

「你跟她的姓氏不一樣？」

「不一樣。」

「她幾歲？」

「二十九。」

「你呢？」

「我三十二。」

「你們倆住在芝加哥？」

「是的。」

「你們怎麼會跑來這個州的這一區？」

迪倫，我們出門幾天吧。我知道你難過又生氣，你也完全有理由，可是我們需要從頭來過。

「抱歉，你說什麼？」

「我說，你們怎麼會跑來這個州的這一區？」

「我們出城度週末，」我答覆：「卡莉有個朋友住在比格內克鎮。」

「你在芝加哥是做什麼工作，莫蘭先生？」

「我在拉薩爾廣場酒店擔任活動籌辦人。」

「尊夫人呢？」

「她為她母親工作，是房地產仲介。」過了幾秒後，我補充道：「她生前是。」

華倫把最後一口甜甜圈塞進嘴裡，再用餐巾把鬍鬚擦乾淨。他不停地在手上的黃色便箋簿上寫筆記，同時哼著小曲。我環視這間警局偵訊室，這裡沒有窗戶，牆上的乳白色油漆斑駁脫落。華倫坐在一張搖搖晃晃的橡木桌的一側，桌子十分老舊，木材上還看得到菸頭留下的燒痕。我坐在桌子的另一邊，像新生兒一樣蜷縮在毛毯裡。我不能信賴自己的任何感官。我呼吸時，只聞到鼻腔裡的潮溼水分。我一閉上眼睛就彷彿回到車裡，被遊行花車般的河水推擠。

「你有辦法回城裡的家嗎？」華倫問我：「有沒有什麼家人、朋友還是誰能來接你？」

我不知道該怎麼回答。我沒有家人，不算有。我爸媽在我十三歲那年死了，這是我給人們的標準答案，比說「我爸殺了我媽然後在我面前自殺」要容易許多。後來，我搬去跟我爺爺一起住。艾德加今年已經九十四歲了，而且不開車。我跟他還算處得來，但不算處得好，如果你瞭解我的意思。我跟他就是這樣。

至於朋友……羅斯科．泰特是我的兒時玩伴，總是在我出事的時候幫我解圍，他在四年前把我保釋出獄後死了。我就是在那晚遇見卡莉。我當時渾身是血，一條胳臂和一條腿骨折。羅斯科死在駕駛座上，頸骨斷裂。我以為我也死了。我凝視碎裂的車窗外面，看到一個天使凝視我，她的裙襬在風中飄揚，她把手伸進窗裡，握住我的手。她用輕柔嗓音呢喃，說很快就會有人來救我、我會沒事的、她不會離開我。

她是卡莉。

如今她死了。又一場車禍。

「我沒有任何人能幫我。」我告訴華倫。

「噢，」警察皺起鬍鬚。「這個嘛，我們會想辦法。別擔心，我們會把你送回家。」

「謝謝你。」

我們坐在這裡的時候，偵訊室的門打開。副警長一臉驚訝，跳起身，拍掉袖子上的糖粉。一名五十多歲、苗條矮小的女子站在門口。她雖然個頭嬌小，但散發十足的威嚴感。她的金髮在腦後紮成一個緊致的髻，幾綹瀏海覆蓋額頭。她的棕色眼眸顯得彬彬有禮，平靜的嘴角不喜不怒。她的制服有點潮溼，彷彿是從室外進來，但線條筆挺。

「警長，」華倫驚呼：「抱歉，我不知道妳會來。」

警長不耐煩地瞥副警長一眼，表示他一點也不該因為她在凌晨四點到來而驚訝。有條河氾濫成災，有個女人死在她掌管的縣郡。這種事在這裡是大事。

「我來接手，華倫。」

「是，長官。」

華倫迅速離去，同情地對我點個頭。警長坐下，打開一個資料夾，裡頭有一小疊文件。我瞥向最上頭那張，看到一份來自芝加哥警察的事件報告。我相當確定上頭寫著我的名字。

「你好，莫蘭先生，」她說：「我是辛克萊警長。我向尊夫人之死表示最深切的哀悼。」

「謝謝妳。」

我意識到，人們在這種情況下沒有其他臺詞可說，而且說出這種話會讓他們感覺更好。**我為你的失去感到遺憾**。但身為就在剛剛失去一切的那個人，我可以告訴你，這句話毫無幫助。

「我想知道，你能不能幫助我瞭解事故的細節。」

「我已經這麼做了，警長。」

「是的，我知道你已經向我的手下說明，我也知道這對你來說多麼困難，但如果你能再跟我描述一次，這會很有幫助。」

我照做。

我重播了整起事件，就像一部沒辦法停止播放的恐怖片。我描述雙車道道路如何消失，被漫過河岸的如墨黑水吞沒。我們如何陷入泥濘水流，水像海怪一樣蠕動翻騰。我們的車子如何在水面上搖晃，就像拚命試著做出趾尖旋轉的舞者，然後車子的前端突然向下傾斜，泥水充斥車內。

「真悲慘。」我說完後，辛克萊警長開口。她的視線自始至終都在我身上。我感覺就像被綁在她腦海裡的測謊機上，探針追蹤著我的每次呼吸和心跳。這女人讓我聯想到我媽，她當年也是警察；在我小時候，她只要看著我的臉，就知道我有沒有說謊。

「你知不知道你們入水的時候，車速是多少？」警長接著問。

迪倫，開慢點。

「抱歉，妳說什麼？」

「你知不知道你們入水的時候，車速是多少？」

迪倫，求求你，開慢點。

「不，我不知道，顯然太快了。我看到洪水的時候，已經來不及停下來。」

「車子立刻沉進水裡？」

「是的。」

「你們倆都被困住？」

「是的。」

「那麼，為什麼你能從車裡出來，但你妻子沒有？」

我整個人抽搐一下。在我的腦海裡，車子在水中上下翻轉。氣泡湧出車外。靠近我的車窗碎裂，某個東西像標槍一樣穿過。

「有根樹幹穿過車裡，」我解釋：「我成功脫身。我有試著救出卡莉，可是車子挪開，把她從我身邊帶走。」

「你有沒有潛入水裡找她？」

「當然有。」

「你是什麼時候放棄的？」

「我沒有**放棄**，警長，」我對她厲聲道：「我是失去了意識。後來應該是水流把我甩到岸上。我醒來的時候，發現自己在岸上，而且警察在場。」

「原來如此。」警長用指尖推推資料夾裡的一些紙張。雖然她的口氣維持中立，但我在她的語調裡聽見指控。「我還有幾個問題，莫蘭先生。你在發生車禍前有沒有喝酒？」

「沒有。」

「完全沒有？沒喝酒，沒嗑藥？」

「妳的副警長們已經給我做了檢查，結果都是陰性。」

「是的，我知道。不過我得說清楚，他們花了一些時間才完成測試，所以結果不一定可靠。我有在系統中查找你的名字。發生了這種案件，這麼做是例行公事。你有酗酒史，是嗎？我在你的資料裡看到兩次酒駕紀錄。」

「那是好幾年前的事。沒錯，我有時候會貪杯，但今晚沒喝酒。」

「瞭解。」

辛克萊警長轉動指間的鉛筆。她的視線依然鎖定我，彷彿在評估眼前這個男人。我總覺得女人會對遇見的男人迅速做出判斷，無論這麼做對她們來說究竟是好是壞。她們會在幾秒內判斷一個男人是否可靠。

「你的脾氣滿大的，是吧，莫蘭先生？」

「什麼意思？」

「除了酒駕以外，我看到你還曾因傷害罪而被捕，酒吧鬥毆之類的。你的紀錄顯示你可能有暴力傾向。」

「我曾在喝醉的時候犯過幾次錯，」我承認。「我為我做過的事深感後悔。」

「有沒有打過老婆？」

「沒有。我**從沒**打過卡莉或任何一個女人，從來沒有。」

「言語虐待呢？威脅？」

「完全沒有。」

「你們倆之間的關係怎麼樣？」

迪倫，對不起，真的對不起。我犯了一個愚蠢的錯誤。你能不能原諒我？

「什麼？」我問。

「你的婚姻狀況如何？」

「我們的婚姻還行。」我撒謊，這麼做很蠢。人們都知道發生了什麼事。卡莉有告訴她母親，我也跟我的一個同事說了。但我沒辦法大聲告訴這個警察，我的妻子給我戴了綠帽。

「你太太來自富貴人家，是吧？她姓錢斯，也就是錢斯房地產？」

「沒錯，錢斯房地產是她母親的房仲公司。卡莉替她母親工作。我不確定這有什麼關聯，警長。」

「我只是想弄清楚發生了什麼事。你當時開得太快，也許有人會說你是危險駕駛，而且你有酒駕和暴力行為的紀錄。」

我臉龐漲紅，能感覺隨著充血而來的熱氣。「妳究竟在說什麼？妳暗示是我故意把車開進河裡，害我老婆溺死？」

「我什麼也沒暗示。」

「這個嘛，妳似乎覺得我就是做得出那種事的人。」

「我根本不知道你是什麼樣的人，莫蘭先生。我沒說這場車禍是你的錯，我只是在盡我本分，查明事實。」

我俯身越過桌面。毯子從我赤裸的肩上滑下，我聳肩擺脫它。我提高嗓門，但嗓音帶有雜音，聽起來就像訊號不良的電臺。「妳想知道事實？**事實**是我太太死了。我愛她。我盡力試著救她，但失敗了。如果人生能給我第二次機會，我現在就會回去水裡救她。這樣夠清楚了嗎，警長？」

她的表情稍微變得柔和。「是的。我很抱歉，莫蘭先生。」

「我真的很想獨處，」我說：「這一切令我難以承受，我甚至不知道自己在什麼地方。」

「是的，當然。」

辛克萊警長闔起資料夾。她在桌上來回滾動鉛筆，然後把筆收進口袋。她站起身，走向門口，但開門時又轉身回來，再次打量我。

我知道她接下來要說什麼。

「還有一個問題，莫蘭先生。我的副警長們說，他們發現你的時候，你算是語無倫次。」

「這很令人驚訝？」

「不，當然不。可是他們說，你一直說你在事故現場附近的河岸上看到一個人。你一直問他為什麼沒幫你、他為什麼沒試著救你太太。」

我覺得口乾舌燥。這就是我說出來也不會有人理解的部分。

「我不記得這麼說過。」我回話。

「你**真的**有在河邊看到人？」警長問。

我閉上眼睛，深吸一口氣，再次覺得肺臟缺氧；我的臉浮出水面時，胸腔即將炸裂。我當時吞下一口氣，正準備再次潛入水中時，看到他。

一名男子。

有個男的站在不到十呎外的急流河岸上。閃電劃過的瞬間，我清楚看到他。我絕對沒看錯，而就算我看到的景象不可能是真的，這也不重要。我唯一能做的，就是對他呼喊。懇求。哀求。

那名男子就是我的救命繩索。我需要他。他能救卡莉。

幫幫我！我太太溺水了！幫我找到她！

「沒有，」我告訴警長，保持嗓音平穩。「沒有，那時候是晚上，而且在下雨，我什麼也沒看到。」

她額頭上浮現少許皺紋。她顯然不相信我，但也搞不懂我為什麼要在這種事上說謊。但她只是再次對我綻放禮貌的微笑，走出房間，把門在身後關上。這裡變得安靜。我獨自一人，周圍只有乳白油漆剝落的牆壁，河水的臭味在我的腦海中揮之不去。

沒錯，我剛剛說了謊，但我不能讓她知道我為何說謊。

我不能向她描述我看到的那名男子，因為我甚至沒辦法向自己解釋這件事。你大概以為我當時看到錯覺，這可能是事實。我當時驚慌失措，腦袋缺氧，而且那時候**確實**是晚上，**確實**正在下雨。

話雖如此，我知道自己看到什麼。

河岸上的那名男子就是我。

他就是**我**。

第二章

發生車禍事故後，我沒辦法回家，現在還太早。我和卡莉是住在河濱公園區一棟芝加哥式的雙層公寓房屋裡，我之前就是和爺爺一起住在這裡。艾德加住在二樓，我和卡莉住在一樓。我走進這裡的時候，各個房間依然飄來卡莉的香水味。我們倆的裱框合照還掛在牆上，或是擺在壁爐架上。她的衣服還在衣櫃裡，洗髮精還在浴室裡。我看到她用潦草字體寫給我的短詩，就貼在冰箱上。在這棟公寓裡，與我結縭三年的妻子還活著，我無法面對她已經不在人世的事實。

一名副警長開車把我送到伊利諾州的布盧明頓諾莫爾縣，我從這裡搭列車進芝加哥。我徒步前往我工作的酒店，位於密西根大街上，在格蘭特公園對面。我訂了一個房間，然後匆促離開大廳，因為我不想被工作人員用同情的眼神安撫。接下來的兩天兩夜，我都在某種冬眠狀態中度過。電話有響，但我拒絕接聽。有人敲門，但我不予理會。我點了客房服務，叫他們把托盤放在門外，我只吃幾口就把托盤放回走廊裡。

我有沒有喝酒？

有，狂喝猛灌。

我知道你大概對我做何感想。迪倫愛喝酒，愛打架，是個壞人。我沒辦法反駁。我從爸媽死後就是這副德行，但這不是我為何過這種生活的藉口；我就是會做出這些行為，這些惡習就像船錨一樣抓著我不放。卡莉對我說過，我總是在和自己的另一面鬥爭，而我總有一天必須做出選擇，拋下那個我。但我一直不知道該如何這麼做。

入住酒店的第二晚，我做了一個惡夢，夢見我還在水下，眼睛無法視物，沒有指南針指引我，所以我游向更深的黑暗深淵。我的肺臟感覺沉重，就像即將破裂的氣球。在我無法觸及的某處，我能聽到卡莉的模糊嗓音呼喚我，向我求救。

迪倫，來找我！我還在這裡！

我醒來，發現毯子糾纏周身。我滿身是汗，瞪著天花板，喘著大氣。我的血液尚未擺脫酒精毒素，所以我頭暈目眩，整個房間像旋轉木馬一樣轉動。我爬下絨毛床墊，走到窗前，格蘭特公園延伸在下方，路上的燈光通往白金漢噴泉。密西根湖在公園後方若隱若現，看起來就像一幅畫上的烏雲背景。平時的我很喜歡這幅景色，但現在的我只看到窗上時而模糊的倒影。

迪倫・莫蘭。

我盯著這張臉孔，看到窗上反映著一個陌生人。我看不到盯著我的這個人的內心。我彷彿化為碎片，把自己的一部分留給了那條河岸上的另一個人。但儘管如此，這個倒影依然是我。我的臉孔。

我的黑髮茂密，有點凌亂。我有著一雙濃密黑眉，像石像鬼的肩膀一樣拱起。我的臉型稜角分明，下顎緊繃，下巴尖銳，顴骨堅硬，鼻梁短小鋒利。卡莉常開玩笑說，她撫摸我的臉的時候必須小心，以免割傷手指。我的嘴脣和下巴有著很厚的鬍碴，主要是因為我似乎永遠沒辦法把鬍子刮乾淨，所以也不再嘗試。鬍碴就像跟我形影不離的影子。

我個子不高。我的駕照上寫說我身高五呎十吋，但我的家庭醫生知道我的身高勉強五呎九吋。我有維持良好體型，我有在跑步、練拳、舉重，做一個瘦小的孩子為了讓自己顯得更強悍而做的一切。我想讓每個人都知道別惹迪倫．莫蘭，你也能從我的眼神裡看出這一點。我的眼睛是海藍色，熾烈又憤怒。我這輩子有太多時間都在為某件事生氣，至於究竟是為什麼事生氣，這似乎並不重要。

有件事很有意思。我們結婚後不久的某一天，卡莉在艾德加的公寓裡幫忙整理東西，結果找到一張我十二歲左右的照片。那是在我爸媽死前拍下的，在我上高中之前，我後來因為成績、女孩、抽菸和吸毒而跟艾德加爭論不休。相片上的我看起來並沒有多大不同，至少在外表上沒有。我還是頂著同樣凌亂的髮型，而且我的身高已經差不多到了極限。但是卡莉看著那張照片，然後又看著我，我看得出她在想什麼。

你發生了什麼事，迪倫？

當年的我笑容燦爛，瞪大的眼睛天真無邪。我曾經是個快樂的孩子，但是那個小孩早已不復存在，他和我爸媽一起死在臥室裡。此刻，盯著窗上的倒影，公園和湖泊的景色在我的臉孔後方懸浮，我大聲說出同一句話。

「你發生了什麼事，迪倫？」

然後我把半瓶伏特加湊在嘴邊，把裡頭的酒喝光，對著城裡罵了十幾聲髒話，然後把玻璃瓶甩到牆上。酒瓶化為剃刀般的碎片，飛撒在床單上。我嘆口氣，對自己充滿失望。這種事一再發生。我前去收拾碎片，然後坐在床邊，用力捏住拳頭裡的碎玻璃，直到手指滲血。

當晚剩下的時間，我一直待在原處，直到血跡凝固，我也終於沉沉睡去。

第一波悲痛不能永遠持續下去。你可能覺得自己已經死了，但遲早會發現自己還活著，而且必須想辦法繼續過日子。

第四天早上，我從酒店房間的衣櫃裡選了一套西裝。我的助理泰伊已經請人把我一些工作用的衣服從我的公寓送來這裡，她就是這麼有效率。我沖了個澡，穿上西裝，在脖子上打了一條緊致的領帶，然後離開了房間。我還沒真的準備好回到這個世界，但我別無選擇。

我搭電梯來到大廳。拉薩爾廣場酒店是市中心最宏偉的舊飯店之一，歷史可追溯至芝加哥世界博覽會的「白城」時代。在這裡，你能感受到世紀交替的無數幽靈從旁掠過，感覺就像絲綢輕觸。大廳閃閃發亮，有著大理石地板、半球型天花板，以及由玻璃、黃銅和石塊組成的精美拱門。

我還在羅斯福大學唸書的時候，就開始在拉薩爾廣場酒店工作。我一開始擔任接待員，後來慢慢往上爬。鮑伯·法蘭奇，前任的活動籌辦人，找我當他的助手，而即使我在辦公室外頭的行為害我惹上麻煩，他也沒把我換掉。鮑伯在六年前離開了這裡，去舊金山的費爾蒙酒店擔任那裡的活動籌辦人。他邀請我和他一起去，但我無法想像在芝加哥以外的生活。鮑伯幫了我一個忙，跟酒店管理層說他們只應該雇我來填補他的空缺，就算我當時太年輕，而且下班後常常直接去柏格夫餐廳喝酒而不是回家。在那之後，我一直試著證明他們做出了正確決定，意思就是我常常每天工作十四小時，在週末的漫漫長夜加班。卡莉不只一次跟我說過，我的工作就是我的人生，而且她這句話並不是稱讚我。

走出房間後，我最先停步的地點不是我的辦公室，而是酒店的宴會廳。我和卡莉就是在這裡結了婚，這間宴會廳是芝加哥最炙手可熱的婚禮會場。兩層樓的空間就像一座迷你凡爾賽宮，到處都鋪了金箔，牆上裝著水晶壁燈，圓形門口上方有小天使飛舞，天花板上繪有壁畫。我在後側逗留，看著維修團隊為今晚的活動擺設椅子和升降臺。換作平時，我能一口氣說出連續數星期的每一場舞會活動，但這次車禍從我的記憶中抹去了某些細節。我在門口附近看到一座畫架，上頭是一幅巨大的行銷海報。我走過石地板，前去查看，為了想起今晚是誰預定了我的宴會廳。

經過修圖的海報上是一名四十幾歲的漂亮女子，擁有一頭金光閃爍的棕色長髮，像海浪一樣席捲她的腦袋。她是白人，但有點丹鳳眼，看來她有些亞洲血統。她的眼睛是金棕色，專注地盯著鏡頭，嘴角勾起一抹溫柔微笑，露出少許皓齒。她穿著一件黑色的長袖針織上衣，身子往前傾，一條胳臂放在桌上。她的手指彎曲，彷彿在撫摸什麼。整張照片傳達一種親密又色情的效果，彷彿她在招手要你靠近。

照片上方寫著她的名字和她的演講題目：

伊芙．布萊爾醫師

作家—精神科醫師—哲學家

「無數世界，無數心靈」

我試著想起她是誰，但徒勞無功。這裡經常舉辦會議和演講，但我不記得自己曾為伊芙．布萊爾預留會場。從她的照片來看，我應該不會對她毫無印象。話雖如此，她也確實讓我覺得有點眼熟。她的表情……怎麼說呢？該怎麼形容？不算是回憶，但我總覺得在哪跟她見過。

「你好，迪倫。」

這個嗓音來自我後面。我轉身看到我的助理，泰伊．拉格薩。她一臉愁容地走過來摟住我的脖子，緊緊抱著我。她的親近讓我覺得不自在，但我選擇不推開她。她抱了我有點久，然後我們分開。泰伊擦掉一滴淚珠，然後伸手握住我的雙手。我能感覺到她尖銳的長指甲。

「我不知道該說什麼好。」她告訴我。

「我明白。」

「這真是悲劇。」

「嗯。」

「你確定你應該來上班？」

「不確定，可是我獨處得快發瘋了。」

「的確。」

泰伊帶我來到宴會廳後側的一排椅子。我們並肩坐下。維修人員在我們周圍忙碌，朝彼此呼喊，嗓音在高空迴盪，手中的清潔設備敲打家具。我想抽手，但泰伊拒絕鬆手。

「我能為你做什麼？」她問。

「沒有什麼是妳能做的。」

「酒店每個人都會幫你。我的意思是，如果你需要什麼，我們都會幫你。」

「我知道。」

「你真的不需要來上班，我說真的。一切都在我的掌控之中，我們處理得來。」

「我很感激。」

「你把注意力放在你自己身上就好。」她說。

「謝謝。」

她輕吻我的臉頰，她身上的清爽花香籠罩我。她後退時，用黑檀般的雙眸盯著我的眼睛，她的幾綹黑髮攀在我的襯衫鈕釦上。

「你如果需要找人談談，我隨時奉陪，」她輕聲道：「我相信你一定還沒準備好，但你如果在任何時候想——」

「我確實還沒準備好，完全沒有。」

「我瞭解。」

她身上的對講機劈啪作響。我聽見我的一名員工向她提出外燴服務的問題。在我們的工作上，我們必須經常跟酒店內外的供應商保持聯繫。成功的活動大約由一百萬個細節組成，按順序排列，一個接一個。泰伊接聽時用眼神向我道歉，但我很高興能跟她保持一些距離。

我是在六年前聘用了泰伊，就在我自己升職後。和我一樣，她也是唸羅斯福大學，進了那裡的餐旅管理碩士班。身為她的老闆，我是憑直覺選人，而我的直覺說她很聰明，她總有一天會經營整家酒店。她今年二十八歲，來自菲律賓一個保守的天主教家庭。泰伊自己也很虔誠，但在芝加哥這樣的大都市很難維持保守作風。過去的幾年裡，她學會喝龍舌蘭酒，聽嘻哈音樂，穿上能襯托她骨感曲線的緊身連衣裙。

她身形嬌小，是個穿高跟鞋的五呎高辣妹，中分的黑髮又長又直，黑眸在黑眉下閃爍，嘴唇總是抹成鮮紅色。她笑的時候會浮現酒窩，而且她很常笑。

如果要我在臉書上描述我跟她的關係，我會歸類成「一言難盡」。我喜歡教導她，喜歡聽她恭維我，說我多麼擅長我的工作。我喜歡聽她講些尖酸的小笑話取笑宴會廳裡的新婚夫婦。她對我來說就像我的妹妹，而既然我像她的哥哥，我也確實傾向於向她吐露心事。不久前，我跟她說了卡莉搞一夜情的事，而就像個好妹妹，泰伊立刻向我保證我是對的、卡莉是錯的。

這一切互動對我來說似乎很安全，因為我對她沒有戀愛方面的興趣。但是卡莉不這麼認為。打從初次見面起，她就一點也不喜歡泰伊。卡莉喜歡發明新字來描述自己想表達的意思，她也為泰伊發明了一個新字：**矯情婊**。在卡莉的字典裡，「矯情婊」是指一個喜歡控制人的強勢女人，為了達成目的而假扮溫順。對於本身也很強勢的卡莉來說，矯情婊是最嚴重的罪孽。

「所以，有什麼是我能幫你的，迪倫？」泰伊收起對講機，用修長的手指托住我的下巴，轉過我的臉，要我看著她。「我想滿足你的一切需求。」

「我還不知道我需要什麼，」我說的是事實。「總之妳先撐住這裡的場面，好嗎？」

「沒問題。」

「我原本以為我能回去工作，但現在看來應該不行，至少現在還不行。」

「沒人期望你這麼快就準備好。」泰伊說。

我查看手錶。「我得走了。我一小時後得在藝術博物館跟艾德加會合，我如果遲到，他一定會抓狂。」

「艾德加知道嗎？我是說卡莉的事？」

「我有打電話告訴他，可是我不確定他到底有沒有聽懂我說什麼，而且他的短期記憶遠不如以往。」

「我瞭解。」

我從椅子上起身。泰伊也跟著站起，又把我抱了有點久。

「你今晚也會住在這裡？」她問。

「大概吧。我還沒辦法回公寓去。」

「我在回家前會打電話給你。」

「妳不需要這麼做。」

「我只想確保你平安無事。」

她捏捏我的肩膀，我用一個空洞的微笑向她道謝。我轉身要走，但突然想起自己想提出的疑問。

「順道一提，伊芙・布萊爾是誰？」

「什麼？」

我指向宴會廳門邊的海報。「她是今晚活動的演講人。」
「你不認識她嗎？」
「不認識。」
「欸，這就奇怪了。」泰伊回話。
「為什麼？」
「她說她是因為你的推薦而選這家酒店。」
「**我的**推薦？她說她認識我？」
「沒錯。」
我再次查看伊芙·布萊爾醫師的相片，又感覺她的眼神對我做出邀請。**靠近我，瞭解我**。沒錯，她是很眼熟，但我不記得見過她。
「也許我在哪裡遇到她，對她說了我的推銷詞。」我推測，雖然我覺得這應該不是事實。「她是誰？」
「她是某種新時代自救勵志大師，」泰伊解釋：「她給了我一本她的書，可是我還沒看。不管她是誰，她確實很受歡迎。我們相信很多人會來聽她演講。」
「『無數世界，無數心靈』」我說：「這是什麼意思？」
「據說，她把物理學的量子力學理論應用到她的心理治療上。我們都是無數平行世界的一部分。我們每次做出一個選擇，我們自己的副本就會在另一個宇宙中做出相反的選擇。」

「平行世界？」我一臉狐疑。

我搞不懂這個概念，也許這是因為我的心思都放在她使用的另一個詞彙上。

副本。就像分身。雙胞胎。風暴中的那名男子。

「她是這麼說的。」泰伊答覆：「伊芙在宴會廳租約上簽字的時候跟我說，另一個完全獨立的宇宙已經被創造出來了，那個宇宙的她沒有簽字。」

「妳怎麼回話的？」

泰伊對我拋個媚眼。「我跟她說，請她務必住在她有付清帳單的那個宇宙裡。」

第三章

去藝術博物館見艾德加的路上，我在博物館的南側花園停步，「五大湖噴泉」就在這裡，從貝殼裡湧出的水覆蓋了五尊青銅美女的身軀。

這個地方對我來說充滿了回憶。

我和卡莉曾在某個春天午後坐在這裡，在槐樹間手牽手，聆聽水流汩汩作響。我們那時候才剛開始交往，我們只知道彼此相愛，但還沒說出自己所有的故事。卡莉穿著一件綠色長袖毛衣和一條格紋裙，在我眼裡就像某種愛爾蘭叛軍。她是個四季皆宜的女人，她的肌膚白皙得宛如象牙，有幾顆雀斑。她的眼睛似乎會隨著光線而變色，而在那一天，在涼爽的四月陰影下，那雙眸子是一種鄉村歌曲般的悲傷藍調。她左耳的頂部打了一顆黃銅耳釘。她觸及肩膀的金髮末梢呈鋸齒狀，彷彿是她自己剪的，就為了向世人展示她敢自己剪頭髮，這頭秀髮聞起來像新鮮的迷迭香。

我清楚記得這一天，因為我就是在這天告訴她，我父親對我母親做了什麼。她當然知道發生了什麼，但不知道細節，不知道我從臥室的角落裡究竟目睹了什麼。

除了羅斯科以外，我沒對任何人說出這個祕密。我跟卡莉說我有重要事情要和她分享，我雖然沒說清楚究竟是什麼事，但我相信她已經猜到了。我童年的那一刻，是她對我的瞭解當中的一個巨大坑洞。即便如此，我們一起坐在噴泉旁的時候，我發現自己很難開口說話。不知道為什麼，我無法打開我腦海中喀啦作響的心理投影機，無法回到十三歲的時候，我睜大眼睛，聞到煙味，看到地板上的血。有些往事就是讓人不堪回首。

卡莉給了我空間。她沒追問我，而是希望我會自發地告訴她。但她發現這麼做沒用，而為了鼓勵我開口，她說出自己的一個故事。卡莉大多數的故事都跟她母親有關。「我有沒有跟你說過，蘇珊娜做的第一個生意失敗了？」她總是叫她母親**蘇珊娜**，而不是**我母親**或**我媽**。「她在創立錢斯房地產之前其實破產過，很少人知道這件事。」

「真的？」

我不知道為什麼卡莉在這個時候選擇這個故事，但她總是有她的理由。

「嗯，是很久以前的事了。她和她最好的朋友離開了一間大公司，自立門戶。新公司的規模很小，只有她們兩個人，但你也知道蘇珊娜的個性，她向來心懷大志。她們倆總是忙碌不堪。她的搭檔——名叫布蘭，我很喜歡她。我們那時候住在戴文鎮的一間小公寓裡，布蘭每次來跟蘇珊娜見面，都會買『超級熱狗』的外帶給我。」

「妳那時候幾歲？」我問。

「大概十一、十二吧。就像我剛剛說的，我真的很喜歡布蘭。她們倆年紀相仿，而且是老交情，但是蘇珊娜絕對是老大。我猜布蘭一直試著取悅她，但我那時候就知道她這麼做只是浪費時間。總之，公司才成立一年，布蘭就搞砸了。我的意思是她出了大包，可是簽字放行的是蘇珊娜，所以不能說全是布蘭一個人的錯。她們買下了密爾瓦基市以南的一系列商業地產，因為布蘭掌握了內部消息，有家大公司的總部要遷出芝加哥。這個消息來自那家公司的執行長，千真萬確。但事實證明，這個消息只是障眼法，為了要市政府拿出更多稅收減免。結果燙手山芋等於全甩在蘇珊娜和布蘭手上。她們被耍了。她們失去了一切。」

卡莉暫停說話。她看著倒水的女性雕像，這些雕像象徵著水在大湖之間流動。一隻紅雀降落在其中一尊雕像的頭頂上，顫聲歌頌這個春日多麼美妙。

「布蘭那天有來，被蘇珊娜罵得狗血淋頭，」卡莉終於說下去：「她把整個爛攤子都怪在布蘭頭上。她說她們完蛋了、布蘭是垃圾、她早該知道布蘭成事不足敗事有餘。那是蘇珊娜最令人難忘的演出之一，布蘭則是乖乖坐在那裡挨罵。我的意思是，她走進我們的公寓時明知道會挨罵，但她還是來了。她甚至記得幫我帶了超級熱狗。」

我看著卡莉打起精神。我看不懂她臉上的情緒，但我知道這個故事有個轉折。布蘭顯然對她來說很重要，這就是為什麼她挑這時候訴說布蘭的故事。這時候的我仍深受自己的過去所擾。

「卡莉？」我輕聲問：「後來怎麼了？」

「那天晚上，布蘭自殺了，在浴缸裡割腕。」

一聲呼吸困難的喘氣聲逃離我的喉間。「我很遺憾。」

「她竟然留了一封遺書向蘇珊娜**道歉**。你能相信嗎？」

「我很遺憾。」我重複。

「迪倫，我愛我的母親，但你必須明白，我也有恨她的時候。她有時候殘忍至極。說真的，我一直擔心我會變得跟她一樣。我擔心她就在我的基因裡、我無法逃離我的宿命。」

「我明白。」

因為我真的明白。我清楚知道她的感受。我這輩子都害怕變得跟我父親一樣。

卡莉擦掉眼淚，耐心等候。我知道她在等什麼。她盡了自己的一份心力，為了幫我撬開一扇鎖著的門，為了給我安全的空間。既然她能分享自己的傷痛、對自己身分的恐懼，我也能分享我的。

在接下來的漫長沉默中，我鼓起勇氣，用輕如呢喃的嗓音開口：「我母親那時候在收拾行李。」

卡莉不需要我說清楚，不需要我說明這是什麼狀況。她伸手握住我的手，用最專注、最深邃的目光盯著我。我的呼吸變得急促，心跳加快。我還能在腦海中看到那一切，因為它一直都在。我父親喝得爛醉如泥，臉漲得跟甜菜根一樣紅，穿著一件他穿了很多年的摩托車皮衣。我坐在角落裡，屈膝抱胸，看著他們倆。我在腦海中看得見這一幕。我只是需要說出字句，好讓卡莉也看得見。

「我母親那時候在收拾行李，」我重複：「她動作很匆忙。她要帶我離開那裡，她想趕緊走人。我們打算和她在警隊裡的一個朋友一起住一段時間。她是這麼跟我說的。她那個朋友是個警察，是個男的。我根本不知道她跟那個人有染。但我父親知道。他知道。」

我記得我父親是怎麼說她的，他朝著她的臉尖叫了什麼字眼，但我說不出口。我沒辦法對任何人說出來，因為它們實在不堪入耳。

「她的槍放在梳妝臺上，」我說下去：「我不知道她為什麼把槍放在那裡。我猜她太匆忙所以疏忽了。我父親對她大吼大叫，她只是不停地把衣服塞進手提箱，而他越來越生氣。然後他抓起那把槍。我看著他那麼做，感覺好像在看慢動作。他手裡拿著槍，顯得猶豫，但也沒猶豫多久，大概只有幾秒鐘。然後他扳動擊錘，開了槍。鮮血四濺，灑得他們的床鋪和牆上到處都是。就這樣，我媽倒地身亡。我父親有些震驚地看著她的屍體，好像就連他也不敢相信自己做了什麼。然後他看著我。」

我感覺卡莉緊緊握著我的手，彷彿我攀著一座橋的邊緣，整個人懸吊在半空中，因為被她抓住才沒掉下去。

「他看到我在角落。我知道他在想什麼，我看得懂他的眼神。接下來輪到我，他也該殺了我。我看到他舉起槍對準我，但我僵住了，我動彈不得。他看著我的時候，心裡一定產生了某種變化。他不斷彎曲手肘，直到槍口對準他自己的下巴。然後他輕聲嗚咽。我清楚記得那聲嗚咽，就像狗因為主人死了而哭。然後他開槍了。」

卡莉開始大哭。她沒發出哭聲，但哭得很用力，所以呼吸困難。我沒哭。我的眼淚早已哭乾。

「我原本應該能阻止這件事。」我說。

她一把摟住我的脖子，說出這些年無數人對我說過的話：「你那時候是個孩子，只是個小孩子，你能做什麼？」

是啊，我能做什麼？

我從十三歲開始每天都問自己這個問題。我一直沒能找到答案，但就算找到又怎樣？無論多麼拚命許願或祈禱，人生就是沒有第二次機會。你唯一能做的，就是接受自己的錯誤。不幸的是，這種事沒有說明書。

多年後的現在，我覺得自己彷彿活在某種無限迴圈裡。他們都因我而死。我母親。羅斯科。還有卡莉。

毫無例外。每次都一樣。

我原本應該能避免他們死去。

每週四的午餐時間，我和艾德加都會聚在愛德華・霍普的畫作《夜遊者》前面。我和爺爺雖然很少想法一致，但都同意這是我們在整間藝術博物館裡最喜歡的畫。

多年來，我每次盯著霍普筆下的深夜食堂裡的三個客人，看到那個背對畫家的孤獨男子，沒露臉的那個人，我都覺得看到自己。那就是我，在芝加哥孤單一人。後來，在我認識卡莉後，我開始把自己想成畫上的另一名男子，坐在那名穿著緊身紅衣的紅髮女郎身旁。我喜歡當這個男人。我喜歡他的菸、他的帽子、他的西裝，最重要的是，我喜歡他身邊的女人。

我站在這裡的時候，聽到爺爺的拐杖在畫廊的木地板上咚咚作響。艾德加來到我身邊，拖著右腳行走——他在七年前發生了小中風。他反戴著一頂芝加哥小熊隊的棒球帽，身上是一件漢斯V領白色T恤，領口露出灰色捲曲的胸毛，下半身是寬鬆的棕褐色短褲，腳上是黑襪和黑色亮面皮鞋。沒錯，艾德加有自己的風格，而且不在乎旁人做何感想。他沒跟我打招呼，只是盯著霍普的畫，滿意得嘆口氣。

爺爺九十四歲還活著，這本身就算是某種奇蹟。他這輩子一直是個老菸槍，而且基本上每天都是吃芝加哥式熱狗、灌百威啤酒過活。我們以前身高一樣，但他這幾年縮小了一些，現在比我矮三吋。他不再經常離開公寓，我和卡莉雇了一名看護每週陪他幾天，但他討厭這樣。但每逢星期四，無論是下雨、颳風、嚴寒還是飄雪，艾德加還是會跳上公車，前往市中心的藝術博物館跟我會合。我一直不確定，他究竟是為了我還是《夜遊者》而來。

「我有沒有跟你說過，這幅畫是因為我才會出現在這間博物館？」艾德加問道。

這是我們的例行公事。他每星期都問我同樣的問題，對我講述同樣的故事。我不知道他是忘了我已經聽過一千遍，還是他根本不在乎。

「我那年六歲，」艾德加說下去，同時調整助聽器的音量，聽著自己說話。他的洪亮嗓音傳遍整間畫廊。「我爸媽帶我來到芝加哥，來看馬歇爾菲爾德百貨公司的聖誕櫥窗。我們來到州街和朗道夫街的路口，我看到商店旁邊有個滿臉白鬍鬚的男子，我真的以為那是聖誕老人，所以我立刻跑向他，結果撞到一個正要過馬路的男子，他被我撞得四腳朝天！令人意想不到的是，就在那一刻，一輛運送穀物的卡車從路口呼嘯而過。要不是我撞倒那名男子，他就一定會被卡車撞死。你知不知道那個人是誰？」

我微笑。「艾德加，他是誰？」

「他叫丹尼爾・卡頓・里奇，是藝術博物館的館長。當時是一九四一年的聖誕節，而就在隔年，里奇從愛德華・霍普本人那裡得到了《夜遊者》。從那時候起，這幅畫就一直在這兒。要不是因為我，誰知道這幅畫現在會在哪？」

艾德加移動兩腳的重心，跟平時一樣顯得得意洋洋。

我讓他繼續打量畫作一段時間，因為我不太想提起卡莉。我不知道他會如何反應。周圍人群漸稀後，我終於低聲開口：「艾德加，你還記得我那通電話嗎？你記不記得我對你說了什麼？」

爺爺脫下棒球帽，抓抓凌亂的白髮。「關於什麼？」

「關於卡莉，關於發生了什麼事。」

我在他眼睛裡沒看到反應。艾德加聽過的消息基本上就像耳邊風，不會在他腦子裡停留很久。他戴上帽子，再次瞪著畫作，沮喪地皺眉，彷彿知道我有跟他說些**重要**的事，而且他應該記住內容。

「她死了。」我提醒他，而說出這幾個字的時候，我的心為之碎裂。

他思索了很長一段時間，沒做出答覆。過了一會兒，我不禁好奇他究竟有沒有聽見我說什麼。然後他噘起嘴脣，對我說出他的想法。

「沒有女人，你會過得更好。」他宣布，語氣帶有強烈的不屑。「她們只會背叛你。我老婆在我五十歲的時候跟另一個男人跑了，我再也沒見到她。我如釋重負。」

「艾德加。」我嘆口氣，不想再聽到惡言惡語，至少今天不想。

「她說她已經不知道我是誰了！這是什麼屁話？是我賺錢養家，這就是我。你總有一天會意識到你有多幸運，迪倫。」

我緊閉雙眼，握起拳頭，拚命控制自己。

我很想說艾德加是因為年紀大了才說這種話，但事實上，他這輩子大部分的時候都是這樣說話。他是個脾氣暴躁的混球，也是惡毒笑話之王。任何一種心理毛病都能套用在艾德加頭上，像是自戀狂、種族歧視和厭女症。我從沒見過我的祖母，但我確信他並沒有善待她，這就是為什麼她收拾了行李、前往加州，連張字條都沒留下。

艾德加感受到的那些怒火掩蓋了許多傷痛，連同愧疚。人們總是因為我父親的所作所為而責怪他，而在某種程度上，我相信艾德加也責怪自己。如果你兒子謀殺了他的妻子，你就會忍不住自問自己做錯了什麼。此外，因為我父母雙亡，艾德加因此被迫獨自撫養一個少年。我搬進他的公寓時，他已經七十幾歲了。我也沒讓他的日子很輕鬆，這點千真萬確。當時的我既受傷又生氣，我恨這個世界，也恨他。我也確保他明白我的感受。

我們形成了一個非常特別的家譜——艾德加、我父親，還有我。但我無法忍受聽他說我很幸運、卡莉死了。

「我去附近走走。」我簡短道，逼自己別對他咆哮。我只是需要離開這裡，否則我會說出令我後悔的話語。

「嗯，隨你。我們等會兒會一起吃熱狗，是吧？」

「沒錯。」

「卡莉會來嗎？」艾德加問：「她是好女人。」

這次真的是艾德加的高齡在作祟，他已經忘了我剛剛說了什麼。

「不，」我不想重複先前說過的話。「不，卡莉今天沒辦法來。」

「真可惜。說真的，你配不上她那麼好的女孩。」

「嗯，我知道。」

我把爺爺留在《夜遊者》前面。他不需要我留下來陪他。他有時候會在這裡待上好幾個鐘頭，凝視這幅畫，跟每個站在他旁邊的人說他如何救了丹尼爾・卡頓・里奇。

我沒有什麼想去的地方，只是需要透透氣，但在這裡不容易。博物館今天人山人海，遊客們擠在必看的畫作前面，像是《美國哥德式》和《睡蓮》。我在一個個展區之間走動，幾乎未曾停下腳步，感覺胸口沉重。我走進男廁洗臉，打開一個洗手臺的水龍頭，發現光是水聲就足以讓我呼吸急促。即使是最細小的涓涓細流，在我腦海中聽起來也像洪水翻騰。我不得不關掉水龍頭，抓住流理臺以保持平衡，我的鏡中倒影盯著我，依然像個十足的陌生人。我大汗淋漓、搖搖晃晃地走出洗手間。

不管我走去哪，人們都盯著我。我就是這種感受。我想像每個人都盯著我。那些在我周圍推擠、擋路的人都看著我，彷彿在低聲呢喃：「**就是他。他老婆死了。**」就連周圍一幅幅畫也令我心神不寧。沃荷那幅紅嘴唇、藍眼影的《伊莉莎白・泰勒》對我大送秋波。雷諾瓦戴著花帽的小妹好奇地打量我。這些畫如此接近我，如此生動，如此明亮，我甚至以為畫中人會走出畫布。

我知道你在想什麼：我這是恐慌發作，這能解釋接下來發生的事。我的悲痛、我對艾德加的憤怒、我的過度換氣、我在鏡中的臉——這一切匯集在一起，我開始看到錯覺。也許你是對的，但我覺得那不是錯覺。

而是真實。

跟我在那條河裡載浮載沉的時候一樣真實。

我所在的展間，是秀拉那幅巨大的點彩畫傑作《大碗島的星期天下午》，寬十呎，高將近七呎。我看過這幅畫一千次，也許不止。我能憑記憶告訴你所有細節：穿背心的男子手裡的長菸斗、尾巴有著完美曲線的猴子，還有五顏六色的遮陽傘。這是這間博物館最著名的收藏之一，現在因為遊客太多而使得我無法靠近，所以我站在畫廊的後側，視線越過擠在前面的三十多人頭頂，遙望這幅畫。這些人也形成了某種「大碗島的遊客」，不同年齡、種族、身高、體型和服裝的人們都震懾於這幅畫的美感。

然後我的目光飄向一名背對我的男子，引起我注意的是他身上的夾克，一件老舊的黑色摩托車皮衣，袖子後側是平行縫線。這件夾克跟我父親在我十三歲那晚穿的那件一模一樣。那個晚上把我的人生劃分成「事發前」跟「事發後」。多年來，我一直把父親那件夾克放在衣櫃裡，我不願觸摸它，但也捨不得扔掉。卡莉搬進我的公寓後，終於說服我該把它處理掉。我燒了它。它化成灰，不復存在。

因此，現在看到畫前的男子穿著一模一樣的夾克，我感到震驚。

但更重要的是，我意識到那件夾克就是**我父親的夾克**。

我定睛查看，能看到那件夾克上的深棕色血跡。那些血汙已經滲進皮革，永遠讓我記得那個改變了我人生的夜晚。相信我，我很久以前就記住了夾克上的血跡紋路，就像我記住了我在這間博物館裡看到的畫。我永遠不會忘掉。

皮衣男瞥向後方，我因此看到他的臉。他這麼做的時候，我覺得兩腿發軟，搖搖欲墜，必須撐住一旁的牆壁。我和他中間有幾十人走動，但我跟他四目交會。他看著我，我看著他。他做出反應。他**認得**我。我看著他用冰冷的藍眸盯著我，就像掠食者看到獵物。

這場對視只持續了一秒，然後他一派輕鬆地轉身，消失在另一個展間裡。

可是我看到他。我看到**我自己**。

我的側臉、我的臉孔，就跟在那條河的時候一樣。欣賞《大碗島》、穿著我父親行凶時穿著的夾克的那人，就是迪倫·莫蘭。我震驚得動彈不得，但他看到我的時候似乎毫不意外。他彷彿一直在等著剛剛那一刻，等我找到他。

我甩甩頭，打起精神，撐牆站直。我走過展間，穿梭於人群，他們搞不懂我推擠而過時為什麼很不耐煩。我的分身消失了，但我追著他進入下一個展間，停下腳步，在群眾當中尋找他。

他在哪？

我在哪？

但我見到的那名男子不在這裡。他已經消失了。

我進入下一間畫廊，然後下一間，最後我跑下樓梯，來到博物館的一樓，來到繁忙的密西根大街上。我癱坐在臺階上，旁邊是一尊面向街道的青銅雄獅。現在是夏季午後，溫暖宜人。我周圍到處都是人，但沒有迪倫，沒有穿著摩托車皮衣的男子，沒有挑釁我的雙胞胎。

我坐在博物館的臺階上，像汽車引擎一樣拚命喘氣。我想到艾德加，他記憶力不如以往，分不清現實和虛幻。

或許我也碰上同樣狀況。

也許這就是發瘋的感覺。

第四章

「你的血壓升高了，」泰特醫師告訴我：「你的心跳也是。不過這並不令人意外。你的其他生命徵象都很正常。至於掃描結果……你的腦部並沒有任何異狀能解釋你為何看到錯覺。沒有腫瘤，沒有動脈瘤。這是好消息。」

「所以我只是瘋了。」我說。

醫師給我一個溫柔的微笑。「你太誇張了，迪倫。」

她從滾輪椅上站起來，走到檢查室的洗手臺前洗手。聽見水聲的時候，我微微抽搐。我來到艾莉希雅・泰特醫師位於爾文公園區的這間診所，雖然沒事先預約，但我知道她一定願意見我。我和她兒子羅斯科在六年級認識，也因此跟她成了熟人。我母親遇害後，泰特醫師就成了我的某種代理母親。跟我對待艾德加的方式一樣，我以前也常給她找麻煩。跟我充滿敵意的少年時期相比，現在的我更感激她為我做的一切。另一件令我感激的事，是羅斯科死於車禍後，她並沒有因為他的死而責怪我。

但我絕對責怪我自己。

我拿起她放在辦公桌上的羅斯科肖像。四年後，我還能在腦海裡聽見他的聲音，而且我比以往更想念他。這幅相片上的他沒綻放笑容。羅斯科很少微笑，總是一臉嚴肅，無論是小時候還是長大後。這點在學校對他沒好處，其他孩子因為他是個書呆子、個子小，而且是黑人而欺負他。我自己也不算大塊頭，但艾德加教了我怎樣用下三濫的招式打架，所以我打敗了嘲笑羅斯科的最大隻惡霸。他們從此再也沒找他麻煩，我和羅斯科也成了好友。那次打架之後，我也覺得他好像再也不需要我幫任何忙。相反的，羅斯科總是在我遇到困難的時候幫助我。

相片上的他穿著神父裝束。羅斯科是天才型的全優學生，原本能像他母親一樣當個醫生，但他選擇在南區一個天主教教區侍奉上帝，他在那裡積極宣揚人們遠離槍枝和幫派。我喜歡表現得像個硬漢，但我這個摯友其實遠比我堅強，就算他只有五呎四吋，骨瘦如柴，頭髮稀疏，穿著從「慈善超市」弄到的二手毛衣，戴著厚瓶底般的老式眼鏡。

艾莉希雅再次在我面前坐下，注意到我手上的相片。「其實，我還是會跟他說話，這樣讓我比較好受。你也可以這麼做。」

我把相片放回桌上。「我現在擔心他可能真的會對我做出答覆。」

「我真的不覺得你瘋了，迪倫。」

「那我到底該怎樣解釋我看到的東西？我顯然出現了幻覺，可是感覺不像幻覺。

我看到**我自己**，兩次，看起來就跟妳一樣真實。另一個迪倫有跟我互動。他有看到我，對我投來怪異的眼神，彷彿看到我並不覺得意外。這怎麼可能？」

艾莉希雅牽起我的手，她的肌膚散發消毒劑的味道。「這種狀況第一次發生是在那條河的時候，對嗎？當你處於一個任何人都不該經歷、壓力極大的可怕事件？你差點溺死，而且你失去了摯愛？」

我點頭。

「第二次是今天在博物館的時候？而『你』穿著一件已經不復存在的皮夾克——你父親謀殺你母親時穿的那件夾克？那晚也是你人生中**另一次**處於一個任何人都不該經歷、壓力極大的可怕事件？」

我再次點頭。

艾莉希雅看著我，彷彿我還是小孩子。「你應該已經聽懂了吧，迪倫？」

「好吧，所以這是精神崩潰。我懂了，我當然懂。悲痛、痛失、壓力、震驚。我的腦子在胡思亂想。」

「沒錯。」

「可是為什麼會用這種方式呈現？我為什麼看到其他版本的自己？」

「這我就不確定了。大腦會對創傷產生不尋常的反應。」

我想起在酒店宴會廳看到伊芙・布萊爾醫師的海報。我雖然不認識她，但她的模樣在我的腦海中無比清晰。「這個嘛，今晚有個人在拉薩爾廣場酒店演講，那人相信我們活在無限多個平行宇宙當中。所以我猜，外頭一定有很多個迪倫・莫蘭，也許他們是來探望我。」

「你指的是『多重世界理論』？」艾莉希雅問。

我驚訝得咯咯笑。「妳聽說過？」

「當然。大部分的科學家都聽說過。」

「這個理論可信嗎？」

艾莉希雅聳肩。「很多物理學家這麼認為。」

「平行宇宙？原理是什麼？」

「這個嘛，我雖然不精通這個領域，但根據我的理解，量子力學的數學會產生一種奇怪的悖論。根據這種數學，粒子能同時以兩種不同的狀態存在。但我們在看的時候，只會看到其中一種狀態，而這就是問題。」

「讓我猜猜，」我說：「這跟『薛丁格的貓』有關。」

「我對你刮目相看，迪倫。」她綻放微笑。

「嘿，我有在看《宅男行不行》。」

「而且你說得沒錯。埃爾溫・薛丁格用貓的故事來解釋這個悖論。盒子裡有一隻貓，也有一瓶毒藥，毒藥可能會釋放，但也可能不會釋放，這取決於裡頭的原子是否衰變。根據量子理論，在觀察者打開盒子查看之前，盒子裡的貓是**既生又死**。問題是，我們都知道這種說法很荒謬。後來，普林斯頓大學一個叫休・艾弗雷特的科學家提出一個解釋：盒子被打開的時候，宇宙分裂了。一個觀察者看到一隻活著的貓，而在另一個平行宇宙，一個一模一樣的觀察者看到一隻死掉的貓。這就是多重世界理論。」

「聽起來很扯。」我說。

「量子力學的數學說這並不扯，而且那些數學很有說服力。我們就是因此得到原子彈之類的東西。」

我搖頭。「這個嘛，我不是盒子裡的貓，所以我該怎麼辦？我失去了一切，現在連我自己的腦袋都信不得。」

「盡量不要太在意，」艾莉希雅提議：「我沒辦法解釋這為什麼發生在你身上，但我猜想，你只要處理好心中的悲痛，幻覺就會消失。」

我很想相信她，但我在腦海中一直看到我在博物館裡的分身。他的臉孔。**我的**臉孔。他看著我的眼神。「妳知不知道另一個迪倫最讓我害怕的是什麼？」

「什麼？」

「是他的眼神。我能感覺到他散發的惡意。他什麼事都幹得出來，而且他就是**我**。」

「迪倫，他不是你，他不是真的。」

「我在人們眼裡就是那種人？危險分子？」

「不，完全不是。」

「那個警長說我有暴力傾向。」我指出。

「你不是這種人。」

我又從桌上拿起她兒子的相片。「妳確定嗎？跟我說實話，艾莉希雅。妳我都知道羅斯科是因我而死。」

我終於恢復清醒。

交了保釋金後已經是凌晨四點，羅斯科開車送我去他母親的診所，艾莉希雅在那裡等著幫我拍X光片、給我一些止痛藥。我打電話的時候，確定羅斯科已經睡著了。我知道他累了一整天，因為在他的教區附近又發生了一起槍擊案，這種案子在芝加哥是家常便飯。但他叫我別擔心，他說他會幫我。他也說到做到。

我在車上沒怎麼說話。羅斯科沒催我說話，至少一開始沒有。我們在蒙特羅斯街上一路綠燈，落葉飄過半空中，掃過擋風玻璃。這是一個涼爽的十月夜晚，車裡溫暖又安靜。羅斯科戴著神父白領，寬鬆地套在他瘦削的脖子上。他跟警察說話的時候總是戴著白領。他說警察不喜歡跟神父吵架。

「你打不打算告訴我發生了什麼事？」他終於開口，因為他知道我顯然不打算開口。他握著方向盤，眼睛瞥向我，他的表情跟平常一樣平靜又嚴肅。他的眼鏡反映城市燈火。就算過了一整天，他臉上的鬍鬚和下巴周圍的毛髮還是顯得整齊。

「別不吭聲，夥伴，」他接著開口：「跟我說話。」

「我喝多了，跟人動了手。」

「你戒酒好幾個月了，為什麼現在又破戒？」

「工作太混亂。我一整個星期都在開會。我不想直接回家去，所以去了梅費爾一間酒吧。」

「就這樣？」

我過了很長一段時間才回答：「好吧，也因為紀念日。」

「難怪。」

「我如果回家去，就會想到那件事，但我今晚不願想起那件事。」

羅斯科搖頭。「你為什麼不打電話給我？」

「我需要靠自己處理。」

「不，你不需要靠自己處理。我跟你說過多少次了？總之，這不重要。所以，你今晚獨自一人，而且在喝酒。然後發生了什麼事？」

「酒吧裡有個男的，」我說：「他對他女友態度很差，所以我叫他別鬧了。」

「我相信那一定很順利。」羅斯科說。

「是啊。他往我臉上潑了酒。那女的叫我少管閒事。」

「所以你打了他？」

「沒有，我說『謝了，我剛好需要洗個澡』。就這樣。他們倆離開了。我喝完酒，大概十五分鐘後走出酒吧，可是他們倆還在馬路上，朝彼此尖叫。我試著裝作沒聽見。我在公車站等車，完全不打算介入。」

「可是？」

「可是他打了她，羅斯科。他就那麼抬起手，重重打了那女人的臉。我失控了。我上前把他摔在地上。我跪在他身上，開始痛扁他。我跟他打成一團，直到警察出現。」

羅斯科有一陣子默不吭聲。

他把車慢慢停下來，因為前方的蒙特羅斯街關閉了，正在半夜修路。你如果把所有能產生影響的因素加起來，就會覺得很怪。能改變一切的小小選擇。如果哪個官員選了另一個晚上修路，羅斯科就不會死。如果我們走爾文公園東向道路而不是走蒙特羅斯街，他就不會死。

最重要的是，如果我在酒吧外頭保持冷靜，我的朋友就不會死。

羅斯科把車拐進一條綠樹茂密的小路，離霍奈公園只有幾條街。我們開車經過一間間方形屋和老舊的三層樓公寓。兩邊都停滿車，阻礙了我們的視線。他開得很慢，不時轉頭看我，專注於我和我的故事。他原本應該更專心開車，但當時是深夜，而且我們在一條空蕩蕩的路上。

「我就是他。」我說。

「誰？」

「我父親。」

羅斯科嘆氣，在一塊「停止」標誌前暫時停車。那個路口唯一讓我記得的，是拐角處一棟待售房屋。那是一棟金石公寓，草坪上插著一塊看板。

錢斯房地產

我記得那塊看板，是因為「錢斯」（Chance）這個字讓我想到「機率」。機率掌管一切。機率決定誰生誰死。

「我就是他，」我重複：「我父親在那晚失控了。我今晚也一樣。」

羅斯科大聲吸口氣。我當時不可能知道的是，那其實算是他的最後一口氣。「為什麼？」他問我。

「什麼？」

「你為什麼對那個男的動手？你為什麼打他？」

「因為他打了那個女孩。」

「沒錯。」

羅斯科慢慢踩油門，開始橫越這個十字路口。他分了心，而且忘了查看右邊。他如果有這麼做，就會看到一輛卡車的車頭燈，那輛車駛過這條單行道，高速衝過停車標誌。我當時滿腦子沉浸在自己的世界裡，也沒看到那輛卡車。

「夥伴，你不是你父親。」羅斯科告訴我。

那是我記得的最後一句話，直到我醒來，看到卡莉的臉。

第五章

我和她當初就是在這裡相遇。

角落那棵梣樹，至今依然殘留著車禍留下的傷痕。那輛卡車衝撞我們的力道之大，羅斯科的車因此被推過路緣石，在樹幹上扭成一團。我用手指撫過樹皮上的鋸齒狀裂縫，這是這裡發生過暴力事件的唯一證據。

我原本沒打算回來這個地方，不過艾莉希雅的辦公室就在不遠處。天色已暗，雨水開始灑在我臉上。我抬起頭，望向十字路口拐角處的舊公寓樓，它就是當年待售的大樓，卡莉是掛牌仲介，那是她第一次負責賣出的房產之一。她那時候二十五歲，決心把大樓賣個高價，好讓她母親對她刮目相看。她在空空如也的公寓裡工作到很晚，原本睡著了，直到被車禍的巨響吵醒。她醒來後衝下樓，發現我在車裡，傷痕累累、渾身是血。

這個美麗的陌生人保證說不會離開我，她也說到做到。

卡莉和我一起上了救護車，住在我的病房裡陪我，後來把我接進她家，照顧我恢復健康。在那幾個星期裡，她把我這個將朋友之死怪在自己頭上的破碎之人拼湊回來。我幾乎算是立刻愛上她，但我不明白她為什麼也愛上我。她離我越近，我就越是叫她走開。

我在人生中犯過太多錯誤，做過太多糟糕的選擇。在我的內心深處，我認為我做過的那些錯誤選擇讓我沒資格接近她這種人。我認為她遲早會看出我的真面目，而我們的關係也將因此結束。我得知她和史考提・萊恩發生關係後，覺得她彷彿終於證明我是對的。我不想聽她的任何解釋。在鄉下的那整個週末，我拒絕聽她說話。

直到那最後一晚，直到她說出的最後一句話。

在我們要回家的路上，我們的行李在車上，天空下著傾盆大雨，我們的婚姻破碎不堪。她在車門外攔住我，語帶無奈地說：「我可以說點什麼嗎？」

我沒吭聲，只是等她說下去。

「迪倫，你從沒問過我在那起車禍後為什麼在意你，但如果我們現在真的結束了，那我想讓你知道真相。從我遇見你的那一刻，我就意識到我們完全一樣——不，等等，讓我說完。我知道你不相信這種話，因為你對自己有一種奇怪又扭曲的看法。可是你我其實是同一種人。我們都是在我們為自己打造的牢籠裡長大。遇見你的時候，我心想，這個男人能幫我成為我想成為的人，我也可以為他做同樣的事。我到現在還是如此相信。重點是，我準備好了，迪倫。我沒辦法再等下去。我對我的人生並不滿意，不是因為你，而是因為我需要成為不同的人。如有必要，我會在沒有你的情況下這麼做，但我寧願和你一起做。而在內心深處，我相信你也想和我一起。我要問的是，你是否願意嘗試？」

這是個好問題。

這是非常好的問題，我也知道我想怎樣回答。我想超越心中的憤怒——為了這個世界，為了她，但主要是為了我自己。卡莉需要我原諒她，而這也是我需要做的。然而，我辜負了我們倆。我又犯了錯，又做了一個糟糕的選擇。我應該當場吻她，但我只是從她身旁走過，上了車。那天晚上，我們就是這樣在雨中開車出去，彼此間懸浮著一陣苦澀沉默。

其實，在人生中，某些時刻一旦發生，你就迫不及待地想收回它們，但時間一分一秒流逝，那些時刻一去不復返。你做出選擇，然後在片刻後，一切都不一樣了。

我準備好告訴她我的感受時，我們已經陷入水裡。

我不能再待在當年的車禍現場，於是沿著小街走向霍奈公園的綠地，那是我從小就熟悉的地方。我走向那裡時，發現我的生活依然由大寫字母C的「錢斯」主宰，因為在下一個街區，公園籃球場對面，我注意到一棟兩層樓的房子，前院聳立著一塊熟悉的紅黑看板。這棟房子要賣，掛牌仲介是錢斯房地產的另一個女人，我見過一、兩次。

但我對此並不在乎。

我的注意力放在停在路邊的那輛白色皮卡車上，車門漆著「萊恩營造公司」這幾個字。

史考提．萊恩。

他在屋裡。

我聽見腦袋裡傳來一陣轟鳴，我的心跳加快發出怦怦聲。我一整天都沒喝酒，所以我現在沒理由犯下愚蠢的錯誤。我如果見到他，肯定不會有好事。

無所謂，因為我阻止不了自己。我走過人行道，站在白色的尖樁籬笆前。這棟屋子組裝得很好，粉刷一新，窗臺上開滿花朵。前門敞開，我能聽到裡頭傳來的電鋸呼嘯。我的常識對我發出非常明確的訊息，要我離開這裡，但我的心靈充耳不聞。我穿過圍籬，走向門階。我在房子的紗門前只猶豫片刻，隨即用力把門扯開。

室內瀰漫著鋸木頭的香味，客廳地板被塑膠布覆蓋。電鋸聲令我震耳欲聾，但聲響突然中斷，留下一片死寂。史考提．萊恩站在鋸子後面，拿起一長條橡木飾板，檢查切口。他這麼做的時候看到我。

他渾身僵住。他恢復鎮定後，摘下降噪耳機、護目鏡和帆布手套。他穿著牛仔褲和工作靴，修長的上半身穿著芝加哥黑鷹冰球隊的球衣。他的胳臂上沾滿木屑。

「你好，迪倫。」他開口。

「史考提。」

我們隔著一段距離互瞪，這種對峙就像兩條凶悍的狗在巷子裡朝彼此低吼。

史考提・萊恩四十歲，比我大了將近十歲。他也比我高半呎，身形高瘦，有點像橡膠。他有一頭波浪狀的紅金色頭髮，臉龐因為經常晒陽光而呈現粉紅色。他說話時，嗓音帶有一絲拖沓，話語總是慢慢吐出來，就像從玻璃罐裡流出來的蜂蜜。他的詼諧幽默感讓人很難討厭他，但相信我，我還是找到了辦法。

「我真的很抱歉，」史考提這句話適用於很多領域。「你無法想像我有多抱歉。」

「你是應該抱歉。」

我的口頭攻擊從他身上滾落，沒造成任何傷害。他用手撫過濃密的頭髮，我能看到他臉上的汗水。「我不敢相信她走了。我真的很難過。我相信你也是。」

「哇，你這麼覺得？」

史考提聳聳寬肩。「嘿，你向來很難被看穿，迪倫。卡莉總是說你不洩漏心事，你從不讓她展露任何情緒，這快把她逼瘋了。無意冒犯。」

因為只要加一句「無意冒犯」就能讓一切更好受，尤其如果你睡了我老婆。

「我有件事想問，史考提。」

「是嗎？什麼事？」

「你愛上卡莉多久了？你把這個小祕密隱藏了多久？」

跟往常一樣，史考提揉揉突出的下巴，慢條斯理地回答：「也許我們現在不該談這個，迪倫。」

「你愛上卡莉多久了？」

「噢，我也不知道，大概打從我第一眼見到她吧。我認識她的時間遠比你久，她那時候大概才十八歲，但我從沒把她當小孩子看。她真的很聰明、自信又自負。我知道我配不上她，不過，沒錯，我對她應該是一見鍾情，雖然我原本沒打算採取任何行動。」

「或許你只是靜候良機，等她露出脆弱的一面。」

「這不是事實，我發誓，事情不是這樣。」

「那究竟是怎樣？」

我朝他踏出兩步，塑膠布被我踩得皺起。他謹慎地看著我，就像擂臺上的拳擊手。

「聽著，你還想知道什麼？我相信卡莉已經跟你說明一切。她打電話給我的時候，說她會跟你坦承一切。」

「你跟她**談過**？你在開玩笑吧？什麼時候？」

「事發後的隔天，」史考提坦承：「她很難過，不斷自責，說她不敢相信自己犯了這麼愚蠢的錯誤。她要跟你說實話，而且她想讓我事先知道她要這麼做。我這麼說也許是廢話，但我有勸她隱瞞這件事，不要為此讓她的婚姻陷入危機。相信我，我知道她沒打算為了我而離開你。事情不是這樣。不管那晚對我來說有什麼意義，對她來說只是酒後犯錯。你應該明白那種感受，因為你自己也常酒後犯錯，我有說錯嗎？」

我沒上鉤，沒發火。

「細節，史考提。事情是怎麼發生的？」

史考提搖頭。「我不知道該怎麼跟你說，迪倫。我和卡莉是認識很久的朋友……好吧，我一直希望不只是朋友。她就算知道我對她的感受，也體貼得沒戳破這件事，沒害我難堪。但在最近幾個月，她開始跟我說一些事情，一些私事。她對我吐露她遇上的問題。她需要找人談談，因為你都不聽她說話。」

「而你大方得借出肩膀讓她哭個夠。」

「你以為只有卡莉找其他人吐露心事？她說你對她說的話，遠遠比不上你跟你助理泰伊說的話。」

我覺得就像挨了一巴掌。「我和泰伊之間什麼也沒有，從來沒有，卡莉也知道。」

「她知道嗎？」

「別把矛頭指向我。」

史考提翻白眼，瞪著天花板。「我沒把矛頭指向你。我說真的，老兄，我沒試著這麼做，我只是試著向你說明狀況。你在你的人生裡跑得飛快，結果從沒看到卡莉想放慢腳步。她當時準備辭職，迪倫，她要跟她母親說她想離開房地產這一行。她向來更像她爸而不是她媽，你也知道的。她是書呆子的類型，是個詩人。卡莉準備好要孩子，這才是她最想要的，但她覺得你永遠不會贊成，而這令她難過極了。」

「我從沒對她說過那種話。」

「我不在乎你說過什麼，我現在在告訴你她聽到了什麼。那天晚上？她和我在一起的那晚？她幫弗農酒店在紹姆堡鎮的那筆房產找到了買家，翻修也都完成了。我給我們倆開了香檳，而且，沒錯，我們喝多了。但如果只是喝多了，就什麼也不會發生。問題是，卡莉喝得越多，就越想描述她想要不同的生活，但不知道怎樣告訴你。她沒把這件事怪在**你**頭上──如果你這麼懷疑。她只是難過，然後開始哭。我抱了她，我想安撫她，結果事情一發不可收拾。我和她原本都沒這個意思，結果卡莉因為事情發生了而**恨死**自己。信不信由你，但我也為發生了那件事而感到抱歉。」

現在的我不用喝酒也會失控。

「是你殺了她，」我厲聲道：「她死了，這是你的錯。我和她是因為你才會跑去荒野。」

史考提原本一派輕鬆的臉色轉為憤怒。我和他的神經都徹底緊繃。「喂，你可以把她出軌的事情怪在我頭上，我願意接受。可是她不是因我而死。你如果想找個人責怪，就去照照鏡子。」

「你這話什麼意思？」

「我的意思是，那條河裡**究竟發生了什麼事**，迪倫？向我解釋清楚，跟我說實話。為什麼你還活著，但她沒有？」

「我有試著**救**她，這就是事實。」

史考提張開嘴，然後又牢牢閉上。他被晒傷的臉頰顯得更紅潤，彷彿臉上積聚了蒸汽。

「你有話要說？」我問。

「沒有。」

「不用忍，史考提，說出來。」

他邁步侵入我的空間，紅臉離我只有幾吋，嗓音轉為低吼。「好。你要我說出來？我就如你所願。死的人應該是**你**才對。我如果在那輛車裡，就絕對不會自己一個人離開那條河。我和她要麼一起活下來，要麼一起死。總之我絕對不會讓她一個人死。」

我的左手飛竄而出。我甚至沒感覺到自己動手。我每次失控的時候，都感覺不到自己動手。我的胳臂像火箭一樣從左甩向右，我的拳頭撞到史考提的嘴巴，感覺就像撞到牆壁。他的脣間和鼻孔噴血，我感覺衝擊力如刀鋒般劃過自己的前臂。我懷疑自己的手指骨折了。他的腦袋猛然轉動，他搖搖晃晃地後退，吐出一顆玉米粒般的牙齒。

我繃緊身子，等他衝向我。他塊頭夠大也夠強壯，想教訓我一定做得到，我也有點希望他這麼做，我想感覺到他的拳頭帶來的疼痛，直到我被打昏在地板上。我應該被懲罰。我沒能救她，我覺得我註定該永遠重溫那份挫敗感。我每次閉上眼睛，就回到那條河裡，游過黑水，尋找卡莉被困在其中的那輛車。我必須找到她，必須救她。我不斷下潛，游水，尋找，但隨著寶貴的每一秒流逝，她被拉得離我越來越遠。她不再呼喊我的名字。她的呼救聲消失了。我腦子裡只剩下可怕的寂靜，一種內疚和死亡的沉默。她死了。我的妻子死了。

我打了史考提，是因為我知道他說得沒錯。

我讓卡莉獨自死去。

史考提顯然不打算還手，所以我離開了屋子，出拳的這隻手瘀青染血。我被腎上腺素和絕望吞噬。在人行道上，我遇到一名老婦遛著一隻西高地白㹴。她狐疑地打量我的臉，然後注意到我手上的血跡。

「一切還好嗎？」她問我。

「沒事。」

「我聽見有人大聲說話，有人吵架。」

「別在意。」

「我是不是該報警？」

「一切都很平靜，夫人。」我對她說，繼續往前走。

「我們這兒是個好街坊！」她朝我的背影喊道，像是老師在責備學生。「不喜歡有人鬧事！人不該打架！」

我沒吭聲。我穿過車流來到霍奈公園，然後進入公園棒球場的潮溼開闊草地。我小時候常來這裡，我和羅斯科會拿著橄欖球拋接，在泥濘上絆倒彼此。我們那時候討論加入芝加哥熊隊當四分衛，相信我，熊隊有比我們更爛的球員。

細雨轉成大雨，把站在這裡的我淋成落湯雞。周圍沒有任何人影。我皺眉，感覺手傳來的劇痛。我試著移動手指，覺得僵硬。

警長說我有暴力傾向。

你不是這種人。

可是我的前科提出反證。

在前方，我看到公園盡頭和芝加哥河的交界處的一排樹木。那裡有一排圍籬，為了阻止孩子沿河岸行走、掉入水裡，雖然根本沒發揮用途。我和羅斯科在少年時期經常探索兩旁的河岸，玩捉迷藏，扔石頭，抓老鼠。今天，在雨中，我一路走到圍籬前，雙手握住它，閉上眼睛，把額頭靠在鐵網上。

沒有羅斯科，沒有卡莉，我感到無比孤單。他們都去了另一個世界，而我還在這裡。然而，我再次睜眼的時候，意識到自己不再是一個人。

他就在旁邊。

我不知道我是**怎麼**知道的。我沒聽見有人走過小徑，沒看到任何人窺視我。周圍樹木朝我壓迫而來，灰天看起來就像黑夜，就算有哪個陌生人站在六呎外，我也看不見。但有個人就在圍籬的另一邊，像我小時候那樣躲在河岸上。他彷彿知道我會來這裡，彷彿一直在等我來這裡。我試著拿出耐心，像雕像一樣默默站在這裡，看他會不會主動現身。

他回來了。**我**回來了。

我的分身。

我瞪著草叢，觀察陰影中的動靜。我看到像士兵一樣的筆直樹幹，而在其中，我終於發現一個格格不入的黑色輪廓。是個人影。我以前從沒離他這麼近。我們之間只隔幾呎。和在博物館的時候一樣，我現在也意識到不是只有我這麼想。他也知道**我**在這裡。他知道我的存在，正如我知道他的存在。我們之間有某種連結。我感覺他身上散發一種充滿施虐狂怒的氣場，就像我把我所有的憤怒、苦悶和挫折感都交給了這個影子。

我環顧四周，確定附近沒有其他人。這裡只有他和我。我的幻覺。我的精神崩潰。

「我知道你在這裡。」我用低沉嗓音呼喚他，然後出於莫名理由補充一句：「跟我說話。」

我等候答覆，但不期望聽見答覆。幻覺不會做出答覆。儘管如此，和他說話時，我覺得自己好像跳進一個兔子洞，不知道自己會被引向何方。

「你是誰？」我問。

還是沒人回應我。在雨珠擊葉聲的襯托下，我周圍顯得格外寂靜。

然後，就像一尊復活的雕像，黑暗中傳來一個聲音。**我的**聲音，彷彿我在廣播電臺上聽見自己的聲音，聽起來完全不像自己耳裡的聲音。

「我是你。」

我震驚得後退。我真的聽見了？不，我不可能有聽見。艾莉希雅跟我說過，他並不存在。這是我的想像力過剩的結果，我所有的記憶都在捉弄我。我渾身抽搐一下。我用指尖用力掐住頭頂，彷彿這樣就能聽見我的心靈對我說什麼。我不斷眨眼。我一下子來到圍籬前，像牢房裡的囚犯一樣抓住鐵桿。

「你想怎樣？」我斷聲道。

接下來很長一段時間，我再一次只聽見雨聲。他一言不發，這只是延長了我受的折磨。我開始希望自己能醒來、意識到這一切都是一場惡夢，我就能恢復理智。我會回到自己的床上，卡莉會在我身邊，最近這些日子全都只是一場夢。但我站在原地，渾身溼透凍僵，惡夢加深。

周遭變得更為黑暗。

我朝他喊道：「你來這裡做什麼？回答我！」

這一次，我的影子做出答覆。他的呢喃聲從林子裡傳來。

「為了殺人。」

第六章

我拔腿就跑。

我跑的時候沒回頭看那條河。我就像被人追趕一樣衝過公園的溼漉綠地，跑過錯綜複雜的諸多小巷，最後登上一輛從我面前經過的公車。我不在乎這班車要去哪，總之它帶走了我，這正是我想要的。我終於下了車，換了車，然後再次換車。很長一段時間後，我回到酒店。我匆匆穿過大廳，沒和任何人說話，只是不耐煩地等電梯。電梯門打開時，我繃緊身子，不確定會看到裡頭有誰。我抵達我住的樓層，電梯打開時，我也是同樣反應。

我以為會看到**他**。看到我。

我終於回到房間後，扣上輔助鎖。我甚至想過拿一張椅子抵住門扉，確保門不會被打開。我在牆壁之間來回踱步，無法停步，無法平靜下來，只覺得心臟狂跳。電話響起時，我被嚇一跳。我沒接電話，鈴聲也終究平息，但過了幾秒再次響起。這一次，我拿起話筒，但沒吭聲。我緊張地等著聽電話另一頭是誰，而聽到泰伊的聲音時，我鬆了口氣。

「嘿，」她說：「你還好嗎？」

「嗯，我沒事。」

「我有打給你幾次，都沒人接電話，我很擔心。我有叫前檯留意你有沒有回來。」

「我出去了。」我沒多說細節。

「你有沒有需要什麼？」

「沒有，謝了。」

泰伊沉默片刻，我能聽見她的輕柔呼吸聲。「總之，我快下班了，很快就要回家去。團隊已經為伊芙・布萊爾活動做好所有準備，我們那位『無限世界女士』。她今晚會在宴會廳演講。」

「我記得。」

「你真的沒事嗎？你聽起來很緊繃。」

我不只是緊繃而已。我的人生就像一幅拼圖一樣分崩離析，但我不能告訴她為什麼，我甚至沒辦法向自己解釋。

「我沒事，泰伊。妳忙了一天，回家去吧。」

「好。」

可是她沒掛電話。

「要不要我去陪你？」她在沉默片刻後接著說：「我的公寓裡只有微波速食和亞

馬遜影音等著我。我還有沃克夫婦為了感謝我們而送的那瓶皮諾葡萄酒。我可以拿酒去你那裡，我們可以聊天，不說話也行。如果你只想坐著喝酒、看著湖泊，我們也可以這麼做。」

「今晚不行。」

「聽著，我知道你可能覺得獨處比較好，但這未必一定是最好的選擇。有時候，有朋友陪著會有幫助，一個性格溫暖而且在乎你的人。」

她彷彿覺得說得還不夠清楚，接下來說得更直截了當。

「如果你願意，我可以整晚陪你，迪倫，以朋友的身分，僅此而已。我並沒有期待著什麼。不過，你如果需要找個人親近，我就在這裡。」

我有點心動。不是因為我覺得泰伊有吸引力，不是因為我想要性愛，而是因為我喜歡有人陪伴、讓我免於發瘋。我害怕獨處，害怕獨處會造成什麼後果。

此刻聽著她這番話，我覺得自己像個傻瓜，怎麼會現在才明白她的意圖。卡莉說得沒錯，她在很多事上都判斷正確。我這幾個月一直向泰伊吐露心事，因為我覺得這麼做很安全，但其實一點也不安全。

「我很感激妳的提議，」我在電話上告訴她：「可是我現在應該不適合跟人相處。」

「你確定嗎？」

「非常確定。」

我明顯聽出她有多失望。「那麼我的門永遠為你敞開，迪倫，我是說真的。你如果改變心意，打電話給我，或是直接來我的公寓。我不希望讓你覺得你必須獨處。」

「謝了，泰伊。」

我掛掉電話。房間裡一片寂靜，只聽見風扇吹出溫暖空氣的嗡嗡聲。我雖然調高了暖氣溫度，但還是覺得冷，因為我身上的衣服溼透了。我脫下衣服，發抖地站在黑暗中。我打開先前在禮品店買的一瓶波旁威士忌，倒在杯子裡，沒加水或冰塊。琥珀色的液體從我的喉嚨流進胃袋，留下火燒般的觸感，暖意擴散。我拿著酒杯來到窗前，凝視夜色下的城景。我能看到遠方的噴泉金光、濱海公寓大樓的燈火，還有海軍碼頭那座巨大摩天輪的萬花筒燈光。

他在哪？

被我的大腦召喚出來的那個男人究竟是誰？他是不是就在下方這片黑暗中，抬頭望向我的窗戶？

我不知道自己究竟怎麼了，我只希望我的人生回歸以往。我想要卡莉，我希望她和我一樣赤身露體，她的肌膚貼著我的背，她的下巴擱在我的肩上。我如果閉上眼睛，能感覺她就在這裡。我會聽見她對我呢喃。我會轉身，我們會接吻，我們的眼裡會燃燒著慾火，我們會倒在床上，在喘不過氣的急促笑聲中融為一體。

我們有過太多這樣的時刻。

我們再也無法擁有這種時刻。

我又喝下一些波旁酒，但身子還是覺得冷。喝完第三杯後，我走進浴室，放了滾燙的洗澡水。浴缸裝水的同時，我滑進裡頭，任憑熱水拍打皮膚。我讓水位盡可能上漲，然後我沉到水底下。我全身浸在水裡，灼熱又乾淨的水突然變得漆黑如夜，黏糊糊的泥漿爬過我的皮膚，我的妻子尖叫著要我救她。

迪倫，來找我！我還在這裡！

我如果也溺死了，就能和妻子重逢。可是我的身體背叛了我。肺臟裡的空氣耗盡時，我急忙衝出水面。我的臉從水裡冒出，我大口喘氣，乾嘔咳嗽。我打開浴缸的排水口，聽著水排掉時發出的響亮吸吮聲。浴缸清空後，我又覺得冷；我終於爬出浴缸，回到臥室。

我需要找人談談這些事，關於我的悲痛和幻覺。我需要答案。

我突然意識到，酒店裡有個人能幫忙。伊芙．布萊爾醫師——作家、哲學家、精神科醫師——就在樓下，而且泰伊說她認識我，就算我不認識她。我想搞懂這究竟怎麼回事。

「**你不認識她嗎？**」

「**不認識。**」

「**欸，這就奇怪了。她說她是因為你的推薦而選這家酒店。**」

我再次更衣。我穿上海軍藍西裝外套和黑色休閒褲，扮演酒店活動籌辦人的角色。我刮了鬍子，刷了牙，在嘴裡放了幾顆薄荷糖，以掩蓋波旁威士忌的味道。然後我走向電梯。

酒店的金色宴會廳有一座狹窄的二樓樓廳，以U形圍繞宮殿般的空間。在這裡，人們可以靠在精心雕刻的欄杆上，觀看下方的婚禮派對，或假裝自己戴著白假髮、置身於法王路易十四的宮廷。我從員工入口進入步道，然後低調地待在後側。今晚沒人來到樓廳。所有活動都在下面，在昏暗的宴會廳裡，數百名客人全神貫注地盯著舞臺上一名被照亮的女子。

布萊爾醫師一身黑衣——黑色套裝、黑色高跟鞋。在強烈的聚光燈下，她的腦袋看起來彷彿與身體脫節；她說話時向人群做手勢，雙手像飛鳥一樣擺動。她從舞臺的一側走向另一側，挑染的頭髮為之甩動。我能看到她金色的雙眸，就像兩顆遙遠的珠寶一樣反射光芒。她透過麥克風傳開的嗓音散發一種悅耳的音質，像甜美歌聲一樣能隨意地催眠或勾引你。她的聲音發揮了魔力。我以前好像從沒聽過宴會廳裡的群眾這麼安靜。布萊爾醫師讓這數百人屏住了呼吸。

「**想想**這意味著什麼，」她刻意停頓幾秒。「如果我們相信多重世界理論是正確的，那麼我們的宇宙就在不斷地自我複製，一個個原子，一個個時刻，一個個選擇。每個事件的每個可能結果，都存在於自己的獨立世界。我們都在同一棵樹的一根孤獨又脆弱的樹枝上緩慢爬行，而這棵樹在每十億分之一秒內都會成長至無限大。我今晚離開這個宴會廳的時候，我會左轉，但也會右轉。我會回家，我也不會回家。我會吻我的丈夫，我會打他耳光，我會跟他做愛，我會把刀子插進他的心臟。在我的意識中，我只經歷**其中一種**結果，因為我在樹的其中一根樹枝上。可是根據多重世界理論，這些事情**全都**發生於平行宇宙。」

她稍作停頓。「當然，我相信我丈夫希望我等會兒會跟他上床，而不是忙著擦掉刀上的血。」

群眾爆發笑聲。

「我其實沒結婚，」她說：「至少在這個人生裡沒有。然而，在無數個其他世界裡，我有結婚。在其他世界，我不是精神科醫師，而是演員，是警察，是無家可歸的毒蟲。在其他世界，我沒活著，而是已經死了。你們也是。無限多個世界裡有無限多個你，做出你在這個人生裡沒做出的無數選擇。多重世界理論就是這麼說的。」

布萊爾醫師在舞臺中央停步。

「這是瘋人瘋話嗎？瘋狂科學家的胡言亂語，拚命試著解釋他們優雅的數學為何在現實世界中起不了作用？這個嘛，也許真是如此。又或許，我們對宇宙的看法，只是受限於我們看得見什麼。在我們有顯微鏡、能仔細觀察一滴血之前，沒人相信血裡有眾多世界。一滴血裡居然有數以百萬計的細胞！不可能！可是我們現在知道這是真的。所以，多重世界理論是荒謬理論嗎？還是我們只是需要更好的顯微鏡？」

這個女人有一種吸引力。她不是對整體觀眾說話，而是對在場的**每個人**說話，針對每一位，每個個體。又或許她只是在跟我說話，因為我就是這種感覺。我雖然站在樓廳上，卻覺得好像跟她在巨大的宴會廳裡獨處。我感覺她在看著我。她在抬頭瞪著我。她所有的言論和想法都是針對我。我以為她會說出我的名字。

迪倫，你並不孤單。你屬於無數世界。你就是無限。

「哲學家向物理學家借用了這個想法，發展出自己的理論，」布萊爾醫師說下去。「他們把它稱作『多重心靈理論』。這個理論指出，所有這些無盡的選擇，所有這些平行的人生，其實真的存在——不是存在於廣闊的宇宙，而是我們個人的大腦。我們就像阿米巴原蟲一樣不斷分裂。聽起來還是很扯嗎？那麼，想想你做過的夢。夢境是你的大腦在『一瞬間』創造的複雜世界。這些非凡的細節都致力於建立一個夢幻般的場所，只存在於片刻的睡眠，以後再也不會被探訪。如果大腦能夜復一夜地做到這點，那麼，我們如果認為它也能建構諸多完整的平行世界，這種想法也許就不算奇怪。對我來說，重要的問題並不是這是否**可能**，而是這跟你我的實際人生有什麼關係？跟我們在那棵樹上的那根樹枝有什麼關係？如果這一切都只是理論，又有什麼重要性？因為，雖然物理學家和哲學家在很多方面的意見不一致，但他們在某件事上看法相同。無論是多重世界還是多重心靈，我們都被困在自己的樹枝上，孤立、無力。每個版本的你都活在自己的世界裡，你無法造訪其他宇宙。」

布萊爾醫師讓大家消化這番話。她從舞臺中央的凳子上拿起水瓶喝一口。她再次說話前，我又注意到了。她的目光移向樓廳。

直視我。

「真的是這樣嗎？」

她的演講結束後，我為了見她而排了很久的隊。這整個活動的重點是賣書。她寫了一本自救勵志書，利用多重世界、多重心靈理論的吸引力來給她的書帶來一個性感的賣點。她的想法，是透過向人們展示如何「造訪」自己在平行世界中做出的其他選擇，來教他們如何過上更好的生活。

不確定是否該向你的大學女友求婚？想像活在那個世界中的你自己。

不確定是否該接受那份新工作？宇宙某處的你有接受它。那個人生是什麼模樣？

我瞭解這個理論的吸引力。我被這個想法所吸引：一個「我沒把車開進那條河」的宇宙就存在於這一刻。在某個地方，無論是在另一個世界還是我的腦海深處，卡莉還活著，而我仍然和她在一起。

相信我，我願意為了擁有那個人生而付出**任何代價**。

但那是另一個迪倫。那個迪倫做出了更好的選擇。

我看到布萊爾醫師在舞臺上，客人們一個個上臺，獲得她的簽名，連同她的微笑和一張照片。她魅力十足，能言善辯，很有說服力，就像所有邪教領袖。我一直盯著她的臉，試著回想以前在哪見過她，但毫無頭緒。一定是弄錯了，泰伊應該是聽錯了她的意思。

終於輪到我上臺。我走過舞臺，離開身後的排隊人龍，手裡拿著我買的書。布萊爾醫師看著我走近。我來到她一個人坐的桌前，能感覺自己被她的氣場籠罩。我站在她面前，把書遞給她簽名。她接過書，但是臉上的微笑有點勉強。

「你好，迪倫，」她輕聲道：「我有看到你在樓廳。我沒想到你會過來。你我被人看見在一起，這可不是什麼好主意。」

她這番話令我愣住。「抱歉，妳認識我？」

她愣了一下，然後在書上簽字。她的丹鳳棕眼盯著我的眼睛。「你在開玩笑嗎？」

「不是。」

「我不喜歡這種遊戲，迪倫。」

「抱歉，布萊爾醫師，可是妳一定把我和別人搞混了。就我所知，我和妳以前從沒見過。」

「瞭解。」她瞥向還在舞臺另一邊排隊的人們，然後撥撥自己的長髮。她飛快地在書上簽了名，添加了少許問候語，然後隔著桌子把書還給我。她這麼做的時候，她的指尖擦過我的指尖。

「是我弄錯了，」她說：「享受這本書。」

我茫然地走開了。我回頭看她是否在看著我，但她已經把注意力放在下一個人身上。我離開了宴會廳，在電梯附近找到一張長椅，坐下來，打開書。

她在簽名下面寫了一條訊息。

噴泉。凌晨一點。

第七章

三小時後，我走進格蘭特公園，湖風吹拂我的臉。我把手插在口袋裡，低著頭。我每走幾步就回頭看看密西根大街的燈光，看自己是否被跟蹤。我現在沒感覺到他的存在——**我的**存在——但這並不表示我的分身不在這裡。

我走過鐵軌，繼續走在公園的綠色草坪旁。路上沒什麼人，我小跑來到哥倫布街的另一頭，前往白金漢噴泉。噴泉的水泵已經關閉，早上才會再次啟動。在噴泉後方，黑暗的密西根湖占據了整個視野。我在池塘邊的海馬雕塑附近站了一會兒，然後我在廣場南側找到一張長椅，坐在這裡等。

這裡不是只有我一個人。我看到一個街友裹著毯子，躺在我附近的一張長椅上。在我身後，我聽到一對情侶在樹叢裡做愛的灼熱呼吸聲。在噴泉附近，兩個人影竊竊私語，我看到一隻手把某個東西傳到另一隻手裡。毒品交易。

伊芙・布萊爾醫師準時出現。我查看手錶，現在是凌晨一點整。我看見她前來，她還是一身黑衣，她身上的深色風衣像披風一樣飄揚。她走近時，我站起身，她走來摟住我，這個怪異的親密舉動令我大吃一驚。她身上的香水味，像一束玫瑰花一樣從她的肌膚上飄散開來。看在旁觀者眼裡，我們一定就像一對相約的情人，但我感覺她用手摸索我的背部，然後是我的胸膛，還輕拍我的身體。

「妳在做什麼？」我問她。

「確保你身上沒裝竊聽器。」

「我怎麼可能這麼做？」

「我不知道，迪倫，但這一切都不合理，我寧可小心點。」

我們並肩在長椅上坐下。我能感覺她無比緊繃。她在害怕什麼。她不斷轉頭，查看陰暗處，彷彿確保沒人暗中監視。

「剛剛在宴會廳是怎麼回事？」她問我。

「什麼意思？」

「假裝不認識我。」

「我**確實**不認識妳。」

「夠了，迪倫，你嚇到我了。」

「我是說真的。」我告訴她。

她仔細打量我的臉，彷彿在看我有沒有說謊。「說出那個字。」她終於開口。

「哪個字？」

「你知道的。」

「我不知道。我根本不知道妳在說什麼。」

「**無限**，」她說：「說出來。」

「為什麼？」

「說出來。」她像下令一樣重複。

我聳肩。「無限。」

布萊爾醫師靠向椅背。我不知道她期望發生什麼事，但什麼也沒發生。她把雙臂緊緊抱在胸前，彷彿湖風讓她覺得冷。

「妳能不能告訴我這究竟怎麼回事？」我問她。

「你真的不記得我？」

「布萊爾醫師，我已經跟妳說過了，妳我以前從沒見過。我第一次聽說妳的名字，是在酒店裡看到妳的演講海報。」

「叫我伊芙，」她說：「拜託，其他稱呼聽起來都很怪。我需要問你幾個問題。」

「好。」

「你有沒有突然失去意識？醒來後想不起自己去過哪裡、做過什麼？」

「就我所知沒有。」

「就算你在喝酒的時候？」

「妳怎麼知道我平時有在喝酒？」

「先回答我的問題。」

「沒有，我已經好幾年沒醉得不省人事。一般來說，我會記得我做過的蠢事。」

伊芙皺眉。「你最近有沒有經歷任何形式的創傷？」

「有，而且是我這輩子最糟的創傷。我在一場車禍中失去了我太太。」

「你的**太太**。」她驚呼。

「卡莉。我們的車掉進河裡，她溺死了，我沒能救她。」

伊芙在長椅上稍微退離我，她的嗓音變得冰冷。「我為你的損失深感遺憾，這真的是悲劇。」

「嗯，的確是。」

「你有沒有可能在事故後經歷了某種失憶？」

「如果有，看來我只忘了妳，」我告訴她：「聽著，妳顯然把我當成別人。妳到底要不要告訴我，妳為什麼說我認識妳？」

伊芙從長椅上站起，朝我伸來一手。我也起身，我們一起往東邊走，離開噴泉。我們橫越了外車道，然後繼續行走，直到離湖邊只有幾步之遙。我的嘴唇能嘗到水沫。港口的諸多帆船在水面上搖晃，繩索發出敲擊聲。在碼頭後面，我看到波濤洶湧的水面點綴著白浪。諸多摩天大樓在我們身後閃閃發光。

她轉身面對我。她因為穿著高跟鞋而比我高。風吹拂著她絲綢般的頭髮。「你是我的患者，我就是因此認識你。」

「妳在胡說什麼？」

「這幾個星期，你一直來找我治療。」

我後退幾步。**「什麼？」**

「這是真的。」

「不，不可能。我根本不認識妳。」

「相信我，你認識我。我也認識你。當然，你從沒跟我說過你結了婚，這點令人驚訝。」她歪起頭，像臨床醫生一樣打量我，試圖鑽進我的大腦。「這一**定**是某種形式的失憶。不過，我猜還有另一種可能。」

「什麼？」

伊芙皺眉。「你可能患有多重人格症候群。你的心靈分裂成不同版本的你。其中一個迪倫並不記得另一個迪倫做了什麼。我之前完全沒看到你有這種跡象，不過你的其他人格可能騙過了我。我想，也有可能是我的治療使得你的病情加重。」

「治療？」

「是的。我開發了一種新的實驗性療法，你是我的第一個患者。我把它稱作我的『多重世界療法』。」

「這是什麼鬼東西？」

「我們的大腦創造了不同的人生，而我的療法能打破它們之間的屏障，能**橋接**諸多平行宇宙。這很類似『前世回溯』的概念，但不是回到過去，而是像從側面進入你的其他世界。這就是為什麼我要你說出無限這個字。這是我們的暗語，能命令你的大腦結束療程。不管你在哪、進入哪個世界，只要你說出這個暗語，就會回到我身邊。我想看看你在說出這個字的時候會如何反應。」

「我什麼反應也沒有，因為這個字對我毫無意義。」

「沒錯，這很有意思，我不確定該如何解讀這點。」

我搖頭。「這所謂的**療程**是如何運作？」

伊芙瞥向湖邊的人行道。這裡只有我們倆，但她顯然不想被任何人聽見。「你有沒有聽說過，舊金山有個叫做法蘭西斯卡·斯坦的精神科醫師？她在幾年前上了新聞，因為人們發現她使用精神藥物和催眠來改變患者的記憶。」

「我只能相信妳說的真有其事。我沒聽過這個名字。」

「我和法蘭琪是朋友，以前是同學。我們討論過很多關於多重世界理論的可能治療用途。她相信，我們或許能使用一種類似於她用來改變記憶的技術，來讓人們『體驗』自己的其他人生。從那以後，我一直在探索這個想法。」

「穿梭於不同世界？」我充滿強烈懷疑。

「沒錯。」

「妳的意思是，妳在我身上用了療程？」

「沒錯。」

「我不可能答應。」

「其實是你主動要求。你拜託我試，說你想知道關於你自己的真相。所以我們達成共識，由你來當我的白老鼠。」

我覺得我唯一能做的，就是吐出我的抗議。「拿精神藥物來做實驗？這合法嗎？因為這聽起來一點也不道德。」

「你說得沒錯，我是遊走在法律邊緣。其實，你說你就是因此欣賞我、這是我們之間的共同點。我這輩子犯過很多錯。我在唸醫學院的時候染上毒癮，差點被退學。如果人們發現我們做了什麼，我可能會失去執照。這就是為什麼我今晚不想被人看見我跟你互動。沒錯，我給了你迷幻藥，來為你改變現實，但相信我，這是在你完全同意的情況下。」

我搖頭。「不可能。妳一定弄錯了。我不認識妳。」

伊芙對我的否認做出嘆息。「你是迪倫・莫蘭，拉薩爾廣場酒店的活動籌辦人。你父親殺了你母親然後自殺，那一切都發生在你眼前。他們死後，你搬去跟你祖父艾德加住。你現在每星期還會跟他一起去芝加哥藝術博物館。你最喜歡的畫作是霍普的《夜遊者》。艾德加很喜歡說的故事是，要不是他小時候在州街不小心撞到博物館館長，讓對方免於被撞死，那幅畫現在就會掛在別的地方。」

我停止呼吸。我抓住她的肩膀，朝她的臉嘶聲道：「妳怎麼知道這些的？」

「你認為呢？當然是**你**告訴我的。」

我在星光下盯著她的臉，試圖搞懂這個女人。她是博士，是精神科醫師，但也不只如此。我也說不上來，總之她散發一種神祕氣質，彷彿能用思想來勾引人。我感覺她施加的魔咒把我拉進了她的軌道。她美麗、性感、令人難忘，就像個魔術師。我能想像跟她在她的辦公室裡，能聽見自己對她傾訴祕密。

可是我從沒接受過她的治療。

「妳這個療法，」我說下去：「讓我體驗到了什麼？」

「你跟我說，你看到來自其他世界的眾多迪倫。你跟他們互動，進入了他們的人生。」

「妳真的相信我的說詞？」

「**你**自己也相信。」

「我看到了什麼？」

「你如果想知道，就該審視自己的腦海，試著親眼目睹。」

「不用了，謝謝。」

「你確定嗎？你在某次治療後告訴我，說你希望能留在你發現的世界裡。你很想取代另一個迪倫的人生。」

「那一切都不是**真的**。」我說。

「你怎麼知道？說真的，我們在開始療程之前，連我自己也不確定，可是你的經歷讓我信心大增。多重世界理論是真的，我們確實走上了每一條能走的路。在某個世界，你我未曾相識，我們這時候就像陌生人一樣在湖邊擦肩而過。在某個世界，我們正在做愛。在某個世界，你正在把我壓在水底下，想淹死我。」

她描述的暴力畫面令我皺眉。「淹死妳？妳怎麼會說這種話？」

「因為這就是為什麼你來找我，迪倫，」伊芙說：「你說你看見自己殺人的幻覺，但那些人還活著，可是你說得出細節、日期、你如何殺掉他們。所以你來向我求助，你害怕自己即將成為連環殺手。」

第八章

你有沒有照過鏡子，我是說認真地照鏡子，而且好奇自己究竟是誰？

什麼樣的人棲息在你那雙眼睛後面？

我在這一刻就是這種感受。我再也不確定該對迪倫・莫蘭作何感想。伊芙對我的一些描述聽起來莫名其妙，但在某些方面很合理。如果我的人格分裂了，如果我的另一面過著我一無所知的另一種生活，那麼也許我的心靈正在把第二個迪倫・莫蘭投射到我的幻覺中。

我看到我自己，我對**另一個版本**的我說話。不知為何，我的大腦讓我的第二人格變得栩栩如生，而我對這個人格的瞭解令我害怕。我還是他的時候，我不知道自己能做出什麼事。

你來這裡做什麼？

為了殺人。

我需要能讓我抓住的東西，某種能讓我在海上漂浮的浮木。我需要卡莉，或至少某個能讓我想起她的東西。所以我搭了計程車，沿湖岸北上，前往卡莉的娘家。出城有更快的路，但我叫司機走謝里登路這條比較慢的路線，還告訴他我會用小費補償他。我和卡莉去探望她父母的時候，曾多次走這條路。她喜歡看到窗外景色改變，從林肯公園的綠地轉變成洛約拉大學和西北大學的學術區，再轉變成埃文斯頓、凱尼爾沃思和溫內特卡的湖畔別墅。

我個人認為，她只是不想太快見到她母親。

蘇珊娜・錢斯住在一棟建於一九三〇年代的石砌別墅，看起來像都鐸王朝的城堡，裝有凸窗、高聳的簡樸煙囪，以及尖銳的三角形屋頂。沒錯，卡莉的父親也住在這裡，可是這棟別墅被稱作「蘇珊娜蓋的房子」。卡莉的父親湯姆是曾出版作品的詩人，在高中當英文老師；對他來說，就算住在瑞格利球場附近的廉價公寓也令他甘之如飴。相較之下，蘇珊娜是促使錢斯房地產獲得成功的龐大力量，她位於威爾梅特的這座莊園是炫耀她成功的象徵。

我要司機讓我在謝里登路下車，然後我在老樹下走過最後一百碼。我是白人，而且穿著不錯的衣服，這大概就是為什麼沒人叫警察來抓我。這個街坊的居民都很喜歡撥九一一報警。我來到錢斯家，發現屋裡沒有燈火，不過這也很合理，因為現在是深夜。我並不想跟蘇珊娜或湯姆談話，所以我自行走過設有柵欄的後院，穿過花園，來到卡莉的玩具屋。

它雖然被稱作玩具屋，但占地超過一千平方呎，比我們在林肯廣場的那間公寓還大。如此一來，你就知道卡莉願意跟我一起住是多麼委屈了自己。她在滿二十二歲的時候搬出了主屋，搬進玩具屋，她母親願意給她的獨立性也到此為止。我們認識時，她還住在這裡，所以我經常造訪這個怪異的童話世界。我這幾年都有這裡的鑰匙，也知道防盜器的密碼。

我進屋的時候，感覺卡莉就像正在把鐵鍊甩向我的幽靈，因為我到處都能感受到她。牆上掛著她的學校照片，書架上放著她的舞蹈獎盃和詩集。她已經三年沒住在這裡，但她母親依然把這裡像神龕一樣保存下來，擺設著她在卡莉十六歲時代為挑選的家具。蘇珊娜大概希望女兒最終能清醒過來，拋棄我，搬回屬於自己的家。

我在一張俯視花園的破舊皮椅上坐下。這張椅子來自卡莉的父親，我猜他把它送給卡莉、放在玩具屋裡，是因為不想被他太太捐給慈善超市。這是男人的椅子，模樣醜陋但無比舒適，在粉紅壁紙和向日葵棉被當中顯得格格不入。羅斯科死後，我在這張椅子上坐了好幾個星期。我那時候一條胳臂和一條腿都打了石膏，基本上動彈不得，所以卡莉幫我打理一切。我跟她幾乎不認識，她卻成了我的照料者。不久後，她成了我的愛人。

我上一次來這裡，是在半年前的一月份。她在某個週二早上從辦公室打電話給我，說她想轉換心情，問我能不能在玩具屋見她。我說可以，但我來到這裡的時候遲到了。我總是遲到，因為工作總是優先。我開門進屋時，給屋裡帶來了寒風和雪花。卡莉為我們做了冬季野餐，在地板上鋪了一條毯子，開了一瓶葡萄酒，毯子上是一份由鷹嘴豆泥、葡萄葉和皮塔餅組成的地中海午餐。

她站在玩具屋的另一邊，壁爐裡的火溫暖了她赤裸的雙腿。寒意讓她的臉變得粉紅，她的乳房隨著每一次平靜的呼吸而膨脹。她用一種嚴肅眼神凝視我，嘴角微微上揚。我發誓，她就像一幅畫，她的美被捕捉其中，就像畫家馬奈或維梅爾的作品。

「為了慶祝什麼？」我問。

「沒什麼。我愛你，就這樣。」

「我也愛妳。」

我很難想像一個更完美的時刻，但如今回想起來，我知道我們之間就是從那天開始分崩離析。我能把那頓在玩具屋的午餐、她和史考提・萊恩的愚蠢出軌，還有她那個週末在鄉下對我最後一次發表的演講串聯在一起。

我要是多加留意，就會注意到卡莉比平時沉默寡言。她沉浸在自己的世界裡，而且除非出現問題，否則她從不在中午休息。我原本應該看穿她平靜的微笑，但我那時候就像瞎子一樣。我倒了酒，我們在毯子上相對而坐，旁邊的爐火劈啪作響。

「蘇珊娜跟我談了話，」我們靜靜享用午餐幾分鐘後，卡莉開口，語調輕鬆，彷彿沒什麼大不了。

「噢？」

「她要讓我負責弗農酒店。」

我放下酒杯，意識到這值得慶祝。但現場好像沒有慶祝的氣氛。「妳是說真的？」

「嗯。」

「弗農酒店是妳們公司最大的客戶。」

「嗯，的確是。她說我準備好了。」

「這個嘛，妳當然準備好了。」

「謝謝你。」

「這是大好的消息。」我試著給這一刻添加興奮情緒，因為她臉上毫無興奮之情。

「是啊，滿好的消息。錢會多很多。這是好事吧?可是我得投入更多時間，更多時數。」

「所以妳我到時候都不會在家。」我開玩笑，可是卡莉沒笑。

「蘇珊娜認為我們應該搬家。我們應該住在高地公園市之類的地方。她說我們的住處必須能接待客人。」

「妳怎麼看？」

「我毫無頭緒。」

她今天一直語調平淡，很不像平時的她，很不像卡莉。我為什麼沒看出她不對勁？

「總之，恭喜妳了，」我俯身吻她。「妳成了大人物，我是說真的。」

卡莉對我微笑，卻是皮笑肉不笑，就像她放在架子上的洋娃娃。然後她突然改變話題。

「我今早在星巴克巧遇一個朋友，」她說下去。「我在大學認識的一個女孩，莎菈。我不確定以前有沒有跟你提過她。」

「好像沒有。」

「她現在有四個孩子了。我遇到她的時候，她四個都帶著。她最小的孩子快兩歲了，是個有唐氏症的小女孩，真的、真的好可愛。莎菈追著另外三個孩子跑的時候，最小的那個坐在我膝上。我愛上她了。」

「我能理解。」

卡莉輕輕擦拭眼角，然後閉上眼睛。「總之……」她呢喃。

我以為她只是浸沐於爐火的暖意和她事業成功的光輝。她真的付出了很大的努力。我這時候不知道，完全不知道，她正在看著樹林裡分岔的兩條小徑，認為自己走錯了路。

「我真的以妳為榮。」我說。

「嗯，謝謝。」

你在你的人生裡跑得飛快，結果從沒看到卡莉想放慢腳步。

史考提說得沒錯。卡莉用盡所有辦法跟我說了她那天的感受，但不是透過語言。我根本沒聽見她想表達什麼。

「我還在想是誰在這兒，」蘇珊娜．錢斯的嗓音從玩具屋的門口傳來：「我有猜到是你。」

卡莉的母親穿著睡衣，外頭罩著一件在腰間繫起帶子的緞面長袍，我相當確定她為了查看有沒有入侵者而化了妝。她走進這間小屋，來到流理臺的膠囊咖啡機前，給自己沖了杯咖啡。接著，她把杯子拿在手裡，在我對面的沙發上坐下。

在外表上，她看起來就像卡莉二十五年後的模樣，雖然她還在努力讓自己看起來像卡莉的姊姊。她把獨生女培養成自己的複製品，有著同樣的抱負、同樣的魅力、同樣的野心。卡莉從滿二十歲起，都一直在蘇珊娜的監視下追隨這份藍圖。

「你好嗎，迪倫？」她問。

「我很失落。」

「嗯，當然。我和湯姆大受打擊。我每天醒來後還是沒辦法相信。」

「我很抱歉。」

蘇珊娜啜飲咖啡，蒸汽從杯子裡飄起。她說她因為失去女兒而大受打擊，我也確定這是事實，但是蘇珊娜．錢斯不會輕易表露情緒。她丈夫是詩人，這種人才習慣表露情緒。

「你如果願意，今晚可以留在這裡。」她補充道。

「謝謝，妳很體貼，可是我只是想再次感受到她，所以來這裡。」

蘇珊娜環顧玩具屋，給了我一個麻木的微笑。也許痛失親人總是會帶來自我反省。「我不確定這裡適不適合你這麼做。我認為卡莉在這兒的時候感覺自己像個洋娃娃——人工，不真實，只是個玩偶。這是我的錯。事實是，迪倫，她在遇到你之前其實從沒真正快樂過。如果你有時候覺得我不喜歡你，也許這就是原因。」

我不知道該說什麼好，所以我什麼也沒說。

「她跟我說了她和史考提·萊恩之間發生的事，」卡莉的母親說下去：「她對自己的所作所為深感不安。那是一個喝酒引發的愚蠢偶發錯誤，跟她對你的感覺無關。我希望你知道這點。」

「我現在知道了。」

「你有沒有原諒她？」

「我一直沒有這個機會。」

「噢，迪倫。」蘇珊娜喝口咖啡，移開視線，眼裡閃著淚光。她起身走到廚房的水槽邊，仔細地洗了杯子，然後用毛巾擦乾。蘇珊娜向來愛乾淨，做事有條有理。她把杯子收進櫃子裡，然後把身上的長袍拉得更緊。她走到門前，打開門，彷彿不說一聲就要走了，但隨著夜風的侵入，她有所猶豫。「我該跟你說一件事：我知道你做了什麼。我明白你為何那麼做，就算我無法贊同。」

「什麼意思？」

「我知道你拿出軌的事質問了史考提。」

「是的，我有這麼做。」

「迪倫，為什麼？你為什麼就不能放下它？」

我聳肩，因為我在這件事上無可辯駁。「我原本沒想到會見到他，純粹是巧遇。他在那裡，我也在那裡。我原本該一走了之，但還是輸給了自己的脾氣。我責怪他，就算我應該責怪自己。但這無法改變他做過什麼。」

「這個嘛，警察知道。」蘇珊娜說。

「警察？」

「嗯，他們打了電話給我。那棟房子由我們負責掛牌待售，所以他們打給我，問我知不知道什麼線索。他們有**你**的外貌描述，迪倫。他們說有個目擊者看到你離開那棟屋子。他們知道你們倆打架。很抱歉，我不能騙他們。我跟他們說了卡莉出軌的事。這恐怕會讓原本已經很有嫌疑的你多了個動機。」

「蘇珊娜，妳究竟在說什麼？」

「他們知道你殺了史考提，」她回話：「他們告訴我，你刺了他的心臟。他死了。」

第九章

我回到酒店時，以為會看到警察正等著逮捕我。但在凌晨五點的現在，大廳寂靜無人。他們顯然不知道我在這裡過夜。我鬆了一口氣，因為我需要時間思考，想清楚該怎麼辦、該去哪。史考提・萊恩死了。和我妻子有染的那個男人被殺了。**我殺了他。**

問題是，我沒這麼做。

我揍了他的臉之後就沒碰他；他是有流血，但活得好好的。沒錯，我是有點想殺了他。這是事實，我無法否認。我走進那棟屋子的時候，整個人被怒火吞噬，我只想報仇。可是我如果有拿刀插進史考提的胸膛，我會記得。

應該吧？

難道另一個人格在當時控制了我的心靈？一個想殺人的人格。正如我看到的那個幻覺所承諾的。

我搭電梯上樓，進入我的酒店房間。我疲憊不堪。門在我身後關上後，我靠在門板上，放慢呼吸，試著放鬆，試著**思考**，試著弄清楚事情能如何解釋。然而，我幾乎立刻注意到這裡有些不對勁。我周圍有一種怪異的味道，一股強烈又甜膩的香氣侵入我的鼻腔。我觀察了房間，突然被體內的腎上腺素驚醒。

床鋪凌亂不堪，毯子掉在地上，床單揪成一團。我離開這裡的時候不是這樣。女傭很早就整理好了房間，我在那之後也沒睡覺。我先前去見伊芙・布萊爾的時候，確定毯子疊得整整齊齊。

有人來過這裡，來過我的房間。

這就像某種惡劣玩笑：**是誰睡過我的床？**

所有細節慢慢進入我的眼底。我看到窗臺上放著一瓶空了的金賓威士忌，瓶身反映窗外的城市燈火。那是我稍早前打開的酒，我自己喝了三杯，還是四杯？總之，那個瓶子現在**空了**，而且旁邊放著兩個威士忌酒杯。我上前查看酒杯，看到底部有水，是融化的冰塊。

冰塊？我喝威士忌從不加冰塊。

我拿起另一個杯子，看到杯緣有紅漬，是脣印。有兩個人來過這裡，一男一女。

我再次檢查這個房間。這一次，我注意到床邊散落著一些衣服，是女人的衣物，一件串了珠的彩色連衣裙，像手風琴一樣層層疊疊，彷彿直接披在裸露的肩膀和髖部上。它旁邊是一條蕾絲胸罩、薰衣草色的比基尼內褲，還有隨意丟在一旁的黑色高跟鞋。

我聞到的甜味就像一朵剛綻放的花，從衣服和床上飄出來。我現在認出了香水的牌子——「迷戀」。

然後門把的嘎嘎聲把我嚇一跳。這裡有別人在。我瞥向浴室的門，看到門縫下的明亮燈光熄滅。門一開，泰伊就出現在房間裡的黑暗中。從窗外透入的芝加哥燈火照亮了她赤裸的身軀，她因為淋浴而身上帶有溼潤的光澤。她拿著一條毛巾擦乾一頭長髮，臉因此被遮住。我能看到她突起的鎖骨、狹窄的髖部和骨感的雙腿，連同其他一切。直立的巧克力色乳頭點綴在她淺薄的乳房上。她兩腿之間的三角地帶烏黑茂密。

她放下毛巾，注意到我。她的鮮紅嘴唇綻放性感笑容，那雙黑眸貪婪地看著我。

「噢，嗨。我以為你得出門。我很高興你留下來了。」

我來不及問她我們之間發生了什麼，因為她已經縮短了我們之間的距離，十指交纏於我的頭髮，嘴唇印上我的嘴唇。她的赤裸身軀壓住我的身子，柔軟又賞心悅目。

「你好冰涼，」她呢喃：「你是剛剛出去過又回來？」

我還是不知道該說什麼好。

「我來暖和你。」她的手沿著我的身體往下滑，伸進我的褲子。雖然我體內的荷爾蒙並不希望她停下來，但我還是跟她分開，後退一步。她困惑地看著我。

「怎麼了？」

「我不能這麼做。」

她再次對我微笑。「噢，我相信你一定能。我已經感覺到某些東西在甦醒。」

「泰伊，不是這樣。」

「那究竟是怎樣？」她試著看清楚我的臉，而我的表情想必讓她覺得格外赤裸。她在床邊坐下，把皺巴巴的床單裹在身上，臉上笑意消失。「啊，我懂了。你覺得有罪惡感。你後悔我們有做，是不是？」

我打量床鋪，它的模樣和味道都充滿性愛味。我和泰伊在這裡做了愛。在我記憶的某些部分裡，我能感覺她在我身下，感覺她的兩腿緊緊纏住我的後背，感覺自己在她的深處。但那不算是**我的**記憶。那不是**我**。

「沒關係，」泰伊說下去：「我說過這真的只是一夜情。我還是很高興你有打電話給我。你在需要人陪伴的時候找上我，這就是我想要的。但我知道你現在正在承受很多痛苦。」

「泰伊，我很抱歉——」我開口。

「別道歉。我走。你跟我說你需要離開、去整理思緒的時候，我就該猜到。」

我坐在她旁邊的床緣上，試著判斷該說什麼好。她對我說的話，還有我在這個房間裡看到的，令我頭暈目眩。

「泰伊，我這麼說聽起來一定很瘋狂，但我需要妳告訴我，今晚我們之間到底發生了什麼。」

「我不明白。你為什麼這麼問？」

「拜託妳，就當迎合我。是我打電話給你？」

「你的意思是你不記得了？」她惱火得皺眉。

「說真的，這就是我的意思。」

「你在開玩笑嗎？你不記得我們剛剛做了什麼？」

「我也希望我能向妳解釋。」

她的表情轉為關切。「你還好嗎？」

「我也不知道，我只是需要知道剛剛發生了什麼事。」

她遲疑片刻。「好吧。沒錯，你打了電話給我。」

「什麼時候？」

「我不確定，應該是過了午夜吧，我那時候還沒睡。我只知道我來到這裡的時候是凌晨一點。」

「一點？」

「沒錯。」

「妳確定嗎？」

「確定。」

我搖頭。「妳有沒有可能弄錯了？」

「迪倫，我那時候有看大廳的時鐘。我說真的，我是在凌晨一點來到這裡。」

我查看手錶，然後望向床頭櫃上的時鐘。沒錯，時間沒問題。

早上一點。這根本不可能。

我在早上一點整的時候在公園噴泉跟伊芙・布萊爾見面。而在同一個時間點，我跟泰伊在酒店見面。

「我打給妳的時候說了什麼？」

「你說你很寂寞，很難過，不想獨自一人。你問我能不能來一趟，我說沒問題。我的意思是，你我都知道你想要什麼，都知道會發生什麼事。我也穿了相應的服裝。」

「妳來到這個房間？」

「當然。」

「**我**當時在這裡。」

「這個嘛，很顯然吧。」

「所以我們有——？」

「沒錯，我們有做愛。其實做了兩次，如果你需要知道細節。你連這個也不記得了？這是某種讓你覺得得意洋洋的遊戲嗎？還是你是想假裝這件事從沒發生過？」

我沒答覆。「泰伊，拜託妳，繼續說下去。後來呢？」

「我們睡著了。我醒來時，發現你已經醒了、穿了衣服，你那時候瞪著窗外。我叫你回來床上，但你說你得走了，而且立刻得走。所以你離開了。我進浴室裡洗澡，出來的時候看到你又回來了。就這樣，迪倫，大概十分鐘前的事而已。別跟我說你全都不記得了，我真的會很害怕。」

「我很抱歉。」

我思索泰伊對我說過的話，但我無法解釋。這一切都不合理。

這不是妄想。

不是失憶，也不是多重人格。

不管我的腦子在跟我玩什麼遊戲，我都不可能同時出現在兩個地方，但我和泰伊在酒店房間的同時，我也和伊芙．布萊爾在公園，然後我和卡莉的母親在威爾梅特。

我只想得出一個可能結論。

兩個我。

有兩個我。這不是我在幻想。我的分身真實存在。

有個迪倫．莫蘭正在侵入我的人生。彷彿這個迪倫決定把我腦海裡每個衝動付諸行動，釋放我的黑暗面。殺掉史考提。和泰伊上床。他是我的獸性成真。

這個迪倫．莫蘭**不是**我，但我們倆還是透過某種陰暗線條連結在一起。他的記憶、他所做的一切，都在我的腦海中迴盪，就像一幅相片上的鬼影。我懷疑他也能感覺到我。他感覺到我要回酒店，所以他匆忙離去。

泰伊的輕柔話語從床上傳來：「迪倫，如果你覺得我們這麼做是錯誤，直說無妨。你不需要假裝。」

「不是這回事。我的意思是——好吧，沒錯，妳我之間確實是錯誤，錯在我，不在妳。我最不想看到的就是妳受傷。」

「我不是小孩子。」她回話，然後低頭看自己的膝蓋。「其實，我算是對你一見鍾情。」

我感覺自己好像拿刀刺進了她的胸口，我再次意識到我對她多麼地不公平，我如何在無意間玩弄了她的感情。「我真的不是有意讓妳產生誤會，我應該更小心才對。」

「嘿，你是有婦之夫，我知道我在玩火。」

我從床邊站起。「我得走了。」

「嗯，去吧。」

「我還有個問題。相信我，我知道這一切都不合理。」

「什麼事？」

「幾分鐘前，我跟妳說我得離開的時候，我有沒有說我要去哪？」

泰伊的眼神彷彿我是瘋子，不過我可能真的瘋了。「家，」她說：「你說你要回家去。」

家。我們在林肯廣場那間公寓。我們的公寓，所有跟卡莉有關的回憶都在那裡。我這幾天一直避開那間公寓，但另一個迪倫正在誘導我回去。他才離開了幾分鐘。現在天還沒亮。我如果動作快，應該能在他有機會逃走之前逮到他。

我必須查明他**怎麼可能**真實存在。

我走向門口，但被泰伊叫住。「我能不能問你一個問題？」

「當然。」

「剛剛那場性愛，你感覺如何？」

「泰伊，我希望我能告訴妳，不過——」

「你不記得了。瞭解，我懂。」她的態度陰暗又憤怒，我也不怪她。

「那換我問妳，妳感覺如何？」我知道她會希望我這麼問。

她的臉色變得陰沉。「跟我期望的不一樣。」

「什麼意思？」

她拉緊肩上的床單，蓋住所有裸露處。「你對待我的方式沒我預料得溫柔，你很粗魯，很……我不確定該怎麼形容……很暴力。說真的，我有時候甚至覺得那個人不是你。」

第十章

他知道我會跟來。他能感覺到我。我對此深信不疑。

河濱公園區的街坊一片昏暗，只偶爾看到一盞路燈的黃光灑在地上。計程車司機讓我在拐角處下車，我等車開走後才開始邁步。我察看周圍，確保路上只有我一個人。我走在公園旁邊的人行道上，留意樹林和一張張空蕩蕩的長椅。

既然我在找他，他也一定在找我。

走到半路的時候，我在一棵大樹旁停步，它的下垂樹枝差不多遮住我的臉。我從這裡看得見我的公寓，我打從十三歲就住在這裡。這棟建築有兩層樓，以棕磚砌成，形狀就像西洋棋的城堡。艾德加所住的二樓有一扇正方形大窗，面向馬路。我和卡莉所住的一樓也有同樣的窗戶。我看不到裡頭有任何燈光，但我還是待在原地，觀察動靜。

這個清晨的溼氣很重，我身後幾百呎處的河裡飄來潮溼的臭味。鳥兒紛紛醒來歌唱。幾星期前從白楊樹上掉下來的一些白色絨毛，至今還黏在草地上。我離兒童遊樂場不遠，這時一陣風吹過，一座生鏽的鞦韆發出金屬呻吟聲。街道兩旁的路邊停著許多車輛，但我沒看到任何人。

我不斷瞥向身後，以為他會從後面跟蹤我、踏著無聲的腳步向我走來。我試圖接受這種瘋狂的情況，傾聽自己的感官，透過他的眼睛觀看這個世界。我不得不相信並接受「有兩個我」的這個事實。我需要感受他的感受，接收他的存在所發出的回音，就像他顯然正在接收我的。我需要和他產生連結，而這麼做就等於和我自己產生連結。

你在哪裡？

然後我看到了。

一樓的公寓裡有一盞燈打開又熄滅，就像手電筒打開又迅速關掉，但足以揭露他的行蹤。他在這裡，在裡頭。不久後，窗裡的影子似乎改變形狀。他來到窗前查看，他在找我。

我後退幾步，依然藏匿蹤影。知道自己安全地離開了他的視線後，我跑到街角，沿路來到通向建築物後面的死胡同。輸電纜懸在上方，水泥地到處都是裂痕和雜草。我在兩邊的車庫之間慢慢行走。一、兩扇方窗透出早起的居民打開的燈光。我有個鄰居養了一隻羅威納犬，牠平時都睡在屋外，這時想必聞到我的氣味，因為牠開始吠叫連連。

我來到我家的車庫，穿過我家的後院圍籬。我悄悄走進後院，這裡只有一座水泥露臺，上頭放著一座老舊的煤氣烤肉架，車庫牆邊放著幾把塑膠椅。在我前面，一座木階伸向後門，再上去是艾德加的公寓入口。隔兩戶的那隻羅威納犬還在叫個不停。我慢慢邁步，盡量避免讓鬆動的木板發出吱嘎聲。我來到樓梯平臺上，門後面就是廚房。我以為這扇門鎖著，但我轉動把手時，它乖乖跟著配合，我感覺門往內打開。我悄悄走進廚房，輕輕把門關上。

空氣溫暖又混濁，畢竟這裡已經好幾天沒開窗。房間不算全黑，因為一盞蝴蝶造型的夜燈在水槽附近綻放微弱光芒。悲痛全面襲來，我不得不緊閉雙眼。卡莉的氣味瀰漫在廚房裡，我幾乎能聽見她在這裡哼歌。廚房水龍頭跟平時一樣漏水，而每次滴水聲都讓我覺得自己被水淹沒，彷彿我潛入河裡，在黑水中游來游去。

迪倫，回來救我！

我強行推開妻子在我腦海中發出的尖叫聲。

他躲在哪？我側耳傾聽，但不管他在哪，顯然跟雕像一樣靜止不動，正在等我先做出行動。我前方是沒開燈的走廊。右邊是我們的臥室，然後是兼作卡莉書房的小飯廳，最後是面向馬路的客廳，裡頭有一座壁爐，我們在冬天晚上會坐在那裡接吻，啜飲葡萄酒，看著爐中火焰舞動。

別再想了！

我現在不能想著卡莉。

我需要找個東西當武器，什麼東西都好，任何東西都行。我來到廚房流理臺前，從實木製成的刀架裡抓起菜刀，但我輕輕把它抽出來的時候，震驚得倒抽一口氣。我把菜刀舉在半空中時，看到刀上沾滿已經乾掉的血跡。

我知道這是什麼。史考提的血。我手裡就拿著殺害他的凶器。我在刀柄上留下了自己的指紋。可是另一個迪倫的指紋本來就跟我一樣吧？

刀柄有些溼滑。是汗水。我進入走廊，眼睛適應了昏暗環境。我熟悉這裡的每一吋空間，就算矇著眼睛也能走路。我來到臥室門口，窺視裡頭，看到加大雙人床，跟我在酒店那張床一樣凌亂。我不一定天天都會鋪床，但是卡莉一定會把床整理好。我意識到，我住在酒店的這幾天，**他**一直待在這裡。

我繼續前進，走過飯廳，瓷磚地板在這裡變成實木地板。這片木地板有著水漬和翹起的木板，幾年前就該換掉了。我每走一步都宣布自己的到來，但我不在意。我和他都知道現在是什麼狀況。我和他都在這裡。地板上有幾處有著怪異的閃閃發亮處，地板變得滑溜溜——是他留下的水痕。我繼續走過飯廳，進入客廳，一路來到窗前。我望向窗外，在路燈下沒看到任何人。他沒逃走。我檢查過的房間都沒有藏身之處，所以他只可能躲在某個地方。

我把手裡的刀柄握得更緊，循原路返回，回到臥室門口。這個原本普通又熟悉的房間，在這一刻令我驚恐萬分。我再次推開一些回憶。我和卡莉在那張床上曾做愛數百次，但後來我們有好幾星期未曾交合，一開始是因為我忙於工作，我表現得冷漠，不想被煩擾，就和往常一樣。後來，她坦承跟史考提發生關係後，我跟她互相迴避了好幾天。我想不起她最後一次赤身裸體在我懷裡是什麼時候。我恨自己想不起來。我恨史考提，因為最後一次擁抱她的人是他不是我。

在臥室裡面，一扇緊閉的門通往小衣櫃，另一扇緊閉的門通往小浴室。他一定躲在其中一扇門後面。我考慮過呼喚他，但我只是豎起耳朵，試著在自己的急促心跳干擾下聽見別人的存在。

我慢慢走向浴室的門，以為他隨時會破門朝我衝來。我在門外等候，再次側耳聆聽，但什麼也沒聽見。最後，我拿好刀子，用力開門，踏進裡頭，同時把刀子往前刺。他不在這裡，但是浴缸被浴簾完全遮住。地板上到處都是水。蒸汽籠罩著鏡子，這個狹小空間的空氣因此變得潮溼。我想像他在淋浴時赤身裸體，他離開浴室、跑向房子前側，渾身滴水。他能感覺到我的到來。

我來到浴缸前，繃緊身子，拉開浴簾。

他不在這裡。浴室裡沒人。

如此一來，只剩某個地方能躲人。

我回到臥室，來到壁櫥門外。這是一扇裝有金屬把手的木門，老舊又厚重。這個衣櫃很小，大概就跟兩個電話亭一樣大。卡莉總是抱怨沒地方能放她的衣服。

我決定不再假裝不知道他在這裡。

「我知道你在裡面。」我輕聲道。

這一次，不同於公園那時候，他沒對我做出回應。我不禁懷疑自己弄錯了、發瘋了。然後我一手拿著刀，用另一手抓住門把，用力往後拉。

門扉絲毫不動。

我再次拉扯，但就在我施力的同時，門後面有人用同樣力道往反方向拉。我打不開門，門依然緊閉。他跟我一樣強壯。仔細想想，他的力氣大小一定跟我**完全一樣**。我們達成了某種力量平衡，門板成了我們當中的某種牆壁。但他在裡面，我在外面。他無處可去，無路可逃。我搞不懂他幹麼玩這種遊戲。

然後我懂了。

我站在衣櫃門外，拚命試著開門時，聽見裡頭傳來說話聲。不是**我的**聲音，是個陌生人的平靜嗓音，有點模糊，帶有雜訊。擴音器傳來一名女子的聲音。

「九一一。你有什麼緊急狀況？」

一陣漫長沉默後，調度員再次開口。

「這裡是九一一。喂？你有什麼緊急狀況？」

這一次，壁櫥裡的男人做出答覆，慢條斯理，就像峽谷中的回音。我認得這個聲音，是我的聲音。「噢，**哈囉……**」

他在對我說話，也在對她說話。

「先生？喂？你有什麼緊急狀況？」

「我叫迪倫．莫蘭。妳必須立刻派警察過來。」

他迅速說出地址——我的地址——然後說：「你們得動作快。」

「先生？你能不能說明發生了什麼問題？」

「我是個壞孩子，」他告訴調度員，說出**壞**字時帶有竊笑聲，顯然是說給我聽。

「你們必須阻止我。」

「先生？你遇到危險了嗎？還是你身旁的人遇到危險？」

「我身旁每個人都有危險。我殺人。我謀殺他們。我刺死他們。我**淹死**他們。」

聽見他強調「淹死」這兩個字，我覺得反胃。我再次拉扯門把，但還是打不開。我想咆哮，想說些什麼，但我震驚得喉嚨麻痺。我說不出話。

「快派警察來。」他重複。

「警察正在路上。先生，你是一個人嗎？還是你旁邊有別人在？」

「我旁邊沒人，」他讓我慢慢消化這句諷刺的說法。「我是獨自一人，這裡只有我，迪倫・莫蘭。」

「請留在原地，先生。警察再兩分鐘就到。」

「我需要被懲罰。」他緊繃地說。

「先生？請別掛斷，先生。」

「我的邪惡是毫無極限的。我的邪惡是……**無限**。」

他用了這個字。

伊芙的字。

無限。

我繼續拉動衣櫃門，反向力道突然消失。門扉朝我的方向甩開，我失去平衡，踉蹌向後倒。我能聽見電話裡傳來調度員的聲音。

「先生？先生，你還在嗎？先生？」

我衝進衣櫃，但裡頭沒人。我猛拉上方燈泡的鐵鍊，被強光刺得瞇眼。衣櫃裡沒人，只有我和卡莉的衣物掛在衣架上，地上有一支手機，緊急調度員的話語從中傳來。

「先生？先生？請留在原處。警察正在路上。」

這裡只有我一個人，而我的分身消失無蹤。這裡只有我在。

迪倫．莫蘭，剛剛承認了犯下謀殺。

迪倫．莫蘭，手裡握著染血的菜刀。

我急忙攤開五指，利刃喀啦落地。我絕望地抓著頭，意識到我需要離開這棟屋子。離開。逃跑。永不回頭。我跑出臥室，但發現為時已晚。

警笛呼嘯。閃爍的燈光從屋前屋後照進窗戶。

警察來了。

第十一章

我在門口遇見他們。

兩名魁梧的芝加哥警察站在前門臺階上，警車斜停在路邊，警示燈閃爍。其中一人的手很靠近槍套裡的槍。另一人用無線電和另一隊警官交談，我只聞其聲的那些警察顯然從小巷來到我家後面。

看起來準備開槍的警察比我高六吋，塊頭大得就像悍馬軍車，黑色的斑駁皮膚，少許鬍鬚，頭髮修剪得像一頂無邊帽。他正在評估我是不是威脅。

「先生？我們接到來自這個地址的報警電話。」

我做出我唯一想得到的舉動：說謊。

「報警？從這裡？抱歉，警官，一定是弄錯了。這裡只有我在，我並沒有報警。」

「你叫什麼名字，先生？」

我遲疑幾秒，警察也顯然注意到了。「迪倫・莫蘭。」

兩名警官對望一眼。「這個嘛，先生，那個人在那通電話上就是如此自稱。」

「我的名字？我不知道該跟你們說什麼好。一定是有人惡作劇。我聽說過這種事，有人故意報警、要警察去某個人家裡。這叫什麼來著？假報警？」

「你有沒有任何證件，先生？」

「當然。」

我從口袋裡拿出皮夾，從中抽出駕照，交給警察。我確定他有注意到我的手在發抖。他把駕照還給我時，我試了幾次才把它塞回皮夾裡。

「我們想進你的公寓看看，莫蘭先生。」

「我明白，警官。我知道你只是在盡本分，可是我對所謂的報案電話一無所知，我也不想讓警察無故搜查我的家。很抱歉。」

我看得到他望向我身後敞開的門扉，顯然在尋找某種藉口，讓他們能未經我許可而進入其中。然後他瞥向通向二樓的樓梯。

「樓上還有別的公寓嗎？」

「有。我爺爺住在那裡。艾德加・莫蘭。」

「我們想跟他談談，」警察說。

「這個嘛，他九十四歲了，警官，而且身體不太好，所以我不希望你打擾他。如我剛剛說的，這整件事一定是某種惡劣玩笑。」

「玩笑。」警察像嚼口香糖一樣嚼著這兩個字。

「沒錯。」

「報案的那人自稱迪倫・莫蘭，說打算為謀殺案自首。這聽起來不像玩笑。」

我順利地讓臉上出現怒火，因為我**確實**火冒三丈。我憤怒、絕望，而且搞不懂這個世界究竟怎麼回事。「這個嘛，這很瘋狂，警官。我不是殺人犯。很顯然的，我不會打電話跟警察說這種話。」

警察沉默片刻。他不相信我，但也沒有足夠證據。此刻，一把染血的刀就躺在我的臥室地板上，我不想讓他們進去發現它。

「為什麼會有人對你做出這種指控，莫蘭先生？這麼做滿嚴重的。」

「我毫無頭緒。我只能告訴你，我沒報警，而且那些說詞都不是事實。」

我試著壓抑不耐煩的情緒。我需要警察**離開這裡**，我才能找個地方處理掉那把菜刀。我可以把整間公寓清掃乾淨，畢竟我不知道我的分身還留下了什麼其他證據。

兩名警察面面相覷。我看得出來他們不確定是不是被報警的人唬了，我只希望他們會離開這裡，但我的希望很快破滅。

在街上，一輛灰色轎車在警車後面停下來。一名六十多歲的高瘦男子下車，從後座抓起一個鼓鼓的皮包。他穿著一件寬鬆的白色西裝襯衫，和一條打褶的棕色長褲，我看到他腰帶上夾著一枚微微發亮的徽章。他稀疏的灰髮像鳥巢一樣凌亂，臉龐憔悴，眼窩和顴骨下方凹陷。他看起來應該躺在病床上，而不是在芝加哥的街道上走來走去。但他走近時，那雙不眨眼的眼睛像獵鷹一樣打量我，嘴角稍微上揚，露出自大的笑容。

「夥伴們，這裡由我接手，」他對制服警員們說：「但你們留在現場，好嗎？我可能需要你們。」

兩名警察對他態度恭敬，彷彿他是黑手黨頭目。他們二話不說，回到警車所在，斜倚車門看著我們。新來的人伸來一手，我握了他的手。他的手疲軟無力，皮膚像灰塵一樣乾燥。

「莫蘭先生？我是哈維．布辛刑警，想問你幾個問題。」

「我沒什麼興致聊天，刑警先生。」

「這個嘛，你打那通報案電話的時候，聽起來很想聊個夠。」

「那通電話不是我打的。」我告訴他。

「是嗎？」布辛刑警從後口袋抓出手機，按了幾個按鈕，讓我聆聽幾分鐘前的報警錄音。「不是你？因為聽起來很像你。」

「我覺得聽起來不像我。」

「是啊，我明白你的意思。我太太說我的聲音像本．斯泰因，你知道，《蹺課天才》裡頭那個演員？我自己是聽不出來啦。總之，莫蘭先生，我想說的是，我的搭檔正在申請搜索你公寓的搜索票。我會留在這兒，我的朋友們也是，直到我的搭檔回來。你可以邀請或不邀請我，但我們遲早會進去。」

「搜索票？就因為一通惡作劇電話？」

「還有其他原因。」刑警答覆。

「例如？」

「我很樂意向你解釋一切，只要你讓我進去。」

「刑警先生，我發誓，這只是一場天大的誤會。我沒打那通電話。」

「是啊，你剛剛已經說過了。重點是，既然是誤會一場，就該讓我們釐清吧？因為，我老實告訴你，莫蘭先生，我不是因為那通報警電話而走這一趟。」

「不是？」

「不是。我很早就出發了。其實，我有個同事整晚坐在車上，從一段距離外監視這裡，看你會不會回家。他在不久前打電話叫醒我，說你回來了。之後，我從格倫維尤開車趕來的時候，在無線電上聽到一通跟**你**有關的怪異報警電話。你不覺得這也太巧了？噢，相信我，調度員如果覺得一通報警電話很怪，那就是真的怪。」

「你是不是要逮捕我，刑警先生？」

「不是這回事，我只是想談談。」

「這個嘛，我剛剛說了，我不想談。」

「沒關係，那我負責講，你負責聽，這樣如何？」他拿起公事包。「我這裡有些東西，你應該會覺得很有趣，但在屋裡談比較方便。我們在最靠近門口的椅子坐下就行。我今年春天才換了髖關節，久站會痛得難受。給我十分鐘就好。你任何時候要打發我走都行。」

我才沒那麼笨，我知道他在耍我，他想弄清楚我和史考提・萊恩之間的關係，誘使我認罪。如果他真的正在申請搜索票，我知道他們一搜完公寓就會逮捕我。我唯一能做的就是**逃走**，但我逃不了，因為警察從前面和後面包圍了這棟建築。

我沒多說什麼，而是從門口後退，讓布辛刑警進入公寓。我們在客廳的時候，我指向靠近前窗的沙發。我在他對面的椅子坐下。我迅速掃視周圍，確保沒遺漏任何能將我定罪的其他證據。我注意到布辛刑警也在觀察四周。

然後他從公事包裡拿出史考提・萊恩的相片。「莫蘭先生，你認識這個人嗎？」

「你剛剛說我負責聽就好，刑警先生。」

「的確，好。總之，你當然認識他，他睡了你老婆。」

他在誘導我上鉤。我繃緊身子，抿起嘴脣。

「照片上的人就是尊夫人吧？」刑警指向壁爐架。

「嗯。」

「很漂亮。」

「嗯。」

「順道一提，我聽說了你太太的遭遇，」他說下去。「真悲慘。還真巧，不是嗎？你太太在你開車時死於車禍，而就在幾天後，她的情人在跟你吵架後被殺。」

「如果你以為是我殺了他，你就大錯特錯。」我雖然嘴上這麼說，不過殺死史考提・萊恩的那把刀就在我的臥室地板上，離我只有幾呎。

「可是你去過那裡，不是嗎？有個目擊者看到你跟萊恩先生同處一室。她立刻認出你的身分。她聽見吼叫聲，然後看到你跑出來，手上染血。」

「如果我有刺死他，就不會只是手上染血。」我指出這點，就算我現在根本不該開口。

「我不記得我有說他是被刺死的。」

「我跟我岳母談過了，」我說：「我知道你也跟她談過。她跟我說了發生什麼事。」

「啊，的確，原來如此。可是你承認有跟萊恩先生打架？」

「我什麼也沒承認。」

刑警點頭。「行，我瞭解。那麼，你太太呢？你有沒有因為她劈腿而跟她吵架？」

我沒吭聲，但感覺心跳再次加快。

「我的意思是，如果我老婆對我做出這種事，我會打破幾扇窗之類的，」布辛刑警說下去：「而且你的脾氣不小吧，莫蘭先生？我知道你有傷害罪的前科。敢惹你的人會被打得頭破血流，是吧？」

「這不是事實。」

「嗯，他們大概都是活該，我懂。說起來，你是在拉薩爾廣場酒店工作吧？」

他突然改變話題，我困惑得皺眉。「嗯，沒錯。」

「你負責處理在那裡舉行的活動？」

「是的。」

「那裡很高級。」

「的確。」

「我幾年前參加過在那裡舉行的婚禮。」

「我們那裡經常舉行婚禮。」我說。

布辛刑警把手指伸進打開的公事包裡，拿出一張照片，放在我面前的茶几上。照片上是一名穿著慢跑服、二十多歲的金髮美女。我看出背景是密西根湖和阿德勒天文臺。

「你認得這個女人嗎，莫蘭先生？」

「不認得。」

他從公事包裡拿出另一幅相片。這張是另一個年輕的金髮美女，坐在餐廳裡，面前放著一杯飲料。

「她呢？」他問。

「不認得。」

他又把手伸進公事包。又一張相片，又一個金髮女子。

「這個呢？」

「不認得。」我重複。

他又拿出一張相片。我也再次告訴他，我不知道相片上的女人是誰。這是實話。她們對我來說都是陌生人。

「她們都不讓你覺得眼熟？」

「沒錯。」

「我覺得她們都長得跟尊夫人很像。」布辛刑警說。

我再次瞥向照片，意識到他說得沒錯。她跟她們的相似處確實無法否認。頭髮、樣貌、笑容——都有點卡莉的影子。

「是有點像吧。她們是誰？」

「她們都是凶案受害者，莫蘭先生。」

我開始覺得頭暈目眩。「凶案？」

「嗯，她們四個都是在最近幾星期被刺死。我們認為這些案件彼此有關聯，因為行凶手法一樣，而且受害者的外貌都非常相似。不過，我們無法判定她們之間有什麼共同點。她們的住處、工作、背景……都不一樣。這令我傷透腦筋，因為我找不到任何重疊之處，沒有任何跡象表明同一個凶手是如何與她們接觸，直到這幾天……」

「希望你不是以為，她們彼此間的共同點就是長得像卡莉，因為有太多金髮女人都長這樣。」

「沒錯，的確。不，我並不認為這是共同點。我的意思是，這部分是很有意思沒錯，但純粹是因為我們另外發現了什麼。其實我算是湊巧發現，因為有個證人順口跟我提到了一些事，剛好跟我某個受害者的餐廳收據有關。其實，這些女性的共同點是，她們在被殺的幾天前，都參加了在拉薩爾廣場酒店宴會廳舉辦的活動。」

我震驚不已，倒抽一口氣。**「什麼？」**

「沒錯。你一定也看出問題所在，莫蘭先生。四名長得非常像尊夫人的女子，去了你的酒店後就遭到謀害。如今你太太死了，跟她有染的男子也死了，被刺死，就跟另外幾個受害者一樣。最重要的是，我們今天接到一通自稱迪倫·莫蘭的人打來的報案電話，說他準備好承認謀殺。」

我從椅子上跳起來。

「你想去哪嗎，莫蘭先生？」

「我要去廁所。」

我轉過身，蹣跚走過走廊，進入臥室，把門在身後關上。我的視線移向地板上的刀。布辛刑警那些相片上的女子們的臉，在我的腦海中對我微笑。我不認識她們，從沒見過她們。然而，我現在獨處的時候，她們似乎在我腦海裡激起了回音。我記得她們。更糟的是，我腦海裡的回音不是這些女人活著的時候。我能看到她們死了。她們臉色慘白。我能看到**自己的**雙手沾滿她們的血。

她們長得都像卡莉。

我覺得反胃，這不是我裝出來的反應。我衝進廁所，鎖上門，在馬桶前跪下，嘔吐了三次。清空胃袋後，我漱了口，瞪著自己的鏡中倒影，但是瞪著我的那個男人是我這幾天看到的那個陌生人，疲憊不堪，失控，瘋狂。我已經不認得自己是誰。

我聽見臥室門外傳來敲門聲。「莫蘭先生？」布辛刑警喊道。

「我很快就出來。」

剛說完，我來到浴室窗前，輕輕打開窗，觀察了我這棟公寓和隔壁棟之間的走道。我沒看到任何警察。我盡可能安靜地鑽出窗口，跳到下面的水泥地上。

我抓住相鄰的圍籬，撲了過去。

不遠的那隻羅威納犬又開始叫。我聽見說話聲，看到一些光束朝我的方向投來。有個男的開口呼喊。

「別動！」

我拔腿就跑，未曾回頭。

第十二章

清晨的日出從湖面升起，在雲層中劃下粉紅斜線。我坐在海軍碼頭遠端的一張濱水長椅上。我身後一棟老舊的磚砌碼頭大樓還沒開門，木板路上幾乎空無一人。在我的左手邊，市中心的摩天大樓裡持續綻放燈火。風在漆黑湖面上掀起白浪。

我因為奔跑和睡眠不足而感到疲倦。我勉強逃出了我的街區，幸運的是，我比警察更瞭解這個地區，我從十幾歲的時候就和羅斯科一起探索河岸。我猜他們現在正在城裡到處找我。連環殺手，逍遙法外。必須在他再次行凶前抓到他。

我逃出家裡後，搭了一輛公車來到市中心。下車後，我在一家二十四小時營業的便利商店裡整理儀容。我猜現在使用信用卡絕對不安全，而幸運的是，我的皮夾裡塞滿了現金。我剃了鬍鬚，洗了頭，用海綿擦掉身上的汗水。我買了一副墨鏡，但是偽裝效果不算理想。之後，我低著頭，帶著混亂的腦袋走在空蕩蕩的街道上，前往碼頭。

我已經在這裡坐了一小時。我就像驚弓之鳥，不敢在同一個地方待太久。我給伊芙·布萊爾打了電話，但我不知道她會不會來，或是她會不會叫警察來抓我。但我望向碼頭大道時，看到她朝我走來，她的步伐迅速又堅定。

她穿著一件長度及膝、在狂風中擺動的海軍藍連衣裙，以及我們在格蘭特公園見面時穿的那件深色風衣。她戴著一頂貝雷帽，用一手抓著遮住額頭的帽簷，長髮在臉上飛甩。她在離我幾呎遠的另一張長椅上坐下，彷彿我們是陌生人——我們也確實算是陌生人，至少對我而言。她茫然地看著湖面，接著轉身瞪著我，語調專注。

「把你剛剛在電話上說的再說一次。」

「因為妳不相信？」我問。

「沒錯，我不相信，因為那不可能是真的。」

「信不信由妳，但確實有**兩個**我。同一個世界、同一個空間有兩個迪倫·莫蘭。是妳把他帶來的。」

「你怎麼知道？」

「因為他是用妳的暗語脫身。**無限**。」

「我的療法不可能造成這種事。」

「我認為妳說的不是事實。我認為妳的療法打開了門，另一個迪倫·莫蘭從中而來。他是殺人犯。警察給我看了他殺死的幾個女人的相片，有四個，長得都很像卡莉。他現在跑去了別的地方，準備再次下手。」

她伸出修長的胳臂，侵入我的私人空間，把我當成寵物一樣撫摸我的頭髮。「我知道你聽不進去，但也許只有**你一個**迪倫．莫蘭。」

「我不是殺人犯。我是有很多缺點，但我沒殺人，至少在這個世界沒有。」

伊芙抽手，再次望向湖面。「如果你說的是事實，這件事的影響……令人不安。」

「妳為什麼表現得這麼驚訝？妳說過這個療法的用意就是在不同世界之間搭起橋梁。」

「是沒錯，可是你現在說的這些——」

「我說的是一個有**危險性**的迪倫．莫蘭。伊芙，妳說我有接受妳的治療。如果多重世界理論是正確的，其他世界就會有無數個迪倫去找妳、接受同樣的治療。想像這個分身——這個暴力的迪倫——意識到發生了什麼事。他跟妳的某個患者進行互動，並跟隨那人進入了一個全新的世界，進入一個獵場。他可以隨心所欲地殺人而不用擔心被抓，因為所有證據都會指向真正屬於那個世界的迪倫。他想離開時，隨時都能打開逃生艙。他利用妳而來去自如，伊芙。誰知道他已經這樣做過多少次，在多少個不同的世界？這是完美犯罪。」

伊芙皺眉。「你打算怎麼做？」

「跟蹤他，阻止他，以免他再殺害更多人。」

「進入多重世界？」

「是的。」

她堅定地搖頭。「你不能這麼做。依據規則，你就算找到他，所有選擇都會產生影響，意思就是你永遠無法阻止他。一定有哪個世界是他能逍遙法外的。」

「也許吧，但是規則也說我們不能穿梭於不同時間軸。他**違反了規則**。就我們所知，只有他這個迪倫懂得如何穿梭於其他時間軸。」

「他如果阻止了**你**呢？如果你回不來？」

我瞪著周圍這座城市，我的城市，我的家園。「我在這裡已經玩完了，伊芙。我在這裡已經什麼也不剩。羅斯科死了。卡莉死了。我如果被警察抓到，就要坐一輩子的牢。我回不回來都無所謂。」

「你這麼做是徒勞無功，」伊芙堅稱：「你沒辦法進入其他世界。」

「這個嘛，就算我不試，其他迪倫也會試，不是嗎？妳說每個選擇都會產生影響，那還不如由我做出選擇。妳有沒有把藥帶來？」

伊芙掃視碼頭，確保這裡沒有其他人。她從手提包裡拿出一小瓶透明液體，連同一支皮下注射器。「我就是用這個。」

「怎麼用？」

「我給你打藥，然後透過催眠引導你進入多重世界。你不會注意到自己什麼時候進去裡頭。」

「什麼藥？」

「各種迷幻藥的混合物。我從大學開始就一直在研究這種組合，想找到某種平衡，讓大腦最容易受到『替代現實』的影響。其實這就是關鍵。我們在成長過程中都深信自己知道現實是什麼，而進入其他現實的唯一方法，就是打破這種確定性，讓心靈能迎接全新的可能性。」

「就像嗑了LSD。」我說。

伊芙對我綻放緊繃的笑容。「算是。」

「妳這種藥會產生什麼感覺？」

「第一次可能會讓人不知所措，」她警告我。「不管你的眼睛看到什麼，你真正在做的是進入你的大腦深處。你就像在某種中央車站，不同版本的你在這裡交會。我不知道你會看到什麼，但你感受到的『感官超載』對你來說可能難以承受。如果太難受，你知道說出什麼暗語就能離開。」

「無限。」

「沒錯。你如果說出這個字，應該就能離開所在的地方，結束這種狀態。」

「而且直接回來這裡？」我問。

「我只知道你會被送去某個地方。我一直認定，我送出哪個迪倫，哪個迪倫就會回到我身邊。但我現在不知道這是不是真的。就我所知，搞不好另一個迪倫會在幾秒後出現在我旁邊這張長椅上，我也根本看不出差別。其他方面看起來也都會一樣。」

「我可不想讓別人來承擔我的爛攤子。」我面露微笑。

伊芙臉色變得嚴肅。「這不是該開玩笑的事。你表現得好像你面對的情況不會變得更糟，迪倫。你這麼想就錯了，情況有可能更加惡化。而且別忘了，你不管去哪，那裡已經有另一個迪倫。他的人生屬於**他**，不屬於你。」

「意思是？」

「意思是，你最好記住我之前說過什麼。你會很想留在另一個迪倫的世界。你也許會想殺掉另一個你，就為了占據他的人生。」

「我不是殺人狂。」我再次堅稱。

「你確定嗎？」

我沒答覆，只是凝視持續攀爬的太陽。這座城市逐漸甦醒。不久後，碼頭會有越來越多人。我不耐煩地捲起袖子。「開始吧。」

伊芙拿起注射器，從藥瓶裡抽取了液體，用指甲敲敲針筒。她在長椅上挪向我，抓住我的手腕，在我的胳臂上尋找靜脈。找到後，她把針尖對準我的皮膚。

「反悔的最後機會。」她說。

「動手。」

我感到刺痛，就像被蜜蜂螫傷。她按壓活塞。

一開始的幾秒，這個世界並無變化，什麼也沒發生。我還是迪倫·莫蘭，還在海軍碼頭，還跟伊芙·布萊爾醫師坐在長椅上。我有點猶豫，我想抓住這個世界，但已經來不及了。我的血液把藥物輸送到全身，藥效像海浪撲沙般席捲我體內。我閉上眼睛，再次睜眼時，已經不在碼頭。不管我去了什麼地方，顯然已經遠離了碼頭。

我聽見合唱聲，就像數億人低語，每個都很輕柔，但合起來的音量很大，我想用手摀住耳朵。一開始，我什麼也沒看見。全白。全黑。然後，某種東西在我面前成形，有形的東西，熟悉的東西。我在一條乾淨的城市街道上看到一家小餐館。天色很晚，我隔著窗戶看到裡頭明亮的燈光。一名男子獨自坐在櫃檯前，是個孤獨無名的都市人，身穿西裝，頭戴紳士帽，背對著我。在他附近但不在他身邊的，是另外兩個人，一男一女，這名男子也穿西裝，女子一頭紅髮，身穿紅衣。

這不是真的。

這是我看過數千次的一幅畫。

我在藝術博物館裡，瞪著《夜遊者》。

第十三章

「我有時候會盯著這幅畫幾個小時，」我旁邊的某人對我說：「我也不知道為什麼，總之這幅畫就是觸及我的心。其實，有件事很有意思。要不是因為我爺爺，這幅畫根本不會在這兒。他小時候不小心走路撞到這間博物館的館長，對方才因此沒被車子撞死。館長在隔年從愛德華・霍普手上買下了《夜遊者》。」

我轉頭瞥向說話的人。他的笑容很隨和，完全不像我的笑容。他穿著一件灰色的無領T恤，脖子處有幾顆鈕釦。他的石洗牛仔褲有些破損。他滿臉都是亟需修剪的鬍鬚，蓬亂棕髮七橫八豎。我永遠不可能允許自己像他這樣邋遢，但他就是我。

他是我，卻也不是我。他是我的分身。我的雙胞胎。

「我以前好像聽過這個故事。」我對他說。

他看著我，但臉上沒有任何反應，彷彿遇到一個和自己一模一樣的人也沒什麼好驚訝的。又或許，他只是沒注意到我。「噢，是嗎？你見過艾德加？這個嘛，他很常來這裡。他逢人就說這個故事。」

「那你呢？」我問：「你也常來這裡？」

「我？後來很少了。我在幾年前搬離了芝加哥。這裡人太多，冬天太漫長。我試著說服艾德加跟我一起走，但他是個頑固的老驢，不願意離開這座城市。我現在住在可可市附近的沙灘，四處打零工，但我在乎的是那裡的海浪。」

「衝浪？」

「一點也沒錯。」

「這個嘛，這也是一種生活方式。」我暗自感到無比驚恐。

「是啊，我這輩子做過最棒的決定。」他伸手過來跟我握手。「迪倫・莫蘭，芝加哥人轉職成海灘流浪漢。」

「我也叫迪倫。」我回話。

「這個世界可真小。」

「真的很小。」

我掃視整間博物館。每個細節都符合我的記憶，每幅畫都跟原作一樣鮮明，天窗的每扇窗、腳下的每塊傾斜的地板，看起來都沒變。我的大腦應該不可能在一瞬間複製了整間博物館，但我確實在這裡。只不過，其他版本的我在哪？

這裡只有我和衝浪者迪倫。

「我在找人。」我告訴他。

「噢，是嗎？」

「你搞不好見過他。蓬鬆的黑髮、濃密的鬍碴、陰冷的笑容。他喜歡穿一件破舊的飛車黨皮夾克，上面有汙漬。」

衝浪者迪倫收起笑容。「老兄，你不會想碰到他。他可不好惹。」

「是嗎？怎麼說？」

「我是聽說啦。那傢伙是個麻煩人物。你不管怎麼做，別讓他跟著你一起離開這裡。」

「謝謝你的建議。」

我聽見後面傳來腳步聲。我轉過身，看到另一個迪倫．莫蘭走進畫廊。這個人剃光了腦袋，穿著黑色高領毛衣，臉上戴著銀色圓框眼鏡，從頭到腳都整整齊齊。他不發一語地從我們身旁漫步而過，走向彼得．布魯姆的超現實派畫作《岩石》。這幅畫的中心是一個鋸齒狀的球體，就像被切開的粉紅色晶洞，人們在它周圍用鐵鎚和石板忙碌著。一名孤獨的女子跪在地上，抓住球體，彷彿在崇拜它。光頭迪倫以完美的姿勢站著，查看這幅畫，雙手交叉在胸前，三不五時地傾身向前，研究某個特定的細節。

「這是關於勞動階級的畫。」我來到他身旁，開口說道。

他嚴肅地打量我，但和衝浪者迪倫一樣，似乎也沒注意到我們長得一模一樣。

「是啊，我父親曾說這幅畫是描繪工會成員的崇高。」

「在我印象中，我父親好像從沒去過博物館。」

「是嗎？我父親是在博物館一直工作到退休。他是一位藝術史學家。在某種程度上，這間博物館算是跟我的家族息息相關。我們能在這裡看到《夜遊者》，就是因為**我父親的父親**。」

「丹尼爾・卡頓・里奇？差點發生的車禍？」

「噢，看來你聽過這個故事。沒錯，就是這回事。」

「令尊依然健在嗎？」我問。

「是的。不過我在去年失去了我母親，她死於癌症。」

「我很遺憾。」

「其實，因為她的離世，我和我父親因此感情變得更好。要不是彼此的扶持，我們應該很難熬過那段時間。」

我試著想像一個我父親沒殺掉我母親的世界。在這個世界，他們倆都陪伴我長大；在這個世界，我父親滴酒不沾，會帶我去很多地方，讓我成為他人生的一部分。我對身旁這個迪倫一無所知，但我知道我羨慕他。

我開始明白伊芙・布萊爾給我的警告。

你會很想留在另一個迪倫的世界。

在我周圍，更多迪倫來到這間博物館。六個迪倫，二十個，四十個，不久後多得數不清。他們各個截然不同，卻也完全相同。他們穿著不同的衣物。有些蓄鬍，有些沒有。有些比我胖，有些比我瘦。有一個坐輪椅，有一個右腿是義肢。有些看起來跟我幾乎一模一樣，只有一些小小的不同處，讓我知道他們人生的某些部分跟我不一樣。

但我沒看到任何一個迪倫穿著我父親的皮夾克。

我四處閒逛，博物館裡也越來越擁擠。我們不斷彼此擦撞，所有的迪倫・莫蘭占據了每個角落。在《美國哥德式》附近，我看到一個迪倫站在畫廊中央，其他人從他身旁走過。他的打扮和我一模一樣，穿著有點皺的西裝外套、髒兮兮的長褲，打了一條鬆散的領帶。淚水從他紅通通的臉上流下，他的胸膛因絕望而起伏。

「你還好嗎？」我問。

他張開嘴，發出嘶啞的哭聲，散發純然的痛苦。他瞪著我，一臉悲痛。「卡莉**死了**。」

這幾個字令我搖搖欲墜。「是的，我知道。我很遺憾。」

「沒有她，我活不了，真的活不下去。」

悲慘迪倫從西裝外套裡掏出一把自動手槍，拉動滑套上膛。我本能地後退一步，舉起雙手。

「迪倫，把槍收起來。」

他搖頭，依然不停啜泣。在我的注視下，他張開嘴，把槍口塞進嘴裡。他的指頭滑到扳機上時，他的手在顫抖，鼻孔滴下鼻涕，口水滴到槍口上。他這張臉孔有點像孟克的《吶喊》，彷彿他也是這間博物館的一幅畫作。

「迪倫，**不！**不，別這麼做！」我環顧周圍數以百計的人。「來人啊！」

可是沒人停下腳步，甚至沒人注意到這裡上演的戲劇。

我面前的迪倫扣動了扳機。子彈轟掉了他的後顱骨，把碎骨、鮮血和腦漿灑在他身後的其他迪倫身上。他們毫無反應，只是繼續行走，臉龐和衣服上沾滿某人腦袋的殘留物。悲慘迪倫癱倒在我前方的地板上。其他人踏過他的屍體，彷彿他根本不存在。鮮血在博物館的木地板上聚成血泊，沾到每個人的鞋子。

我在人群中推擠而過，因為我必須離開這裡。我需要空氣，但隨著現場擠滿更多迪倫，我周圍也愈加擁擠。我不得不奮力前行，把其他人推到一邊。我周圍的每個迪倫也做出同樣舉動，每一個似乎都被當成空氣。

最後，在博物館的大樓梯附近的中庭，我找到一處欄杆，靠在這裡喘口氣。《參孫與雄獅》的大理石雕像聳立在我後面。刺眼陽光透過上方的天窗，傾瀉而下。中庭裡充斥著一種古怪的聲響，一種由微小噪音組成的聲音——衣物彼此摩擦，腳跟敲打石地——這些聲響結合在一起，對我的感官產生了震耳欲聾的衝擊。我想把這團聲響排拒在外，因為它實在太**吵**，但摀住耳朵也擋不住。

伊芙也警告過我這種可能性：我第一次的體驗可能會令我不知所措。

我很想說出暗語。**無限**。只要說出這個字，這場混沌就會結束，我就能回到屬於我自己的現實，那裡只有我這個迪倫·莫蘭。但在那個現實，卡莉死了，我因為謀殺罪而被通緝。

然後我看向下方。

我看到他。

博物館二樓的四條樓梯匯聚在我下方的一座方形平臺上，我看到一千個迪倫，其中一個動也不動地站著。其他人讓路給他，人海在他周圍一分為二。

他穿著我父親的夾克。

我低頭看著他時，他抬頭看到我。他海藍色的眼睛清澈冷冽。他認出我時，嘴角形成一個殘忍又暴力的微笑。我們知道彼此是誰。一波施虐狂的氣息席捲我，我知道就是這個人在河邊對我呢喃，躲在我家臥室的壁櫥裡，向警察坦承罪行，拿刀刺穿了至少四名酷似卡莉的女子的心臟。

名為迪倫·莫蘭的殺手並非無數個。

而是只有一個。就是我看到的這一個。這個人想出辦法違反規則。

我開口呼喊：**「快攔下他！抓住他！」**

沒人照做。他走下臺階，他前方的人群為他開闢了一條新路。我試著跑去他那裡，試著追他，但我被困住了，動彈不得。眾多迪倫·莫蘭把我困在原處，我尖叫著要他們讓開，但他們毫無反應。就跟我所站的欄杆一樣，樓梯上到處都是迪倫。我無處可去。在下方，穿著皮夾克的迪倫從我的視野消失。如果我現在不攔住他，他就會離開，走出大門，進入另一個世界，我將永遠找不到他。

我用雙手抓住欄杆。為了騰出一點空間，我向右踢了一腳，其他迪倫為之後退，然後我朝左邊做了同樣舉動。有了少許空間可以挪動後，我把雙腿跨過二樓欄杆，然後往下跳。雖然高度不高，但我還是覺得好像要從懸崖跳下去。我往下跳，身體持續加速，然後我重重落在下方的人群上，像保齡球一樣撞散眾多迪倫。他們化解了我墜落的勁道。我起身後，垂下肩膀，像橄欖球名將沃爾特・佩頓一樣衝過最後一段路。

我的視線越過其他人的腦袋，看到博物館的門口。太陽的奪目強光穿透玻璃而來。我不知道這些門是通往密西根大街以及守衛博物館入口的獅子雕像，還是通往其他地方。但我還是從這扇門離開了博物館。這扇門就是離開眾多迪倫・莫蘭的心靈的門戶，而就像一場盛大的遊行一樣，我的分身們一個個離開這裡。門扉打開再關上，那些迪倫一一前往其他世界。

我能看到**他**。他正在靜候良機。

他站在門邊，看著每個人離開，上下打量他們，彷彿在為下一個完美犯罪尋找完美的迪倫。

我猛然撲向他，朝擋住我去路的人群大喊大叫。他看到我逼近，但完全沒打算逃跑。他用一種嚴肅又邪惡的好奇眼神看著我，彷彿一頭狼搞不懂一條狗為何朝自己衝來。我持續接近他。我不在乎周圍的其他迪倫。我拳打腳踢，慢慢開闢了一條小路，就像拓荒者一次砍掉一棵樹那樣。

我離他六呎，彼此間只剩幾個人的時候，幾個狀況同時發生。

其中一個迪倫・莫蘭來到玻璃門前。這個迪倫看起來很像我：同樣的髮型，同樣的外套，彷彿是來這裡和艾德加一起欣賞《夜遊者》，現在要離開，前往拉薩爾廣場酒店。他抬起胳臂開門時，我看到我們之間唯一真正的區別：他的右手上沒戴戒指。我在發生那場車禍後，右手上一直戴著羅斯科留下的高中畢業戒指。

我不禁好奇，我跟他的選擇是從哪裡開始分開。

我不禁好奇，他一生中走的哪條路，跟我走過的路不同。

我沒時間想這些。門開了，一股清新空氣撲面而來，伴隨著城市喧囂。芝加哥就在外頭某處。沒戴羅斯科戒指的迪倫消失在白光中，就在這時候，穿著皮夾克的迪倫眨眨眼，跟在另一個男子身後，跨過門檻。

別讓他跟著你一起離開這裡。

門扉開始在他們身後關上。不知為何，我就是知道一件事：這扇門一旦關上，門另一邊的世界就會與我永久隔絕，它只是數十億個宇宙中的其中一個，我將再也找不到它。

我衝過剩下的距離，絕望地縱身一躍。我在門剛關上的瞬間滾出門外，周圍的光芒變得愈加明亮灼熱，彷彿我潛入了太陽。

然後我周圍空無一物。沒有城市，沒有芝加哥。

什麼也沒有。

第二部

第十四章

「喂，夥伴。」

我在腦海的迷霧中聽到這句話，但我不想醒來。我被困在一個夢裡。

「喂，夥伴，起來。你不能睡在這兒。」

我慢慢睜開眼睛，試著集中注意力。漸漸地，我的感官追上了我的腦子。我仰躺在戶外，夏季豔陽高掛於空。在附近的某處，我聽見海鷗尖叫，連同孩子們的喧鬧聲。我周圍的空氣有一種怪異的甜膩味，是身體的臭味和棉花糖的甜味。我轉過頭，臉貼近身上的衣物時，意識到體味的來源似乎就是我自己。

一名男子俯身看著我，遮住了一部分的天空。「起來，起來，快起來，別躺在這兒。」

我用力推動自己僵硬的四肢，強忍昡暈感，終於坐起。我覺得肌肉酸痛，彷彿已經好幾個小時沒動過。我皺著眉，按揉頸部，查看左右，心裡有一種強烈的失望感。我周圍沒有任何變化，我還在海軍碼頭同一張長椅上。

更糟的是，站在我面前的男子是一名芝加哥警察。他中等身高，體型結實，一頭濃密紅髮和紅潤臉頰。「你身上有證件嗎，夥伴？」

我覺得口乾舌燥，試著開口說話。「呃，有，當然有。」

我在口袋裡翻來覆去，找出皮夾，沒尋找駕照，而是把整個皮夾交給他。他打開皮夾，朗讀我的名字，我繃緊身子。我不知道現在是不是每個街頭警察都在尋找迪倫・莫蘭。

這名警察並沒有打算拿出手槍或手銬。他試著弄清楚我的身分，嘴角下垂。我雖然渾身臭得就像流浪漢，但我的皮夾裡裝著的身分證和信用卡，顯示我是個在市中心工作的專業人士。「迪倫・莫蘭？你叫這個名字？」

「是的，這就是我。」

「你還好嗎，莫蘭先生？你看起來今天不太順。」

「你說得沒錯，我今天是不太順。」

「問題是，孩子們就在附近的時候，他們的父母不喜歡看到無家可歸的人睡在旁邊的長椅上。你害他們很緊張。有幾個人還以為你死了。」

我試著擠出笑容。「我沒死。」

「你需要幫助之類的嗎？需要看醫生？」

「不用了，謝謝。我猜這只是辦公室狂歡派對的後遺症。我對過程沒什麼印象了。」

「那麼，你們下次想開派對的時候，記得採取所謂的『夥伴系統』，好嗎？你如果喝醉，確保有人知道你在哪。你如果睡在這裡的長椅上，就有可能碰上搶匪，明白我的意思嗎？」

「明白。謝謝你，警官。我現在就回家去。」

「好主意。我也建議你洗個澡。」

「嗯。」

我搖搖晃晃地站起身，對警察綻放無力的笑容。我還沒準備好走動，我不知道該去哪裡，但也不想逗留，以防警察突然想到調查我的名字，結果發現我是警方在找的人。碼頭上的幾個遊客好奇地看著我。幾個母親提高警覺，把自己的孩子拉得更近。雖然這麼做似乎沒什麼用處，但我還是拉緊領帶，拍掉袖子和褲子上的塵土，然後走向城市。我查看手錶，發現現在已過中午。從我和伊芙．布萊爾的清晨會面以來，已經過去了幾個小時。

就我所知，伊芙給我注射的迷幻藥物並沒有帶來任何成果，只有讓我做了一個奇怪的夢，覺得頭痛欲裂。我真不知道我為什麼對她有所期待。在刺眼陽光下，「穿梭於我腦海中的不同世界」的這個想法，聽起來就像胡說八道，根本不可能。然而，如果我對我的分身的判斷有誤，我也無法解釋史考提．萊恩和四名無辜女性為何遇害。

與此同時，我完全沒看到伊芙的蹤影。她給我注射了藥物，然後留我一個人，這令我懷疑她是不是希望我永遠不會醒來。我掏出手機，撥打了她的號碼。我想告訴她我還在這裡、依然麻煩纏身。但是電話沒能撥通，也沒轉進語音信箱，而是聽見一個聲音說這個號碼是空號。

伊芙不再使用這個手機號碼。

她要表達的意思再清楚不過：她不希望我接近她。

我來到海軍碼頭的盡頭，繼續待在水邊，朝市中心的天際線前進。問題是，我不知道抵達目的地後該怎麼辦。不管我去哪，警察都在找我。我有點想自首，卻又不知道該跟警察說什麼。我沒辦法證明自己不是他們所想的那個凶手。

我不是殺人犯。

我凝視著水面，思索下一步的行動時，我手裡的手機響了。我查看螢幕，看到來電顯示艾德加的名字。我猶豫地接了電話——艾德加幾乎從不打電話給我——但還是在另一頭聽到爺爺特有的沙啞嗓音。

「喂，你在哪？」他質問。

「為什麼這麼問？你有什麼事，艾德加？」

「我在藝術博物館。你在哪？」

「艾德加，我們才去過。我們是在星期四見面，還記得嗎？」

「今天**就是**星期四。」

我嘆口氣。爺爺常常把日子搞混。另一方面，我也懷疑這是警方為了抓我而安排的電話。「你在那裡等我，我二十分鐘後到。」我告訴他，然後補充一句：「你出門的時候，家裡有沒有發生什麼事？」

「例如？」

「例如警察出現在我們家附近。」

「這個嘛，有個警察說他們在找你。」

「你跟他們說了什麼？」

「我說我不知道你在哪。」

「你有沒有說你要跟我會合？」

「沒有。你要做啥都跟我無關，你很久以前就跟我說清楚了這點。」

他說得沒錯。

「好吧，艾德加。我會盡快過去。」

我掛了電話。

跟艾德加會面，感覺就像是平凡生活中的平凡日子，但我的世界已經不再平凡。我沿著我這輩子經常走過的人行道，輕快地走向博物館。雖然搭計程車會更快，但我想把現金留到我真正需要的時候。

我回到市中心時，穿過千禧公園，經過普利茲克露天音樂廳，這裡的寬闊綠地擠滿吃野餐的民眾。人行道上每一張長椅都被占用。我經過一名正在閱讀《芝加哥論壇報》的老人，他把報紙的頭版放在身旁的長椅上。我的視線自動移向頭條新聞，看到頁面最頂部寫著：芝加哥小熊在三場主場比賽都擊敗了費城人隊。這讓我驚訝得愣住。不只因為小熊隊居然能贏球，也因為我平時有在關注小熊隊，知道他們應該是在下星期才在主場迎戰費城人隊。

然後我瞥向報紙上的日期，發現現在就是下週。

正如艾德加所說，今天確實是星期四。我搞不懂這怎麼可能。也不知道為什麼，在跟伊芙見面後，我幾乎失去了整整一星期的時間，我也完全不記得過程。

我思索她問過的事情：**你有沒有突然失去意識，迪倫？**

在這一刻之前，我的答案是「沒有」，但在星期五凌晨，我明明坐在海軍碼頭，就在伊芙・布萊爾旁邊。現在是六天後，我也完全不知道這之間發生了什麼。

長椅上的老人把視線從體育版上抬起來。「有什麼事嗎？」

「我只是在想，也許你已經看完了頭版？」

他瞇起眼睛，打量我一身髒衣服，但只是聳個肩。「嗯，拿去吧，反正我原本要丟掉。」

「謝謝你。」

我拿著頭版報紙，持續行走，直到找到一張空的長椅。我坐下來翻閱頁面，不太確定自己在找什麼。也不知道為什麼，我想確認自己弄錯了。又或許，我希望能看到哪篇新聞文章，能勾起我對過去幾天的回憶。然而，報紙上的報導，只是證實了這個世界沒有我也照樣運轉。我完全沒有親眼目睹這一星期發生的事。

頭痛越來越嚴重，所以我闔起了報紙。

就在這時候，我注意到頭版左下角一篇文章。這則頭條新聞跳進我的視野：

一名女子在河濱公園慘遭刺死

我不用細讀，就得知這起謀殺發生在兩天前，離我的公寓只有一百碼。幾個探索小徑的青少年在河岸的茂密樹林中發現了屍體，我和羅斯科以前也常在林中探險。受害者名叫貝琪．克恩，二十七歲，是程式設計師，晚上出門跑步，結果再也沒回家。那幾個青少年是在隔天發現她的屍體。

報紙上還刊登了貝琪．克恩的相片。我雖然不認識這個女人，但立刻看出她長得像誰。

她長得就像卡莉。

一走進藝術博物館，我就感到莫名緊張。我有點期望在裡面看到一大堆迪倫．莫蘭，就像我在藥物造成的夢中看到的景象。但我只看到普通的遊客人潮。即便如此，我爬上大樓梯，來到二樓時，在腦海中看到自己從樓廳往下跳，感覺如此生動，彷彿不只是一場惡夢。我甚至注意到腳踝傳來刺痛，彷彿我在現實生活中真的有摔倒過。

艾德加正在二樓的畫廊裡等候，雙手扣在身後，拿著拐杖，褲頭高高地纏在腰間，就像普通的老人。

「嘿，艾德加。」我開口。

他對我的姍姍來遲嗤之以鼻，我們倆默默盯著愛德華・霍普筆下餐館裡的人物。過了一會兒，艾德加情緒稍為好轉，開始一如往常地講起關於丹尼爾・卡頓・里奇的故事，我聆聽的態度就像以前從沒聽過。我們站在這裡的時候，其他遊客走來，欣賞《夜遊者》。

「所以你說警察在找我？」我們再次獨處時，我輕聲開口：「他們有沒有說為什麼？」

「沒有。他們只說你失蹤了。我沒擔心，我猜你遲早會出現。」

「他們有沒有說我失蹤了多久？」

艾德加聳個肩。「一、兩天吧。」

我皺眉。「就這樣？不是一星期？」

「怎麼可能是一星期？我們星期一才一起吃晚餐。」

「你在星期一**見過**我？」

艾德加用眼袋深厚的眼睛盯著我。「小子，你是不是傻了？我當然見過你，你帶了李山姆的炒飯和雜碎菜。」

我搖頭。「艾德加，李山姆餐館六年前就歇業了。」

「這個嘛，總之你有帶中國菜來，我以為是李山姆。」

「你確定是星期一？三天前？」

「我知道你以為我瘋了，不過，沒錯，那天是星期一。媽的，迪倫，你究竟怎麼了？」

我無視這個疑問，雖然我也在思索同一件事。「我那時候表現得正常嗎？我有沒有提到發生了什麼不尋常的事？」

「我們沒說話。你忘了我們從不說話？我們一起吃雜碎菜，一起看小熊隊痛宰費城人。我拿到的幸運籤餅裡寫著：『愛這個字是四個字母，但地獄也是。』我笑得很用力，還發出豬叫聲。」

我搖頭。三天前。三天前。

三天前，我醒著，有意識，而且跟爺爺共進晚餐。既然警察打算抓我，為什麼不動手？我為何**什麼也不記得**？

我過去兩天去了哪裡？

我又沉默了很久。更多人來來去去，盯著這幅畫。我思索艾德加說的：**我們沒說話**。**你忘了我們從不說話？**這是事實。從我十幾歲起，我們倆就是充滿敵意的陌生人。

「我可不可以問你一件事？」

艾德加沒說可以，但也沒說不可以。所以我接著說下去。

「我爸到底怎麼回事？你那時候有注意到跡象嗎？」

艾德加看著我，彷彿我在講外星文。我跟他很少講話，也從沒談過**我爸**這個話題。他像咀嚼臭掉的蝦子一樣思索這個問題，我不知道他會不會說些什麼，還是會假裝我從沒提過這件事。

「沒有，」他終於告訴我：「沒有，我從沒注意到任何跡象。我知道你爸是個脾氣很壞的酒鬼，而且他和你媽之間的關係向來很糟，但我從沒想到他會做得那麼過分，從來沒有。」

「你會不會因此恨他？」

艾德加嘆道：「父母不會恨自己的孩子，不管孩子做了什麼。」

「這個嘛，我恨他。我這輩子天天害怕自己會**變成**他。我每次生氣的時候，會心想：『我就是會在這一刻失控。』」

「你？失控？」艾德加嗤之以鼻。「我倒想看看。」

「什麼意思？」

「我的意思是，烏龜還比你更可能脫下外殼。」

「你在開什麼玩笑？」我對他這句莫名其妙的話發出笑聲。我無法想像艾德加對我說這種話，我這個在少年時期幾乎天天都跟他爭吵的孩子，好幾次差點因為打架而被踢出學校的孩子。如果我害怕自己的脾氣，也只是因為它常常控制住我。

「開玩笑？」艾德加反駁：「才不是。沒錯，你父親的所作所為是很糟糕，但我認為最糟的是，它把你變成了一個該死的機器人。面對現實吧，迪倫，你總是在情緒還來不及接近你之前就逃避情緒。我原以為你也許在婚後會改變，結果你也把她排拒在外。」

「這不是事實。我只是因為她外遇而把她排拒在外，而且那是因為我實在無法忍受自己對她發脾氣。」

艾德加搖頭。「外遇？什麼外遇？」

我意識到我從沒跟他說過卡莉做了什麼。「那不重要，至少不再重要了。」

「聽著，迪倫，你是不是病了還是怎樣？你氣色不太好。」

「嗯，我是有點不舒服，抱歉。」

我閉上嘴。向艾德加說出心裡話的這種嘗試不算順利，加上我的人生出了這麼多問題，我實在不想再跟爺爺吵架。我讓他繼續欣賞《夜遊者》。

就在這時候，我感覺口袋裡的手機震動。我收到一條簡訊。我查看手機，發現沒顯示來電號碼。發訊息來的人不想透露身分。

我查看訊息，覺得有點不安。

跟我在霍奈公園那棟屋子會合。我們需要談談。

第十五章

霍奈公園對面那棟屋子看起來沒人，警察認為我就是在裡頭殺死了史考提・萊恩。我待在公園的棒球場後面，能看到整條街。我沒看到任何人從停著的車輛裡監視那棟房子，也沒看到類似便衣警察的人。如果這是陷阱，警方確實隱藏得很好。

房子周圍沒圍起封鎖線，這令我驚訝。但話說回來，謀殺案已經過去了一個星期，業主顯然想回到自己的房子裡。「待售」的看板也拿掉了，屋外也沒看到錢斯房地產的大型海報。凶宅在芝加哥的房地產市場上應該不算受歡迎。

我在原地等候，確認房子周圍真的無人監視，然後我走過街道，依然在尋找警察，依然準備逃跑。我走近房子時，在心裡默默詛咒，因為我居然遇到那個在我打架後看到我的那個遛狗老婦人。我猜她應該沒忘掉我，也沒忘掉我手上的血。我什麼也做不了，只能盡量對她綻放「我不是連環殺手」的超友善笑臉。我們都站在屋子的白色尖樁籬笆前。

她對我微笑，似乎不認得我。「你好。」

「嗨，」我回話：「妳的狗真可愛。」
「謝謝你。是啊，牠可愛得跟娃娃一樣。這棟房子是你買下的？你是新屋主？」
「我？不是。」
「噢，這個嘛，我們都聽說新屋主是個年輕男人，我想歡迎他來到這個街坊。」
「不，抱歉，新屋主不是我。」
「原來如此。這個嘛，祝你有個愉快的一天。」
「妳也是。」
談話到此結束。她的狗朝大道上的樹抬腿，她等牠撒完尿後繼續沿著街道前進。我觀察她會不會回頭看我，但她沒這麼做。
新屋主？這棟房子已經賣掉了？
我不知道該做何感想。
我穿過房子的圍籬，在走道上打量窗戶，沒發現任何人從裡頭看著我。我再次查看馬路，然後走到前門，按了門鈴。沒人應門，就算我按了兩次，而且用力敲門。我越來越不安，於是轉動門把，門扉應聲開啟。
「有人在嗎？」我喊道：「哈囉？」
我沒聽到回應。
屋裡的氣味跟我上次來的時候一樣，是甜甜的木頭味。四處都覆蓋著細細一層木屑。我走進客廳，我和史考提發生爭吵的地點。不知道為什麼，我以為會看到用粉筆勾勒的屍體輪廓，塑膠布上會有乾涸的血跡，但我沒看到這類東西。我沒看到任何證據表明這裡發生了犯罪。

「哈囉？」我再次呼喊：「我是迪倫・莫蘭，有人叫我來這裡會面。」

還是沒有回應。屋裡沒人。

我鼓起勇氣，走進房屋深處。這裡沒有家具，所有東西都被清空了。我每走一步，都觀察有沒有任何聲響表明有人躲藏，但什麼也沒聽到。我檢查了一樓每個房間，然後毫不遲疑地上樓來到二樓。

主臥室的門是關著的。

我輕輕走近，敲了門。「有人在嗎？」

我繃緊身子，然後打開門。也不知怎的，我總覺得會在裡頭發現屍體，但這當然沒發生，裡頭沒人。但不同於屋裡的其他區域，這間臥室裡有活動跡象。有人曾在這裡生活、睡覺。地板上散落著打開的搬家用紙箱，窗戶下方放著一張床墊，上頭放著一條皺巴巴的毯子。我往浴室裡瞥一眼，看到一條毛巾堆在淋浴桿上，洗手臺上有一排男士盥洗用具。

我該離開這裡了。我在這裡逗留夠久了。

我走向樓梯，但在半途中聽到下方的前門打開。幾秒後，我聽見有人踩過客廳的塑膠布。我試著判斷該怎麼辦。主動讓對方知道我在這裡？還是悄悄下樓溜出去？我把一腳放在最頂端的臺階上，但我轉移重心時，一根鬆動的釘子嘎吱作響，在安靜的房子裡聽起來格外響亮。緊接著，我聽到更多腳步聲朝我的方向走來。

我下方的玄關被陰影籠罩。一名男子從樓下的走廊裡走出來，我一開始沒認出他，但他走到樓梯底部時轉過身。看到他是誰的那瞬間，我震驚得發不出聲音。

站在樓梯底部的，是一個死人。

史考提・萊恩。

他看到我的時候一點也不驚訝，只是露出輕鬆的微笑。「嘿，夥伴，你收到我的訊息了？你覺得這個地方怎麼樣？」

「史考提。」我勉強發出聲音。我原本想說出「你還活著」之類的蠢話，但還是咬住舌頭，就算腦子一片混亂。

「下來吧，我請你喝啤酒。」他說。

史考提哼著鄉村歌曲，走向廚房。我冷靜下來，繼續下樓，來到客廳，再次觀察這裡。人在做夢的時候，通常會在某一刻意識到自己在做夢，但我現在不是這種感覺。我差點為了讓自己醒來而說出暗語。

無限。

但我沒這麼做。我需要知道接下來會發生什麼。

史考提拿了兩瓶鵝島啤酒回來，給我一瓶，接著用自己的啤酒跟我碰瓶。「乾杯。很高興見到你，老兄。所以，你昨晚跑哪去了？我在酒吧的時候一直發訊息給你。比賽很精采，不是嗎？十比一耶。費城人去死吧。」

我看著史考提的眼睛，試著明白他為何假裝我們是朋友，為何假裝我們之間什麼也沒發生，為何假裝他沒跟我老婆上床。我瞥向自己的手，看到指關節上的瘀痕和擦傷，這是我朝他臉上揮拳留下的痕跡。然後我意識到：**他**臉上毫無傷痕。他的嘴唇應該腫脹破裂才對。他應該被打掉了一顆牙齒。我確定我有打斷他的鼻梁。可是他臉上沒有任何打架的痕跡。

史考提灌口啤酒，接著示意周圍。「不敢相信這一切都是我的，我從沒想過我買得起城裡的房子。我的意思是，這裡是需要裝潢啦，但我很高興終於能裝潢自己的房子。」

「這裡很棒。」因為我實在不知道該說什麼好。

「可不是嗎？我能找到這裡，完全是巧合。我原本在幫同一條路上的另一戶整修廚房，結果注意到這裡有『待售』的看板。我進來看了看，覺得這裡很完美。我很喜歡這個地點和附近的公園。靠我叔叔留給我的錢，我能付頭期款。所以你我現在算是成了鄰居。這裡離你家走路半小時？」

「嗯。」

史考提一臉困惑，彷彿這才注意到我的狀況。「你還好嗎？你今天氣色不太好。」

「我沒事。」

「你昨天為什麼錯過了比賽？」

「我太累了。」

史考提喝口啤酒，若有所思地看著我。「就這樣？」

「還能怎樣？」

「我也不知道，只覺得你今天不太一樣，我也說不出上來。你不太像平常的你。我們是老交情了，迪倫，你如果發生什麼事，可以告訴我。」

「我沒什麼好說的。」我回話。

但我其實想說的是：**不，我們才不是朋友**。我跟史考提・萊恩其實並不熟。我去卡莉的待售屋探望她的時候見過史考提幾次，他當時在為她做建築工作。他和她才是老交情，跟我並不是。我沒有跟他一起在酒吧看小熊隊比賽。我其實並不喜歡他。說真的，在這一刻，我完全有理由恨他。

你今天不太一樣。

我想到艾德加說我一輩子都封閉情緒，但實際上恰恰相反。

我想起街上那個遛狗的老婦人，她明明跟警察說我殺了人，現在卻不記得我。最重要的是，史考提明明**應該已經死了**。但他沒死。他的心臟沒被刀子刺穿。我和他甚至沒打架。我沒變，但其他一切都變了。我很慢才意識到這一點，但我周圍的世界**確實**不一樣。我不是在我原本所在的那個芝加哥，而是在一個新的地點。

我走出藝術博物館的大門後，進入了一個完全不同的迪倫・莫蘭的人生。警察正在找迪倫・莫蘭，失蹤了兩天的人。

他在哪？

「所以你要跟我談什麼？」我問史考提，想起他的簡訊。

他放下灌到一半的啤酒。「噢，對，我畫好了你家浴室的裝潢設計圖，你一定會很喜歡。石灰岩瓷磚、全身式淋浴、嵌燈。我只需要櫥櫃方面的一些決定，就能開始動工。」

「噢，好。」

「我從目錄裡選了幾頁，讓你瞭解有什麼選擇。門板、門把、拉出式擱板之類的。我也能給每個抽屜裝上阻尼。」

「好主意。」

「你回家跟你太太商量一下，然後讓我知道你們想怎麼做。」

我差點停止呼吸。「我太太。」

「對啊。如果你願意，我可以下星期開始動工。我在奧克帕克的工作提早完成了。」

我又在腦子裡聽見「我太太」這幾個字。

「迪倫？」史考提的嗓音聽來有點遙遠。

我太太，我太太，我太太……

「看在耶穌的份上，夥伴，你臉色蒼白得跟床單一樣。」他說下去。

「史考提，我得走了。」

「嗯，瞭解。我收拾一下圖表和目錄，你全都可以拿走。」

我把啤酒瓶塞進他手裡，後退一步。「不，我現在就得走，」我說：「現在。」

「迪倫？嘿，你怎麼了？」

我已經走出門外。

我覺得頭痛欲裂、胸悶、呼吸急促凌亂。我一直告訴自己，我希望這是真的、這一切都不是夢，但我不敢允許自己相信。我甚至不敢眨眼，因為我怕一閉眼就會回到原本的人生。

我**希望**這是真的。

這是我這輩子最希望成真的事。

我開始邁步，但覺得自己的步伐慢得就像冰河挪移。我推開走得太慢的路人，無視他們對我的抱怨。不久後，我開始奔跑。我往北跑過公園，然後進入雷文伍德莊園區的綠蔭靜謐馬路。我一路跑到勞倫斯街，終於不得不停下來，彎腰喘氣。我恢復呼吸後，過橋越過河川。

我離家裡只剩幾條街。這一次，我不是用跑的，而是穩健行走，因為我不確定回到家門時會看到什麼。我不想面對自己猜錯的結果。

我太太。

我走過我再熟悉不過的街坊。一切看起來都一樣，建築都一樣。我幾乎說得出那些門後每個人的名字。我不禁好奇，他們是不是過著跟我記憶中一樣的生活，還是他們在這個世界過著不同的人生。

我看到前方河濱公園的綠地，離我的公寓只有半條街。**我們的**公寓。只有一朵烏雲在我腦海裡快速掠過。我想起報紙上的頭條新聞：兩天前，一個年輕的金髮女子走過公園的小徑，那是她生命中的最後一晚。有人拿刀刺了她的心臟，殺了她。

我正在尋找的那個殺手迪倫已經在這裡。穿皮夾克的那個迪倫再次下了手。他殺了一個酷似卡莉的女子。

我心想：**難道是我親手殺的？**

我不記得這個女人，但也不記得自己失蹤的那些日子。

我來到我們的公寓前，停下腳步，雙手掩面，呼吸困難。我從十幾歲起，就曾以自己的方式走過這條人行道數千次。我不禁好奇，我是不是用鑰匙就能開門進去。這裡的鎖也一樣嗎？我的手機在這裡也能用，彷彿一些瑣碎細節在這個世界也沒變。

但我還是按下門鈴。我希望她來應門。

我想看到她的臉。

幾秒鐘過去了。我不確定究竟過了幾秒。然後我看到玻璃後面出現人影。

門開了，我看到我太太。

不是卡莉，是泰伊。

第十六章

「噢，感謝上帝！」泰伊驚呼，用雙臂摟住我。「迪倫，我好擔心你。你跑哪去了？」

我試著藏起心中強烈的失望感。我擁抱她，渾身緊繃。她想吻我，我本能地轉開臉，確保她的嘴碰到我的臉頰而不是嘴脣。我看到她眼裡的困惑，但她沒追問，只是緊緊握住我的手，把我拉進我們的公寓。

裡頭跟我印象中完全不一樣，完全沒看到我和卡莉一起買的家具，牆上不再是光滑的灰色和藍色，不再有我們坐在上頭喝葡萄酒和咖啡的搖椅，壁爐旁不再有我們躺在上頭做愛的絨毛地毯。現在的風格反映了泰伊的品味，大量的蕨類植物和懸掛的花盆，足以把公寓變成熱帶雨林。壁爐前鋪著一張帶有幾何圖案的手工編織墊，看起來嚴肅冰冷。椅子是用木頭和柳條編織而成。我最討厭的家具材料就是柳條。

這裡不是我的家，但這裡就是我的家。壁爐架上擺滿照片，都是我和泰伊出現在我無法想像的地點。我們倆並肩站在迪士尼神奇王國的灰姑娘城堡前。我們倆戴著花環，旁邊是一場夏威夷式派對的火坑。我穿著燕尾服，她穿著婚紗。夫妻。我本能地搖頭，不敢相信這是事實。泰伊聰明又體貼，而且是我的朋友，我也希望她幸福，但我無法想像一個我愛上她並娶了她的世界。

問題是，我現在就在那個世界。

看我一言不發，泰伊把雙手貼在我臉上。「迪倫，你還好嗎？你知不知道我多麼擔心受怕？你失蹤了將近兩天。」

「嗯，我知道。」

「電話、簡訊，什麼也沒有。你沒去上班，手機關機。我一直試著找到你。我夢見你死在某個地方。」

「抱歉。」

「你需不需要看醫生？你氣色很糟。」

「不，我沒事。」

「迪倫，你究竟**怎麼了**？你跑哪去了？」

我來不及編造謊話，這時傳來一聲敲門聲。泰伊飛快吻我一下，這次吻在我的嘴脣上，然後快步前去應門。我聽到說話聲，而泰伊回來時，是和一個我一眼就認出的男子在一起。我不能表現得我知道他是誰，因為在這個世界，我們是陌生人。

這名高瘦男子是哈維・布辛刑警。他似乎沒變。他用那雙凹陷的眼睛看著我時，我以為他能看穿我，猜出我隱瞞的一切。我想逃跑，就像我跟他第一次見面時那樣，他當時指控我犯下多起謀殺罪。我必須提醒自己：**他不知道我跟他談過**。對這個地方的他來說，那一切都未曾發生。

除了發生在一百碼外的河濱公園的一起謀殺案。

我不是傻子。我已經失蹤了兩天，而兩天前，名叫貝琪・克恩的女子在我家附近遇害。布辛刑警不會把這當成巧合。

他自我介紹，我們再次握手，他的手就跟上一次一樣乾燥又無力。

「很高興看到你安然歸來，莫蘭先生，」布辛對我說：「我只是來看看尊夫人有沒有收到你的消息，結果剛好看到你回來了。」

「還真巧，刑警先生。沒錯，我回來了。」

「我相信不用我說你也知道，尊夫人非常擔心。」

「想也是。」

他對我們倆微笑，露出小時候就該治療的黃牙。「我們三個坐下來談吧？我很想知道你去了哪。」

「我滿累了，刑警先生，想洗個澡。能不能明天再談？」

「我耽誤不了多久，莫蘭先生。麻煩你。」他的口氣顯然不容商量。

刑警先生在一張柳條椅上坐下。我不舒服地坐在靠窗的沙發上，泰伊坐在我身邊，把手放在我的手上。她撫摸我時，她的指尖滑過我手上的羅斯科戒指，我看到她驚訝地瞥戒指一眼。

「你什麼時候戴上的？」她問。

我聳個肩。「我在某個抽屜裡發現的。這是來自高中時期的東西。」泰伊臉上掠過一絲不安。她是對珠寶和衣服觀察入微的女人，也就是因為注重細節而成為優秀的活動籌辦人。我確定她在想什麼：她應該會更早在我手指上發現這枚戒指。

「那麼，莫蘭先生，」布辛刑警說：「麻煩你說明一下。你這幾天在哪？」

我需要編出一個有說服力的故事，所以我用了一個依據部分事實的故事。

「說真的，刑警先生，我也不知道。我幾小時前在海軍碼頭醒來，不知道自己怎麼會出現在那裡。得知自己失蹤很久的時候，我很震驚。我完全不記得之前發生了什麼。」

「海軍碼頭？」布辛問：「真的嗎？」

「是的。我睡在一張長椅上。其實，有個警察叫醒我。我相信他有記下這件事。」

「海軍碼頭離這裡超過十哩遠。你怎麼去那裡的？走路？搭公車？有人載你去？」

「我剛剛說了，我不記得。」

「那你最後的印象是什麼？」布辛問。

我遲疑不決，因為在這個世界發生的事情，對我來說都毫無意義。「一切都滿模糊的。我記得我在星期一晚上有跟我爺爺一起共進晚餐，吃了中國菜。」

「之後的事情你都不記得了？」

「沒什麼印象。」

布辛把注意力放在泰伊身上。「妳說妳丈夫是什麼時候離開家？」

「星期二晚上九點左右，他說要去公園散步。」

布辛再次看著我。「你不記得這件事，莫蘭先生？」

「不記得。」

「那天晚上的事情，你究竟記得什麼？」

「什麼也不記得。」

「你以前發生過這種記憶斷片嗎？」

「從來沒有。」

「你那天晚上有喝酒嗎？」

泰伊打岔：「我丈夫很少喝酒，頂多偶爾喝點啤酒或葡萄酒。星期二那晚，我做了菲律賓菜，我們喝了『薩拉巴特』，是一種薑茶。」

這個世界的迪倫・莫蘭沒有酗酒問題，這令我大吃一驚。他壓抑自己的情緒和脾氣。他娶了泰伊。他跟我不一樣。他做了不一樣的選擇。

「你在散步的時候，會不會走特定的路線？」布辛問。

「應該不會。」

「你有沒有見到任何人？」

「我剛剛說過我不記得。既然泰伊說我那天出門散步，我就是出門散步。但在那之後，我什麼也不記得，直到我發現自己躺在湖邊的長椅上。」

布辛刑警把手伸進寬鬆的運動外套內側口袋，拿出一張紙，攤開後遞給我。我發現這是一幅相片，跟我在《芝加哥論壇報》頭版上看到的是同一幅：在河濱公園遇害的女子。

「你認不認得這個女人？」他問我。

我搖頭。「不記得。」

「你不覺得她眼熟？」

「不覺得。」

「你以前有沒有在你家附近見過她？」

「我跟你說了我不認識她。她是誰？」

泰伊在我耳邊低語：「她被謀殺。」

我擠出驚訝的表情。「被謀殺？真可怕。」

「其實，她是星期二晚上在河濱公園被人刺死，莫蘭先生，」布辛刑警說下去：「她的室友說她出門跑步，跟你散步是同一時間。同樣的時間點，同一個晚上，同一個公園。她的遺體是在隔天被發現。這下你能理解，為什麼我們很在意你的失蹤，莫蘭先生。兩個人進了公園，其中一個死了，另一個失蹤。我不禁好奇，發生在你身上的事是否與謀殺有某種關聯。」

「我也很想幫你，刑警先生。但我不認識這個女人，也不記得星期二晚上的事。」

刑警瞥向我的左手，注意到上頭的紫色瘀痕。「你的手怎麼了，莫蘭先生？」

我扭扭依然疼痛的手指。「我不知道。」

「你不記得自己怎麼受傷？」

「不記得。」

「看起來好像你有動手打人。」

我身旁的泰伊發出笑聲。「迪倫？打人？這太荒謬了。」

「我也希望我能告訴你發生了什麼事，刑警先生，但我愛莫能助。」然後我不耐煩地補充一句：「應該沒有其他事了吧？」

「嗯，目前就這些。如果你真的想起任何事，請立刻打電話給我。噢，我想知道，你是否介意我把你身上的衣服裝袋、送去分析。」

「我的衣服？為什麼？」

「這個嘛，我想做些法醫鑑識，或許能填補你的一些記憶空白。就我們所知，你可能有目睹謀殺案的發生，並試圖介入。如果你在公園裡捲入了某種打鬥，也許跟你發生衝突的那人，在你的衣服上留下了DNA。那個人可能就是凶手。」

他的鷹眼盯著我，我知道他在想什麼。**貝琪．克恩也可能把DNA留在你的衣服上。**我很確定的是，他不相信我說我不記得過去兩天發生了什麼事。他認為我在說謊，也想讓我知道他這麼想。

「我相信我丈夫不會反對你想做的任何檢驗，」泰伊說：「我們倆只想查清楚他究竟有什麼遭遇。」

我以禮貌但堅定的態度打岔：「其實，刑警先生，我確實反對。抱歉。沒有搜索票，我就不會交出我的衣物。我看過一些報導，知道有太多無辜的人為了做正確的事而被警方陷害。」

「**迪倫**。」泰伊難掩震驚。

布辛刑警聳聳瘦削的肩膀，站起身。「沒關係，莫蘭太太。妳丈夫這麼做符合他的權益。其實，我們已經取得了殺害貝琪・克恩的凶手的ＤＮＡ樣本。他試圖制伏她的時候打了她，因此在她臉上留下了自己的血跡。我們會找到匹配者。」

「他打了她？」泰伊喃喃自語，不安地瞥向我的手。

布辛刑警把一手握成拳頭，敲敲自己的下顎。「是的，打了下巴。你真的不記得你是怎麼弄傷自己的，莫蘭先生？」

我瞪著他，眼睛完全沒眨。「我毫無頭緒。」

我沖了個水流猛烈的澡，洗掉這幾天的汙垢，但灑在我身上的水算是某種折磨。在我的認知裡，這不是來自水龍頭的乾淨熱水，而是河流的黏液，像油膜一樣覆蓋在我的皮膚上。我閉上眼睛時，又回到黑水中，任憑膨脹的水流掀起的碎屑擊打。我屏住呼吸，潛入水中尋找卡莉。她的嗓音從河中某處傳來。我拚命游水，但她的尖叫聲離我越來越遠。

迪倫，回來！我還在這裡！

我關掉水龍頭，斜靠在淋浴間的牆壁上。我沮喪地用拳頭敲打瓷磚，感覺到灼熱的疼痛，這讓我知道手指可能骨折了。從蓮蓬頭滴下來的水珠，感覺就像冰涼的手指刮擦我的背脊。

我走出淋浴間，用一條粉紅色的毛巾擦乾身體。卡莉一定會很討厭粉紅色的毛巾。我回到臥室，站在敞開的衣櫥前，裡頭井井有條，反映了泰伊的強迫症傾向。看著這些衣服時，我想起它們不屬於我，而是屬於別人。我的襯衫、領帶和褲子顯然都是泰伊挑選的。有幾個東西是我在單身時會買的，但我在婚後顯然不再光顧慈善超市。

我不禁好奇，我和她究竟結婚了多久。我是如何對她求婚？在哪求婚？我為什麼覺得泰伊就是我的真命天女？

我看到床頭櫃放著花押字圖案的手銬，我不可能擁有的東西。還有一瓶古龍水，但我從不抹香水。住在這裡的迪倫有一臺我也有的平板電腦，但我打開它、輸入密碼時，無法解鎖。當然無法解鎖。我的密碼是卡莉的生日，但這個迪倫的人生裡沒有卡莉。但我知道泰伊的生日，所以我輸入數字，看到螢幕出現主畫面。我瀏覽相簿，看到泰伊的照片、在拉薩爾廣場酒店宴會廳裡拍攝的照片，以及我們在湖邊的幾張自拍照。很顯然的，這些照片中的迪倫**不是**我。表情跟我不一樣，這個迪倫臉上沒有喜悅，沒有憤怒，沒有生命。這個迪倫眼裡有一種平淡的虛無。

我不太喜歡這個迪倫・莫蘭。他似乎是一個無菌版的我，從父母的去世中吸取了錯誤教訓。雖然我也並不為自己的所作所為感到自豪，像是酗酒和打架，但我至少有活著。我有陷入愛河，我深愛卡莉。即使我犯了許多錯誤，即使我在河裡失去了她，但她還是在我的生命中。我懷疑這個迪倫究竟知不知道什麼是愛。

我也不禁好奇的是：**他在哪裡？**

這裡是他的家。他和泰伊住在這裡。失蹤兩天的人是他，不是我。他和貝琪・克恩在同一天晚上去公園，然後他再也沒回來。我意識到他隨時可能回來，到時候就像物質和反物質的面對面。

「迪倫，究竟發生了什麼事？」

我轉身看到泰伊在門口。我赤身露體，所以本能反應是拿東西蓋住身子。但她是我太太，所以我沒遮遮掩掩。

「什麼也沒發生。」我說。

「我不相信。」

「泰伊，我也希望我能解釋，但我做不到。」

「你是不是在外頭偷吃？你在搞外遇？你去了另一個女人家裡？」

「我沒偷吃。」

她沉默一會兒，然後坐在四柱金屬床架上，上頭放著荷葉邊薰衣草被子。「你傷害了那個女人？」

「妳是認真的嗎？妳居然問我這種問題？**我沒傷害她**。」

泰伊搖頭。「你總是對我隱瞞想法。我有時候真的懷疑你是不是在瞞著我什麼。你就像個隨時會炸開的壓力鍋。」

「我不是妳說的那種人。」我反駁，但她說的**可能**沒錯，這裡的迪倫可能符合她的描述。

「我只希望你更願意表達情感，迪倫。你跟我說你愛我，你娶了我，你跟我同床共寢，但你什麼事都不跟我說。我一直接受你就是你，而且我無論如何都愛你。但現在的你讓我覺得，我好像根本不認識你。」

「我很抱歉。我不是有意讓妳有這種感受。」

「其實，羅斯科有跟我警告過你的事，」泰伊說下去：「就在婚禮前，他私下告訴我，如果我沒辦法接受真正的你，就不該結這個婚。他說，如果我以為婚姻會改變你，那我一定會大失所望。重點是，我當初願意冒這個險，是因為我愛你。現在，你必須對我說實話，我是不是判斷錯誤？」

在這種時刻，一段搖搖欲墜的關係會如何發展，完全取決於你說出什麼話。我如果不答覆她，就有可能毀掉這裡的迪倫跟泰伊之間的感情。我接下來的舉動對她來說非常不公平，但我的注意力只能放在她說出的某個名字上。

「羅斯科。」

「我知道他是你的朋友，但他那麼做只是為了幫助我。儘管如此，我還是從沒懷疑過我是否應該嫁給你。這是實話。」

我抓起衣服穿上，一件酒紅色的正裝襯衫，然後穿上黑色休閒褲，沒把襯衫下襬紮進褲頭。「泰伊，我得走了。」

「現在？迪倫，不，別一走了之。」

「我必須跟羅斯科談談。」

「你隨時都能見到他。你必須先把事情跟**我**解釋清楚。」

「我剛剛說了事情一言難盡，但我必須現在就去見他。」

我看到床頭櫃上的車鑰匙，直接收進口袋。我走向後門時，聽見身後傳來的聲響，於是停下腳步。泰伊在哭。她閉眼低頭。我猶豫得愣住，然後走向她，在她面前屈膝跪地，撫摸她的臉頰。

「抱歉，」我重複這兩個字：「我知道妳想要答案，我也希望我能給妳答案。」

「你愛我嗎？」她抬頭擦淚。「你愛過我嗎？」

我不發一語，而這就是最糟的舉動。我想說出她需要聽的話語，但我不能說謊。在彼此間的沉默中，她再次垂頭哭泣。

「問題不在妳，泰伊，」我輕聲道：「而是在我。相信我，我也一直搞不懂自己究竟是什麼樣的人，但我正在努力弄清楚。」

第十七章

羅斯科在南區天主教教會擔任神父，這是一棟有百年歷史的紅磚建築，前側有一扇龐大的玫瑰窗。我曾多次來這裡幫他處理抽獎、辦書展和美食派對之類的活動，但在他四年前下葬後，我就再也沒回來過。我本來就不是上教堂的信徒，而上帝帶走了我的摯友後，我更不想站在祂的教堂陰影下。

我抵達這裡時已是傍晚，夏日陽光低垂於樹冠。我推開沉重的雙扇大門，走了進去。室內一如既往的涼爽，我的腳步聲飄向高聳的天花板再反彈而回。我走過中央走道時，發現這裡只有我一個人。白柱聳立在兩旁，五彩斑斕的彩色玻璃從牆上透來微弱光芒，蠟燭在陰影中閃爍。裝有背光的耶穌在祭壇上張開雙臂，歡迎我的到來。

我在十字岔道附近的一張長椅上坐下。在葬禮那天，我就是坐在這裡，在聖徒和天使的注視下走上講臺，為羅斯科獻上悼詞。我當時因為車禍受傷而拄著拐杖，卡莉攙扶我上臺。我還記得我流著淚說出的話語，關於羅斯科是個全然無私的人，關於他如何多次試圖拯救他最好的朋友，就算我一點也不想被拯救。

我真的很想他。他在我的人生中留下了我永遠無法填補的空缺。此刻，就像死裡復活一樣，他就在那裡。我看到他。羅斯科穿著黑色西裝，從北堂走來，一手拿著一本聖經和一個小型皮革記事本。在這一刻，我毫無疑問地相信，發生在我身上的事乃千真萬確。

他走到祭壇前跪下，然後起身走上講臺，站在高臺上，開始做筆記，同時翻閱聖經中的薄紙。他顯然今晚要講道。他專注地低著頭，沒看到我。我試著呼喚他，但哽咽得說不出話。他跟我記憶中的那個人幾乎完全一樣。也許他的體重比以前多了幾磅，頭髮少了一點，但僅此而已。他戴著同樣的黑框厚眼鏡。他的鬍鬚修剪整齊，在嘴唇周圍形成一個正方形。他一邊工作一邊哼著不成調的小曲，這是他的習慣，在教堂中聽得一清二楚。

他構思證道詞的時候，用鉛筆輕敲嘴邊，然後若有所思地抬起頭，這時終於看到我坐在長椅上。他臉上綻放溫暖的笑容，我努力逼自己別哭。對他來說，這是很普通的時刻，他的兒時友人突然來訪。對我來說，這是偶爾在夢中出現片刻的珍貴禮物。我的夥伴，我的支柱，我的知己，又回到我身邊。

「迪倫，真是一個令人愉快的驚喜。」羅斯科雖然個子不大，但嗓音非常低沉。

他走下講壇。以小個子來說，他總是走得飛快。我站起身，他給我一個擁抱。他總是給人漫長的擁抱，他說這是因為生命短暫。然後他用雙手捧著我的後腦勺，親了親我的雙頰。這是他在某年夏天去義大利旅行時養成的習慣，奉行至今。我沒想到我能再次體驗他的問候。

我們倆在長椅上並肩坐下。我盯著他，彷彿他是一張栩栩如生的舊照片，他也用同樣的專注眼神盯著我。他仔細觀察我的臉時，他敏銳的眼睛驚訝得瞇起。不知怎的，我就是知道我無法對他隱瞞真相。除了卡莉以外，就屬這個人最瞭解我，就像雙胞胎的父母一樣，他一眼就看出眼前的迪倫和他認識的迪倫不一樣。

我不是跟他從小一起長大的迪倫．莫蘭。他說不出為什麼，只知道不太對勁。

「有點怪。」他說。

「哪方面？」

「這個嘛，你變了，但我說不出哪裡不一樣。」

「我還是我，羅斯科。」

他搖頭。「不，不，你顯然有所不同。」

「我上一次來拜訪你是什麼時候？」我問。

「兩個月前吧？我只知道你很久沒來了，但我感覺到的不是這個。」

「那你感覺到什麼？」

羅斯科撫摸著整齊的鬍鬚，和往常一樣認真思考如何答覆。「我這個堂區有個一百歲的中國人，我跟他有過一些極為精采的談話。我從他身上學到了一些不可思議的東西。我認為他會說，你的**氣**不一樣。」

「變得更好還是更壞？」

「不好也不壞，只是不一樣。」羅斯科聳個肩，彷彿有些謎團無法解釋。「總之，這不重要。我很高興你來了，但你為何而來？出了什麼事嗎？」

「我出了事才能來？我只是想來看看你。」

他咯咯笑。「別跟我打撲克牌，我的朋友，我總是能看穿你的表情。不只是你的氣而已，你除了跟平時不一樣之外，我也看得出來你正在為某些事煩惱。跟我說說吧。」

我完全不知道該如何開口。

我還是不敢相信我真的在這裡，正在跟我的摯友談話，因為四年前他死在我身旁的駕駛座上。我有點想坦承一切，因為我們就是該對神父坦承一切，不是嗎？坦承。但我如果說出我的經歷——或是我認為正在發生什麼——他一定會認為我瘋了。我不太相信他會把我的說詞當一回事。儘管如此，我還是跟以前一樣需要羅斯科給我的忠告。我偏離了人生的軌道時，就是他把我帶回正路。此刻，我覺得自己就像置身於陌生國度的陌生人，雖然我知道他不是我的羅斯科，但他依然是我最好的朋友。

我也知道我不能也不願對他說謊。這是我們多年前對彼此達成的協議：永遠不批評對方，也永遠不對彼此說謊。

「我實在不知道該從何說起。」我說。

「那麼，你還好嗎？你的健康如何？」

「這方面沒問題。」

他做出顯而易見的結論。「跟泰伊有關？或者該說你跟泰伊？你們結婚一年多了，過了蜜月期，現在邁入真正的生活，也會遇上更多困難。」

「問題不是泰伊，」我答覆：「而是我。發生在我身上的事很難解釋。與她無關，但說真的，我必須問一件事。我和她要結婚的時候，你有沒有覺得驚訝？」

羅斯科從不手下留情。「你是指因為你不愛她？」

「你知道？」

「我當然知道。如果你還記得，我有對你說過這件事。我告訴過你，她全心全意愛你，她值得擁有一個同樣愛她的男人。但你並不愛她。你說你會隨著日子經過而愛上她，我也說了這是我聽你說過的最蠢的話。另一方面，我們也別粉飾真相吧。你從沒愛過任何人，迪倫。你麻木不仁。你把自己關在一個想必非常黑暗又孤獨的世界裡。我有試過把你拉出來，泰伊也有，但最終還是必須由你自己做出選擇。」

我沒辦法默不作聲。我如果不說些什麼，如果不說明正在發生什麼，就會覺得像在淹水。

「其實，你錯了。我**不是**那種人。」

「少來了，迪倫。我們別自欺欺人了。我們已經多次討論過這件事。小時候的你就像一臺收音機，插頭被踢出了牆面插座。我不是為此責怪你，也不是說你沒有權利做你自己，但你瞞不了我。」

「我沒在隱瞞什麼，羅斯科。我只是說，我不是你想的那個人。說真的，令我害怕的是我對事物的感受**有多深**。我太容易失控。」

「你？失控？我實在想不起來你這輩子什麼時候失控過，而且我算是很瞭解你。」

「這就是我要說的。其實你並不認識我。」

「迪倫，你在說什麼？」

「你剛剛有句話說對了，我變了，我不是迪倫。我的意思是，我是迪倫，但也不是。我不是你認識的那個迪倫。」

羅斯科搖頭。「你在胡說什麼？」

我把手放在他肩上，用力一捏。他真實存在，有血有肉。「首先，你這時候應該死了才對。」

我花了一個鐘頭才把來龍去脈說清楚。我說完後，羅斯科一動不動地坐在長椅上，只有呼吸聲讓我知道他還活著。他面無表情，一直沒說話。人們每天都向他坦承自己最嚴重的罪行，所以他練就出一張撲克臉來掩飾自己的感受。如果他認為我瘋了，也體貼得沒直接告訴我。

「平行世界。」他終於輕聲開口。

「沒錯。」

「而且你來到另一個世界。」

「沒錯。」我過了幾秒補充道：「我知道這聽起來就像天方夜譚，你確實很難相信。」

羅斯科對我微微一笑，我注意到他瞥向祭壇。「迪倫，我的信仰告訴我，耶穌基督從死裡復活。很多人認為這不可能，但他們的懷疑並沒有動搖我心中的認知。」

「也就是說，你認為我說的是實話？」我問。

「我要說的是，我怎麼想並不重要。重要的是你自己是否相信。很顯然的，你相信自己正在經歷非常不可思議的事。」

「沒錯。我知道這聽來很瘋狂，但我說的是事實。」

「這個嘛，我確實也說你看起來像個不一樣的人，」他說：「這點顯而易見。某個東西讓你發生了深刻的變化，不管那是什麼。」

我還是覺得有必要證明自己的說詞，於是把右手上的銀色畢業戒指摘下來。「這是**你的**戒指，羅斯科。看到上頭的刻飾沒有？我在車禍後就一直戴著這枚戒指。我描述的那個屬於我的世界，是千真萬確。我已經四年沒見過你。」

羅斯科把戒指套在自己的拇指指尖上打量。「嗯，你說得沒錯。我確實從沒見過你戴這個戒指。」

「不過？」

「不過你的多重世界顯然有幽默感。在這個世界，我在高中畢業的那個夏天，因為跟你打賭輸了而把這枚戒指給了你。它從此屬於你。很顯然的，命運就是有辦法讓我們生活中最微小的部分彼此交會。」

我搖頭，他把戒指還給我。「羅斯科，這不是我在瞎掰。你**真的死了**。」

「我有聽見你說什麼。我去警察局把你保釋出來後，出了車禍。迪倫・莫蘭在酒吧打架——這堪稱奇蹟。你太嚴肅、太務實，不可能做那種事。我雖然不贊同暴力，但說真的，你如果偶爾會失控，我反倒安心。」

「那個晚上改變了我的人生。」我告訴他。

「我能想像。」

「我失去了你，但也因此遇見我太太。」

羅斯科把十指在下巴前面搭成塔狀。「你因為我的死而找到你的真命天女，我還挺喜歡這種想法。你應該知道，我對那種犧牲不會感到絲毫猶豫。」

「我確實知道。」然後我環視教堂，感覺就像看到羅斯科回到屬於他的家。「可是在這個世界，沒發生那起車禍，沒有酒吧打鬥，車子沒撞樹。你沒死，我也從沒見過卡莉。」

他朝我投來我無法判讀的眼神。「你就算遇到她，應該也不會發生什麼事。你根本不相信一見鍾情這回事。」

「你的迪倫是這樣，」我堅稱：「我不是。我一見到卡莉就愛上她。」

「**我的**迪倫。」羅斯科喃喃自語。

我看得出來他還是抱持懷疑態度。夜幕降臨，懸在上方的燈籠因此顯得更亮。彩色玻璃色澤加深，成了牆上的陰影。雖然這裡只有我們，但我還是覺得周圍發生了奇怪的變化。氣流改變了，彷彿有扇門在某處打開又關上。

「我知道你在迎合我。」我告訴他。

羅斯科坐在原處，噘嘴陷入沉思。「這個嘛，我承認，這些事情確實很難相信。就目前而言，我們先假設你說的都是事實。你是另一個迪倫‧莫蘭，我以前沒見過。如果這是真的，那麼從小跟我一起長大的那個迪倫在哪？屬於這個世界的那個迪倫？」

「我不知道。」

「他因為你的到來而消失？」

「我毫無頭緒。我剛剛提到的另一個迪倫——那個連環殺手——他也來到我的世界，所以我不明白你的迪倫在哪裡。他也應該在這裡，卻已經失蹤了兩天。」

「所以我擔心他。」

「嗯，我明白。」

「我愛他，他是我的摯友。我相信你的羅斯科對你也是同感。」

「是沒錯。」

羅斯科從長椅上站起來，投來他獨特的犀利目光，意味著他接下來要說一些我不想聽的話。「迪倫，我能不能問你一個問題？」

「儘管問。」

「如果你就是你聲稱的那個人，那你**為什麼**在這裡？」

「我需要另外約個時間跟你見面，好好談談。如果有誰願意相信我，那個人就是你。」

「嗯，我懂。我也很高興你有來。我想知道的是，你為什麼在這個世界，而不是你自己的世界？」

「我剛剛說過了，我必須阻止那個迪倫，他是殺人狂。」

「這在任何世界都是該交給警察處理的事，不是你的職責。」

「警察根本不知道這是怎麼回事，他們一無所知。羅斯科，殺手迪倫已經再次下了手。受害者名叫貝琪·克恩，死在公園，長得跟卡莉一模一樣——」

我愣住。

我焦躁地從長椅上起身，在拱形天花板下方的走道上來回踱步。我尖銳的腳步聲聽起來像子彈爆裂。現在明白狀況後，我的恐懼增加了一千倍。我的分身在這裡。他知道我在追蹤他。他殺害貝琪·克恩，就是為了向我傳達訊息。

「噢，天啊。**他要殺了她**。」

「誰？」

「**卡莉**。這就是重點，這就是他的計畫。我必須在他找到她之前阻止他。只有我能救她。」

羅斯科難過地搖頭。「你就是打算這麼做？你想救她？」

「當然。你還不明白？只有我知道她有危險。」

「我知道你給自己這個理由，這也讓你有藉口再次去見她，不是嗎？你想遇見她，讓她愛上你。你想擁有你失去的人生。這才是你真正的目的。」

「不是這樣。」

「不是嗎？迪倫，你的說詞是否真實，這並不重要。你不能同時過兩個人生，這絕對沒好下場。你已經傷害了一些人。你在這條路上走得越久，情況就會越糟。如果你的說詞有絲毫真實性，那麼你最該做的，就是立刻說出『無限』這個字，回家去。這裡這個世界由我們當地人擔心。」

我把雙手按在羅斯科肩上。「恕難從命。我在另一個人生辜負了卡莉。我沒能救她。死的人應該是我，不是她。我不會**再次**辜負她。這一次，我會保護她的安全。」

「這是你在你那個世界的職責，」他堅稱：「不是在這裡。在這個世界，你跟她毫無關聯。不管卡莉在哪，她有她自己的人生，跟你毫無瓜葛。」

羅斯科熟悉我的個性，但我也熟悉他的個性。他總是藏不住祕密。

「我的天。你認識她，是不是？你認識卡莉。你知道她在哪裡。」

「我不認識她。」

「你對她顯然有些瞭解。究竟是什麼？」

「你別一錯再錯，該放手了。」

「羅斯科，求求你，你必須告訴我。」

我的朋友再次在長椅上坐下，長嘆一聲。「我看得出來你不打算放棄。看來所有迪倫・莫蘭都有個共同點，就是都把我的建議當耳邊風。」

我不耐煩地等著，但是羅斯科這個人催不得。

「差不多十年前，我介紹了一個對象給你，」他說下去：「你還記得嗎？」

我思索。「記得。你有個在西北大學主修宗教的已婚朋友。我參加了在你母親家舉行的感恩節晚餐，見到了她和她丈夫。後來，她告訴你，她有個女性朋友應該非常適合我。」

「你有跟她那個女性朋友見面嗎？」

「沒有。我當時的答覆是『不用了謝謝』，我對這種相親沒興趣。你為什麼說這些？」

「因為在這個世界，你有去見她，」羅斯科告訴我：「你們兩個去了舞廳跳舞，她不喜歡你，你們之間不來電，事情就這樣結束了。你跟她再也沒約會過。也許只是巧合，但到目前為止，你的世界裡似乎沒有太多巧合，迪倫。重點是，雖然過了這麼久，但我還記得那個女人的名字。她叫卡莉。」

第十八章

我開車來到城市的北側，卡莉的娘家所在。我抵達威爾梅特的高級社區時，發現他們顯然從沒住過這裡。這座莊園的後院沒有玩具屋——卡莉在我發生車禍後照顧我的場所。豪宅本身雖然沒變，但並不屬於蘇珊娜・錢斯建立的房地產王國。應門的女子是個陌生人，她從沒聽說過錢斯一家，而且她是從一九八〇年代以來就擁有這棟房子。

我在手機上搜索一番，發現錢斯房地產根本不存在。沒有任何跡象顯示它存在過。無論卡莉的母親過著什麼樣的生活，顯然都不活躍於當地的房地產市場。然後我搜索了卡莉，只看到全國各地不同的卡莉，沒有任何線索顯示我能如何找到我那個卡莉。我根本不知道她住在哪或在哪工作，也不知道她是否還在芝加哥。事實上，我甚至不知道這個世界上是否真的存在過卡莉・錢斯。我十年前的那場相親，可能是和一個湊巧同名同姓的另一個人。

但我總覺得應該不是。我覺得羅斯科說得沒錯。命運就是有辦法讓我們的人生在不同的世界交會。

然後我搜索羅斯科的朋友莎菈，就是這個西北大學校友提議我跟卡莉見面。她現在住在埃爾金，在家相夫教子。我撥打她的電話號碼時，試著想辦法解釋，我為何想找到一個在十年前跟我有過一次不愉快約會的女人。我顯然不能說出事實。

莎菈接了電話，我們簡短地寒暄幾句。羅斯科是我跟她之間唯一的共同點，所以我們花了一、兩分鐘談論他和他的教區工作，這個話題聊得差不多後，我說明我為何打這通電話。我希望她相信我的謊話。

「說來真的很巧，莎菈。妳可能幫不了我，但妳是我唯一的線索。我在拉薩爾廣場酒店擔任活動籌辦人，我的助理今天接到一位名叫卡莉・錢斯的女士的電話，她想為一場在明年春天的活動預訂我們的宴會廳。不幸的是，我的助理一定把號碼弄錯了，因為我打不通。重點是，我記得很久以前，妳安排我跟一個叫卡莉・錢斯的女人約會。我不知道這是不是同一個人，但我認為值得一試。如果妳跟她還有保持聯繫，我想妳可能知道我能怎樣聯繫到她。」

莎菈雖然相信我的說詞，但無法提供太多情報。「很抱歉，迪倫。我和卡莉在大學畢業後就失聯了，我已經好幾年沒跟她說過話。我恐怕根本不知道怎樣聯絡到她。」

「這樣啊，我瞭解。不過，我沒說錯妳那個朋友的名字吧？她是叫卡莉・錢斯？」

「沒錯，是她。」

「她畢業後還留在芝加哥嗎？」

「這個嘛，如果我沒記錯，她打算繼續留在西北大學，唸英文碩士。我不知道她有沒有這麼做，但你大概可以問問那所大學，他們可能有辦法找到她。」

「很感謝，莎菈。我就不煩妳了。羅斯科要我問候妳。」

我掛了電話，接著再次上網搜索，這次在卡莉·錢斯的名字後面加上西北大學這幾個字，結果不僅找到她的相關紀錄，還發現她是西北大學的一名初級教職員。卡莉教英文，我覺得確實合理。她父親是詩人兼高中教師，照這樣看來，這個世界的她追隨了其父而非其母的腳步。

網站上的生平介紹沒有照片，但列出了她在大學堂三樓的辦公室地點。離我目前的地點只有大約五分鐘的車程。

我開車前往校園時，感覺心跳加速。雖然已經很晚了，但距離如此接近，我不想等到明天才得到答案。我的直覺告訴我，這裡的那個人就是她。我的卡莉。我的妻子。她在這裡過著不一樣的人生，而且搞不好嫁給了別人。我們在這個世界上相遇的那一次很糟糕。但那都不重要。我需要再見她一面。

現在是晚上，我很快找到了停車位。我沿芝加哥大道走向謝里登路。湖風冷卻了空氣，我穿著薄薄的紅襯衫，因此微微顫抖。大學的寧靜石砌建築包圍著我。我穿過通向校園中心的黑色拱門，看到前方的大學堂鐘樓。我離那裡越近，就越覺得呼吸困難。只要能看到她，哪怕只是片刻，我都覺得彷彿能稍微找回昔日生活。

白色粗石建築的大門沒鎖。我進入裡頭，聽見模糊的說話聲。附近某處傳來一股非法香菸的刺鼻氣味。主樓梯就在前方，我爬上三樓，穿過走廊，經過一間間辦公室，其中幾間的門稍微打開。我看到幾個教職員工敲擊鍵盤。除此之外，走廊空無一人，就跟博物館一樣安靜。

我找到了她的線上簡歷列出的辦公室。門關著，而且上了鎖。這裡沒有能讓我窺視裡頭的窗戶。但這裡寫著她的名字：卡莉・錢斯。她雖然沒在門上貼出照片，但我知道是**她**。我看到貼在布告欄上的手寫辦公時間，明顯是卡莉的字跡。我找到她了。她日復一日地在這座大廳裡來來去去。她在這扇門的另一邊工作。我想闖進去，就為了聞到裡面的芬芳，因為我知道它聞起來像她。

「有什麼事嗎？」

我轉過身，看到一名身材矮小的印度裔男子，戴著一副紅框眼鏡，狐疑地打量我。我剛剛看到他在辦公室裡工作。

我的腦袋已經習慣了說謊。「噢，我原本應該來這裡見卡莉，但我跟她想必弄錯了日期。我試過傳簡訊給她，但都沒回應。」

「你是學生嗎？」男子問道，就算我顯然不是學生。

「不，不，我是她親戚。我從西雅圖來出差，原本約好跟她共進晚餐。你認識卡莉嗎？」

「當然。」

我猜這個世界的變化應該不大，於是放手一試。

「我一直期待見到她，」我編造一個新故事。「我不常這樣跟親戚見面。她爸是我最喜歡的叔叔。我猜有其父必有其女。湯姆是老師，他女兒卡莉也成了老師。我也很喜歡湯姆的詩作。他們父女倆北上華盛頓、跟我們共進聖誕晚餐時，我很喜歡聽他朗讀他的詩。」

男子放鬆許多。他顯然想保護同事，但我因為準確描述她的家人而通過了考驗。「是啊，湯姆是個很有成就的詩人。卡莉當然也是。」

「是啊，她真的天賦異稟。」

「重大創傷能激發一個人的潛力。」他補充道。

我震驚得結巴。「的確。」

創傷。

這兩個字令我心驚膽顫，我想知道它究竟意味著什麼。他以為我知道卡莉發生過什麼。顯然是很糟的事。我意識到，我如果說得越多，反而越清楚表示我其實跟她不熟，至少在這個世界是這樣。

「好吧，看來我只能回我的酒店去了。」我說：「跟你聊得很愉快。我很遺憾沒能見到卡莉。希望她很快就會查看手機。」

「其實，她住的地方離這兒不遠。她是古德里奇的教職員代表。」

「古德里奇？是宿舍之一？」

「是的，沿謝里登路只需要走幾分鐘。如果你去一趟，那裡的學生大概能讓她知道你在外面。」

「我會這麼做。謝了。」

我離開了大樓，回到街上。風吹過樹林，我把手插在口袋裡，沿著人行道往北走。想到卡莉就在附近，我雖然興奮，但也面對一個令我不愉快的事實：我正在試著找到一個陌生人。更重要的是，我試圖找到一個經歷過黑暗往事的陌生人。創傷。

在我的腦海中，我無法擺脫「卡莉認識我」的這個想法。我會見到她，她會成為我的妻子，她會愛上我。但這一切都不是事實。如果我直接出現在她家門口，一個多年前跟她有過不愉快約會的男人，她一定會想知道我來這裡做什麼、想要什麼。

我**究竟**想要什麼？

說真的，我自己也不知道。我需要保護她，但我不知道如何警告她：某個迪倫．莫蘭會傷害她。

我來到宿舍樓前，在巷子裡猶豫不決。大樓裡亮著幾盞燈，我透過打開的窗簾看到幾個暑期學生，也透過他們的窗戶聽到音樂。我考慮是否該留下還是離開。如果找到她，我會說什麼？

然後，不遠處的一扇門打開了。一名女子從宿舍裡出來，在燈光下逗留一會兒，然後轉身走向後面的花園。她只出現了幾秒鐘，我只看到一絲金髮和她下巴的曲線。

她看起來像卡莉，但我無法確定。也許我只是**希望**她是卡莉。

儘管如此，我還是跟上去。我沿小巷來到大樓後面，幾棟宿舍和兄弟會的建築在這裡聚集成一個四邊形。在後面這裡，我在黑暗中幾乎什麼也看不到。開闊的草坪到處都是樹木，擋住了我的視線。被常春藤覆蓋的牆壁，與鵝卵石人行道相連。我沒看到卡莉——如果那個女人是卡莉——但她應該沒走遠。我聽到她的腳跟踩在石頭上，但聲音在牆壁之間反彈，我很難分辨她在哪裡。

我穿過一棟建築物，門上刻有希臘字母。後門附近的自行車架停滿了車，我透過一扇窗戶聞到大麻的味道。我在雜草叢生的茂密樹籬旁停下腳步，再次聆聽，這次沒聽到腳步聲。然後，在草坪的另一邊，她從一盞路燈的光輝下走過時，我看到她的一頭金髮。她消失在兩棟建築物之間的狹窄走廊裡。我改變方向，追蹤她，在群樹間穿梭。我匆匆走過潮溼的草地，樹枝低垂貼地，刮過我的臉。

我走到草坪的一半時，停下腳步。

一股強烈恐懼貫穿過我全身。在前方，一個人影從一棵榆樹的粗壯樹幹後面脫離而出。是個男的。他站在草地的邊緣，被燈柱的影子籠罩。我認出他身體的輪廓，因為我這輩子在無數照片上看過。那就是我的模樣，我瘦小結實的身子，一頭波浪形的頭髮。那個人是我。那個人是**他**。他邁著堅定的步伐，跟蹤金髮女子。他走過路燈的燈光下時，我看到他身上髒兮兮的皮夾克。我父親的夾克。我也看到他手裡有某種閃閃發光的金屬物體。

一把刀。

他手裡有刀。

我試著奔跑，但腳下的泥濘拖慢了我的速度。我來到兩棟大樓之間的走道時，走廊已經空無一人。我衝向遠側，發現這裡樹木繁茂，有四條人行道在這裡交會，每一邊都是被常春藤覆蓋的建築牆壁。我的分身消失了。卡莉也不見了。

剛剛那女人是卡莉嗎？

我又跟丟她了？

我不知道該走哪條路——左轉、右轉或是前進。前方的鵝卵石通往兩座建築物之間的拱門下方，我往那裡跑，來到另一個黑暗的四邊形，磚牆在廣場周圍若隱若現。周圍一片寂靜，只聽見樹枝沙沙作響。我沒看到任何人，於是轉身往回走。

就在這時，我看到她。她就在我身後，正在瞪著我。

她結實、年輕、貌美，留著金色短髮，但她不是卡莉。她長得像卡莉，但我不認識她。她把手裡的小型金屬罐對準我。

「不許動，豬頭。這是辣椒水。你敢再走一步，就會嗆得在地上打滾，然後我會把你踢得尿褲子。聽懂沒？」

我後退一步，舉起雙手。「嘿，抱歉，我看到有人跟蹤妳，我只是想幫忙。」

「是啊，**你**在跟蹤我。這下你完蛋了。我要通知保安，所以除非你想解釋你為什麼在校園裡跟蹤女性，否則你最好趕緊離開這裡，別回來。」

她始終盯著我，繼續把手裡的辣椒水對準我，同時退到最近的大樓門口，消失在裡面。我不想應付校園保安，所以循原路快步離去。

儘管如此，我來到通往謝里登路的小巷時，還是停下腳步。

我雖然沒看到任何人，但陰影提供了許多藏身之處。

我等著看他是否會現身，但他沒出現。然而，我知道他在這裡。我跟他心靈相通，我能感覺到他在黑暗中看著我。我今晚阻止了他，但事情還沒結束。我跟他都知道他有什麼目的。

他在這個世界，在追殺卡莉。

我必須先找到她。

我終於回到河濱公園附近的公寓時，已經過了午夜。我沒有其他地方可去。我突然想到，真正屬於這裡的迪倫可能在我不在的時候回家了，但我必須抓住這個機會，所以我自行進了公寓。月光從窗戶透入，給了我足夠的照明。我走進臥室，看到泰伊一個人躺在床上。我脫下衣服，覺得疲憊不堪。我鑽進她旁邊的被單底下。她背對我，呼吸均勻。我知道她有聽見我到來，知道她醒著。我側躺著，房間裡一片寂靜。

「你去哪了？」泰伊輕聲道。

「我說過了，我需要去見羅斯科。」

「你在好幾個鐘頭前就離開了教堂，我有打電話問他。你去了哪裡？」

「開車兜風。」

泰伊翻身面對我，離我只有幾吋。我們四目交會。她的長髮披散在枕頭上，她身上的毛毯往下滑，我看到她裸露的肩膀和乳房。

「你對我隱瞞了什麼？」她問。

「沒有。」

她沉默一會兒，看著我。「我很高興你平安無事。這兩天沒有你，真的很難受。我很擔心你。」

「我知道。」

「我們這個週末出門一趟吧？我們可以開車去日內瓦湖，找間小民宿。」

「我沒辦法。」

「噢，好吧。隨便。」

聽見她的失望，我為自己的唐突語氣感到後悔。她不該這樣被對待。她不知道我不是她老公。「泰伊，對不起。」

她挪向我，嘴貼上我的唇。「說真的，我如果不知道哪裡出了問題，就沒辦法解決問題。」

「我已經跟妳說了，問題不在妳，而是在我。全是我的問題。」

她不斷吻我，吻我的嘴唇、我的下巴、我的眼睛。她豎起的乳頭擦過我的胸膛，她的長髮掠過我的皮膚。她的手滑到我的雙腿之間，開始挑逗我勃起。

「泰伊，今晚不適合。」

「我不在乎。」

她的動作變得更加急切，她溫柔地用指甲慢慢劃過我全身，我不由自主地回應了她的觸碰。沒錯，這種感覺真的很好，可是我的肉體和心靈分處兩地。我想到卡莉第一次碰我的時候，我當時躺在玩具屋的床上，身上還打著石膏，幾乎無法動彈。她幫我擦澡，結果使我產生了我們倆都無法裝作沒看到的反應，所以我們試著用開玩笑的方式來化解尷尬。笑話都講完後，她咯咯笑，說聲「噢，管他去」，結果這句話害我勃起得比以往任何時候都更厲害。

泰伊按住我肩膀時，我就是想起這段往事。她說聲：「我要。」

我應該拒絕她，卻沒這麼做。我翻身壓到她身上，她大張雙腿，我陷入她體內。她輕輕叫了一聲，然後呻吟。我慢慢地進進出出，感受她的熱烈反應，盡量把心思集中在當下。我試著享受快感，但她做出的觸摸和發出的聲音都提醒我，我們的身體對彼此來說是陌生人。看到被我壓著的臉孔是她而不是卡莉，我覺得不對勁，彷彿我同時對不起她們兩位。我一直夢想著和我真正的妻子做愛，但這個人不是她。我急著結束，而我越是想達到高潮，我的身體就越是出賣我。我的亢奮消退了。泰伊用雙腿纏住我，試著刺激我起死回生，但我已經結束了。我做不下去。

我脫離她的身體，翻身仰躺。「抱歉。」

「你怎麼了？」

「我有很多心事。」

「說給我聽聽。跟我說話。」

「我根本不知道該從何說起。」

她盯著天花板，昏暗的燈光襯托出她眼裡的淚光。「你一直很冷淡，我也從沒為此責怪過你，可是我以為我們有進展。我以為你在學著愛我，可是你現在又在走回頭路。」

「我知道。」

「你不能繼續這樣下去，」泰伊說：「你確實有問題。如果你不願意跟我談，也好歹跟羅斯科談，不然就是去找心理醫生。你需要幫助。拜託你，親愛的。」

她朝我伸來一手，但我把自己的手抽回來。我渾身是汗，心臟還在狂跳。我沒對泰伊說話，但她說得沒錯，我需要幫助，而在我的認知裡，只有某個人能理解我的經歷。

我必須找到伊芙・布萊爾。

第十九章

我在天亮前醒來。泰伊還在睡，不然就是因為不想理我而裝睡。我站在床邊，靜靜地看著她，為昨晚發生的事感到內疚。我的本能是叫醒她。向她坦承一切，但我只是繼續等候。我終究成功說服自己：我是在用我的沉默保護她。

我在沒開燈的淋浴間裡洗了澡。水讓我想到被困在河裡的時候。我在哪個世界並不重要，因為這種無助感未曾離開我。我勉強壓住幽閉恐懼症，然後回到臥室，穿上衣服。這個迪倫的衣櫥裡，沒有幾件衣服符合我的品味。我尋找我從藝術博物館跟蹤他時看到他穿的那件西裝外套，但在衣架上沒找到。所以我選了一件我勉強能接受的格紋襯衫，連同一條 Dockers 卡其褲。

現在去市中心還為時過早，所以我先在公園的小徑上散散步，整理思緒。我走過開闊的草地，經過攀登架和社區游泳池，來到芝加哥河岸的小徑。一片與雜草和三葉草接壤的茂密樹林，遮住了水岸陡坡的圍欄。這條小徑被警察用膠帶封鎖了至少五十碼。我知道為什麼：貝琪・克恩被發現陳屍於這附近的草叢裡，心臟插著一把刀。她是一系列橫跨多重世界的暴力事件的最新受害者。

我沿河邊往北走。我前方的小徑從福斯特街開始向下傾斜，這裡的石牆和鋼鐵橋梁都布滿塗鴉。我行走於綠河旁邊。橋後面的小徑成了上坡，進入一片新的綠地。這時候天邊已經發亮，但在半昏暗的天色下，小徑旁邊的燈光還沒熄滅。

我遇到一棵垂枝掃過人行道的柳樹。我經過這棵樹時，驚動了一隻巨大的老鼠，牠幾乎算是從我的腳趾上跳過，竄進靠近水邊的茂密灌木叢。看到那隻老鼠，我為之一愣，儘管老鼠在這條河邊很常見。我低頭看自己的腳的時候，注意到有個金色斑點反射了路燈的光芒。我好奇心大作，於是蹲下，用手指撥開泥土，查看是什麼東西。

我發現一枚黃銅鈕釦。我把它撿起來，擦擦金屬表面，然後用手機的手電筒照亮它。上頭的徽章是個小皇冠和盾牌，下面寫著縮寫「ＨＳＭ」。我知道這三個字母代表男裝品牌「哈特・沙夫納・馬克思」，因為我昨天穿的海軍外套就是同一個牌子，我的外套袖口上也有相同的釦子。

住在這裡的那個迪倫，泰伊的丈夫，擁有同樣的西裝外套。我覺得這應該不是巧合。

我盯著剛剛那隻老鼠消失其中的昏暗河岸。小徑旁的雜草在這裡長得特別高。在灌木叢和密集群樹的阻礙下，我甚至看不到河岸上的生鏽圍籬。我來回掃視小徑，確認這裡依然只有我一個人，然後我跳進雜草裡。我來到圍籬前的時候，甚至不需要爬過去。柱子旁的鐵網被剪掉了，形成一個縫隙，我能從中鑽到另一邊。我跟斜坡底部的河流僅相隔幾呎。綠色樹枝組成的密集網子斜靠在水面上。我聽到咕嚕作響的水流聲。鳥兒嘰嘰喳喳叫個不停，彷彿警告我別靠近。

這裡依然昏暗朦朧。我再次打開手機的手電筒，照亮周圍的一小片樹林，看著一群飛蟲被光芒吸引而來。我把光芒轉向地面，引起一陣騷動，大約六隻正在進食的老鼠倉皇四散。我查看牠們丟下的食物，立刻覺得反胃。我逼自己別吐出來。我閉上眼睛，深吸幾口氣，然後鼓起勇氣，看清楚眼前是什麼。

一具屍體。

這具屍體沒有臉孔，其中一個原因是被老鼠啃食，另一個原因是，有人用鏟子或棍棒把這個人的臉打得血肉模糊。他面目全非，不過身上是一件哈特·沙夫納·馬克思海軍藍西裝外套，和我擁有的那件一模一樣。我查看他的袖口，發現少了一個鈕釦，而且袖口下方的屍身還缺少了某個部位——他的手被砍斷了。我檢查一下，發現他的另一隻手也不見了。

沒有指紋。

盯著我自己的屍體，這種感覺實在怪異。我知道這是迪倫·莫蘭。泰伊的迪倫·莫蘭未曾回到她身邊。在他目前的狀態下，應該沒人能認出他，更別提他很可能會就這樣被老鼠啃得只剩骨頭，與塵土合而為一。

我接下來做了什麼？我什麼也沒做。

我只是讓他繼續躺在這裡。我完全不打算報警。確認附近沒人後，我再次穿過圍籬，朝家的方向走去。他的家。不會有人尋找他，不會有人懷疑這具屍體是不是他，因為迪倫・莫蘭並沒有失蹤。他就在自己應該待著的地方。我取代了他。

我對此產生了一種怪異認知：我如果願意，就能占據這個人的人生。

伊芙・布萊爾已經警告過我。**你會很想留在另一個迪倫的世界**。

羅斯科也擔心同樣的問題。他們兩個都說得對。

我來到這個世界是為了阻止一個殺手，但我在這裡的時候不禁心想：如果我真的找到卡莉呢？

我跟她還能在一起嗎？

我能重新擁有我失去的嗎？

如果我說我不想要，我就是在說謊，但一想到在另一個迪倫・莫蘭的腐爛屍身上重建我的人生，這令我反胃。

我不知道該怎麼辦，只知道我需要伊芙的幫助。

我需要對多重世界有更多瞭解，明白我如果留在這裡會發生什麼事。

我們第一次見面時，她給了我她的名片，上頭的辦公室地址位於芝加哥居民口中的漢考克中心，是一座尖錐形的黑塔。她的精神治療顯然很賺錢，讓她租得起所謂的「華麗一哩路」上的辦公室。

我開車進入市中心，把車停在幾條街外，然後走進混亂人潮趕著上班的密西根大街。我在這裡的感覺很正常，彷彿我的世界沒有任何改變。我可以往南走，去我最喜歡的午餐地點，而且他們會認得我。我可以走路去拉薩爾廣場酒店上班，不會有人覺得哪裡奇怪。

這裡是迪倫・莫蘭的芝加哥。

我和一大群通勤者一起從栗樹街的入口進入漢考克中心。在大廳裡，我被占據此處的一座雕塑迷住了。它叫做「光球」，是一顆由數千個藍光燈具組成的球體，模擬夜空中的星光。球體上方是鏡面天花板，下方是黑色水池，無盡的倒影讓我想到我被困在其中的平行世界。也不知道為什麼，我總覺得那不是意外。伊芙選這裡是有原因的，彷彿這件藝術品是讓患者願意接受無限可能的第一步。

我對警衛說出我的名字，以及伊芙在二十九樓辦公室的電話號碼。他敲擊鍵盤時，我思索該對她說什麼。就我所知，她和我在這個世界上是陌生人，但她也是我的盟友、我的共犯。是她把我送來這裡，所以她應該能幫助我決定下一步該怎麼做。

「先生？」

警衛打斷我的思緒，我看到他皺眉。

「很抱歉，先生，可是那間辦公室不是註冊在伊芙・布萊爾名下。」

我試著聽懂他在說什麼。「所以那裡是登記在誰的名下？也許她是屬於一家大型事務所。」

「其實，那間辦公室現在沒人，」他答覆：「那間現在沒人租用。」

「能不能告訴我多久沒人租了？」

「差不多一年。」

「伊芙・布萊爾是前任租客嗎？」我問：「她有沒有可能搬走了？」

「我的資料不是這樣寫的。我查了這個名字，發現這棟大樓裡沒有任何辦公室是由伊芙・布萊爾租下，看起來好像從來沒有這筆紀錄。很抱歉，先生。她不在這裡。」

我謝過他，邁步離去。伊芙沒有電話，在漢考克中心也沒有辦公室。我應該預料到她的世界已經改變了，就像其他人一樣，但我意識到她不在這裡的時候，我還是由衷感到震驚。不只是震驚，而是害怕。我現在被**她的**療法控制，她卻不知去向。

我在大廳一張椅子坐下，用手機搜尋伊芙・布萊爾。

搜尋她的精神科服務。

搜尋她的醫學學位。

搜尋她的授課。

搜尋她那本關於多重世界和多重心靈的暢銷書。

搜尋頭髮挑染成棕色、眼眸迷人的伊芙・布萊爾本人。如果她不在芝加哥，又會在哪？如果她不正在過著**她的**人生，現在在做什麼？

她一定在某個地方，但我什麼也沒找到。沒有任何關於伊芙・布萊爾這個醫生、精神科專家、哲學家兼作家的紀錄。哪裡都找不到伊芙・布萊爾的相關資料，甚至沒有任何一個人長得像她。她在這個世界上沒留下足跡。

彷彿根本不存在。

我起身，站在大廳中，再次被光球雕像迷住。我發現自己迷失在它成千上萬的光芒和無盡反射中，然後我的視線集中在眾多繁星的其中一顆上。那就是我，一個微不足道的光點，消失在無數宇宙的某處。

無限。

我在腦海裡聽見這個字。

我唯一要做的，就是說出這個字。這就是我的出路。羅斯科勸我直接回家，但我還沒完成我來這裡要做的事。有個迪倫・莫蘭在這座城市，已經行凶了兩次。他盯上了還活著的卡莉，我必須救她。

伊芙・布萊爾幫不了我。

我得靠自己行走於這個世界。

第二十章

我從市中心開車回到西北大學。

天光下，我再次來到卡莉住的宿舍樓，但和昨晚一樣，在進去之前就停下腳步。這不是接近陌生人的正確方式。我只會嚇到她。我該做的，是跟她進行一次偶然又尋常的會面。

我注意到一個穿著短褲、戴墨鏡的年輕人，在大樓的後門廊閱讀經濟學的教科書。現在還不到上午十一點，但他的身邊已經有個空啤酒罐，手裡還拿著一罐。啊，大學生。

「嘿，你知不知道我上哪能找到卡莉・錢斯？」我問他：「我需要她簽字，才能修秋季的一堂課。」

他懶得從課本上抬頭。「去諾瑞斯樓看看吧，她通常在那裡。」

「謝了。」

諾瑞斯樓是大學的學生中心兼集散地，離我所在之處只有大約十分鐘的步行路程。我沿著這條小路經過一片安靜的內湖，這座湖是由阻擋密西根湖的波浪的填土所形成。陽光灑在我頭上，但從水面吹來的微風十分涼爽。我來到諾瑞斯樓的食堂，發現卡莉不在這裡，不過這棟建築很大，有好幾層樓，她可能在任何一處。我在寬廣的中心地帶閒逛，四處張望，希望能看到她。我為那一刻繃緊神經。遇到她的時候，我該怎麼做？該說什麼？

我經過大學書店時，瞥了一眼櫥窗，看到三十幾本書按照教師職稱排列。在關於氣候變化、蘇非文學和法國電影的書籍中，我的目光落在一本薄薄的平裝本上，封面上是一名女子舉鏡的臉部輪廓，產生了無數個倒影，消失於畫面的中心。

這本書的書名叫做《門扉》。

作者是卡莉・錢斯。

我走進書店，拿起一本。我做的第一件事是查看最後一頁，看看出版商有沒有刊出作者的照片，但我看到上頭只有作者簡介。**卡莉・錢斯是西北大學的講師兼駐校詩人。這是她的第一本詩集。**

就這短短兩句話。

我瀏覽了書中收錄的詩句清單。由單辭組成的詩名令我不安，例如《切割》、《玩物》、《跳躍》、《糖果》……我翻翻紙頁，對內容感到欽佩又驚恐。她的詩詞使用美麗的意象來建構自我毀滅的暴力畫面，就像畫家湯姆・艾金斯以精美的細節描繪十九世紀外科手術的血腥場面。

在我看來，我認識的卡莉不可能寫出這些詩。我在她的個性上從沒看過這樣的一面。但話說回來，這並不是我認識的卡莉。

我也想到她的同事在描述她時用了哪個字。創傷。

「你該讀讀這本書。」我身旁傳來一個嗓音。

我環顧四周，看到一個年紀不到二十歲的女子，穿著西北大學T恤，黑髮紮成馬尾，名牌顯示她是書店員工。我把書拿在手裡時，她用一隻紫色指甲輕敲封面。「這些詩真的很有深度。我的意思是，其中一些是會讓你反胃啦，不過你如果想知道憂鬱症會對一個人的腦袋造成什麼影響，那麼答案都在裡頭。」

我用指尖撫摸封面上的卡莉之名。「妳認識她？」

「當然，我有上過她的課。」

「她是什麼樣的人？」

「她超神奇的。說真的，這裡很多教授只出一張嘴，可是卡莉是寫實派。」

我面露微笑。「妳說服我了。」

我跟著年輕女子來到收銀臺。她敲擊收銀機，拿了我的錢，我這時問道：「妳剛提到憂鬱症，這是書中詩詞的主題嗎？」

「噢，沒錯。她在洞穴裡待了好幾年。」

「她發生了什麼事嗎？」

「你不知道？」

「我確實不知。」

「這個嘛，卡莉剛畢業就出了車禍。她有在課堂上談到這件事，而且沒粉飾嚴重性。她當時和她媽在車上，兩人大吵一架。她們倆處不好，我是說**水火不容**。卡莉開車時分了心，闖了紅燈，結果被另一輛車攔腰撞上。她媽死了。」

這幾個字彷彿重拳捶打我的胸口。

「她從此一蹶不振，」女孩說下去：「在地獄裡待了一年。她天天吸冰毒，跟爛人交往，還多次試圖自殺，最後一次差點成功。」

我遲疑幾秒，但還是想知道。「她做了什麼？」

「她把車開進河裡。」

我搖搖欲墜。一個個激烈回憶從我腦海中席捲而過。我母親死在地上。我父親把槍口塞進嘴裡。羅斯科死在我身旁的座椅上，臉被玻璃割碎。迪倫・莫蘭躺在河岸上，被鼠群吃掉臉孔。

我和卡莉在黑水中載浮載沉。

羅斯科說：**命運就是有辦法讓我們生活中最微小的部分融合在一起**。

「我靠。」我喃喃自語。

「是啊。他們把她救出來的時候，她死了，沒有心跳，缺氧了四分鐘左右。他們讓她陷入昏迷狀態，好讓她的大腦有機會恢復，但沒人認為她會醒過來。但她醒來了。她說她就是因此重新振作。」

我不知道該說什麼好，所以沒吭聲。

「總之，享受這本書吧。」女孩對我綻放陰森微笑。

「嗯，謝了。」

我走出書店，依然對剛剛聽到的消息感到震驚。我走上樓梯，用收據上的咖啡折價券給自己買了一杯冰拿鐵。一張桌子空出來後，我坐下來，開始閱讀卡莉的書。

我知道這本書是她寫的，知道她在這裡的人生經歷了什麼，所以書中的文字令我不忍目睹。赤裸裸的情緒躍然紙上。憤怒。情慾。野蠻。狂喜。冰冷。愧疚。絕望。《玩物》描述她跟一系列陌生人的綁縛愉虐。《糖果》描述她怎樣狂嗑藥。《跳躍》描述她站在馬里納城十八樓的陽臺上，渾身赤裸，嗑了藥而飄飄欲仙，幻想她母親在下方的地面上喊著要她爬過欄杆。

跳啊，**她對我說**。

跳啊，她唱道。

我告訴自己，這是一個不同的卡莉，不是我的卡莉，不是我認識的那個女人，但我在讀這本書的時候，意識到了一些事情，這令我悲痛欲絕。

這就是我的卡莉。

我能在短語中聽到她的聲音，我們在一起時她會說的一些字句，她用來描述一些人而發明的詞彙，都出現在這裡。這些詩**聽起來**就像她。她和我在一起的時候，其實這些痛苦和黑暗就在她體內。同一個靈魂，同一個心靈。也許她經歷了一段羞恥的旅程才將它公諸於紙頁，但她體內其實一直都是這顆同樣傷痕累累的心。我以前未曾見過它，未曾問過她，也未曾深入瞭解她究竟是什麼樣的人。

我愛過這個女人，卻根本不認識她。

我為什麼沒注意到這些跡象？

我放下這本書時淚流滿面，因為我失去的一切，因為我擁有她的時候不瞭解她。我有一個小時沒從書頁上抬起頭。我的視線模糊，我擦擦眼睛。我根本沒碰咖啡，冰塊已經融化，飲料因此成了泥濘般的棕色，就像被洪水淹沒的河流。為了恢復方向感，我掃視一張張桌子、一個個客人，窺探別人的生活。

然後我的視線停住。

我的心跳停止。

離我不到二十呎，一名有著鋸齒狀金髮的女人坐著，優雅的手指敲擊著筆記型電腦的鍵盤，側臉對著我。她偶爾停下手指時，啜飲紙杯裡的茶。她全神貫注於工作，似乎沒注意到世上的其他人。

她根本不知道另一桌的陌生人看到她。她根本不知道，我必須把自己的腳牢牢踩在地板上，否則我會衝上去，把她抱進我的懷裡。

這個女人是卡莉。

完美。美麗。活著。

這個女人是我的妻子。

看到她，我覺得自己就像舌頭打結的傻子，不知道下一步該怎麼辦。我是可以站起來，上前自我介紹。可是然後呢？在這一刻，我想對她說的任何話都覺得完全不夠。然而，如果我稍微暗示自己究竟發生了什麼，她一定會認為我瘋了。神魂顛倒的人是我，不是她。

想當然耳，我無法把目光從她身上移開。過了一會兒，她感覺到我的視線，就像我們被人盯著時會覺得脖子好像被刺到。在我的注視下，她轉頭環顧周圍，納悶這個怪異感覺打哪來。她一一盯著咖啡廳裡的其他人，最後盯著我。有那麼一秒，她直視我，然後瞟向下一個人。我也移開視線，但她對我靈魂的傷害已經造成。

我難過極了。她不認識我，她完全不認得我。我們十年前有過一次約會，但我在她的人生裡連一絲漣漪都沒激起。在我的世界裡，她發現我在車上渾身是血，而在她照顧我的那段時間裡，我們愛上彼此。但現在不是。她的目光從我身上掃過，對我完全不感興趣，沒被我吸引，甚至沒有外表上的好奇。我從她身上沒感受到**任何**情緒。她對我完全不感興趣。這比她可能做出的任何其他反應都要糟糕。

我感到的絕望，使我更清楚明白自己的處境。羅斯科說得沒錯，我不屬於這個世界。

我從椅子上站起，帶著卡莉的書離開了。我甚至沒回頭再看她一眼。我不想再被她用那雙茫然的眼睛回視。我下了樓，急著走出室外。我知道我該怎麼做。回去湖邊，找個沒人看得到我的安靜地方，直截了當地說出逃脫暗語，大聲說出口，希望這樣就能回家。

但是命運介入了我的去路，提醒我我為什麼來這裡。我走回陽光下的時候，遇到一名男子迎面而來。他年紀很大，微微彎腰，頭髮灰白。我們走在同一條線上，所以我站到一旁，多給他一些空間。但他擋住我的去路。

他歷經風霜的臉好奇地打量我。「噢，我們又見面了。你找到她了嗎？」

「什麼？」

「你有沒有找到你在找的女人？卡莉．錢斯？」

我正打算說「有」，但突然意識到我根本不知道這個男人是誰。我們從沒見過面。我以前從沒見過他，他卻認識我。

「你為什麼認為我在找卡莉．錢斯？」我問，但我的直覺已經告訴我答案。

他滿臉困惑，瞇起眼睛，再次看著我。「我們昨晚不是見過面嗎？我能發誓，就是你問我關於卡莉．錢斯的事。抱歉，看來是那個人長得像你。我這雙昏花老眼已經不如以往。是我弄錯了。」

「別在意。」說完，我邁步離去。

我想告訴他，他的眼睛沒問題、他沒弄錯。

我的分身還在這裡，還在獵捕。找到他之前，我不能離開這個世界。

第二十一章

我一整天都在想著卡莉。我沒去上班，因為酒店那份工作不算是**我的**工作。我沒回家，因為泰伊不算是**我的**妻子。

可是卡莉？我忍不住一直想著她。

我去了波希米亞國家公墓，在我們的公寓西邊大約兩哩處。我需要想事情的時候，就是來到這個地方。我通常會造訪這裡某一座雕像，它真正的名稱是「朝聖者」，但人們叫它其他名字，例如「死神」。這座雕像的造型是一個披著斗篷的老婦人，拄著拐杖走向附近的陵墓。除非你湊近查看斗篷底下，否則她的臉是看不見的，只有一團黑影。然而，根據傳聞，你如果看著她的臉，就會看到自己將如何死去。我從沒看過她的臉，我總覺得不值得冒這種險。這天，我被誘惑得偷偷看了一眼，但只看到朝聖者盯著地面的平靜表情。她完全沒透露我會是什麼死法。

我在這裡度過了下午，在墓園大門關閉後也沒離去。我坐在陵墓的門階上，再三閱讀卡莉的詩集。我想知道的，不只是她現在在這個世界是什麼樣的人，而是也想知道她以前是什麼樣的人。我失去的妻子。我越是閱讀這本詩集，就越喜歡她，彷彿發現了一個全新的人。我們沒辦法在一起，這令我傷心欲絕。

墓園管理員終於把我趕了出去。我無處可去，唯一能做的就是回公寓。而我回到公寓後，事情變得更糟。

布辛刑警正在等我。他坐在同一張柳條椅上，臉上除了那雙犀利的眼睛之外就像一片沙漠。泰伊坐在沙發上，雙手放在膝上，甚至不願看著我。

「莫蘭先生，」刑警沙啞道：「歡迎回家。」

我在泰伊所坐的沙發另一端坐下。她的冰冷態度讓整間公寓散發寒意。

「你有什麼事，刑警先生？」我問。

布辛把公事包放到膝上，拿出一個黃色的便箋簿，連同一支筆尖很鈍的短鉛筆。「你已經回來一整天了。希望你已經開始想起你離開後的事情，例如你那晚去公園散步時做了什麼。」

「我還是什麼都不記得。」

「真可惜。」

「不記得就是不記得，刑警先生。我幫不了你。」

布辛點頭，似乎毫不在意。「昨晚呢？你應該記得昨晚的事吧？你昨晚去了哪？」

我注意到他嘴角微微上揚，他顯然知道什麼。我瞥向泰伊，她安靜得令人不自在。

「我去南區探望一個朋友，羅斯科・泰特。」

「嗯，你太太跟我說了。她還說她有打電話詢問你的行蹤，發現你在半夜離開了你朋友工作的教區。在那之後，你有幾個小時沒回家。你去哪了？」

「關你什麼事，刑警先生？你為何在乎？」

「我正在調查一起命案，莫蘭先生，我什麼都在乎。」

「我看不出這跟我昨晚的行蹤有什麼關係。」

布辛轉轉指間的鉛筆。「那麼，容我向你說清楚。其實，在這個城市，有些謀殺案比其他案子更重要。如果有十個黑人孩子在週末被槍殺，似乎不會有人在乎。可是如果有個漂亮的白人女孩在公園被刺死？人們會注意到這種事，會在報紙上看到，會記住。這種案子通常會引發很多人提供線索，大多都沒什麼用，但少數幾個有幫助。」

「我聽不懂。」我說。

「其實，我們昨晚收到一條線報。西北大學的校園警衛打電話給我們，說有個碩士生通報說，有個怪男人在一棟宿舍樓外頭跟蹤她。她也對他做了相當清楚的描述。這種事原本應該不會引起我們的注意，可是那個警衛記得報紙上的貝琪・克恩的照片，說那兩個女人長得很像。」

布辛從公事包裡拿出兩張照片。其中一張是貝琪・克恩，是我在報紙上看過的同一張。另一張是昨晚在古德里奇樓旁邊攔住我的那名年輕女子，我當時以為她是卡莉。

「那個警衛的直覺很好，」布辛說：「這兩個女人確實長得很像。光是這點並不會令我特別在意，但那名警衛還描述了嫌犯的模樣，認為這麼做應該能幫到我們。**這**引起了我的注意。矮小的白人，二十多歲或三十出頭，蓬亂的黑髮，濃密的鬍碴。你覺得這聽起來像不像你認識的某人，莫蘭先生？」

我沒說話。

「那個碩士生還說，跟蹤她的那個人穿著一件深紅色的排釦襯衫。你太太說你昨晚出門的時候，就是穿著這樣的襯衫。西北大學校園那個人是你嗎，莫蘭先生？」

他困住我了。他只需要用一張照片就能讓西北大學那個女人確認我的身分，他很可能已經這麼做了。我沒辦法騙說我沒去過那裡。

「是的，」我坦承：「那是我。」

「你為什麼跟蹤那女人，莫蘭先生？」

「我沒跟蹤她。我是看到別人跟蹤她，我很擔心，所以試著介入，確保她平安。」

「我沒有。」

「她沒看到其他人跟蹤她，而是只看到**你**。她還說她相當確定你有拿刀。」

「我們如果搜你的車，會不會找到刀子？」

「不會。」

「因為你處理掉了？」

「因為我根本沒有刀子。」

「貝琪・克恩是被人用刀子所殺。」

「嗯，你是這麼說過。」

「貝琪・克恩是不是你殺的，莫蘭先生？」

「**不是**。」我嘶聲道。

「這個嘛，你說你完全不記得你消失的那個晚上發生了什麼，所以你現在能如何確定？」

「我如果有殺人，應該會記得。」

「好吧。又或許，你說你失憶什麼的，這種說詞只不過是鞋底上一坨熱騰騰的狗屎。」

「我跟你說的是實話，我不記得那晚發生了什麼，但我絕不可能殺人。」

「那你跑去西北大學做什麼？」

我忍不住嘆氣，因為我拿不出任何合理解釋。我不能提到卡莉。我跟她沒有任何關聯，也沒理由去找她。但就算我不說出她的名字，布辛只要追查我打過的電話以及跟我談過話的人，就會知道卡莉的存在。他會找到她的照片，並看出她跟另外兩個女人的相似之處。

他們會詢問卡莉關於我的事，而一旦這麼做，我就永遠無法接近她。她將永遠不會跟我說話，永遠不會信任我。

我感覺有張網子包圍我，就跟在我原本的世界裡一樣。這想必就是殺手迪倫的目的。我時間所剩無幾。

「你大老遠從南區去北區參觀一間博物館？為什麼？我上次跟你談話的時候，你說你累壞了。」

「我開車去那裡參觀布洛克博物館。」我趕緊編個理由。

「我當時是累壞了，但也蠢蠢欲動。我失去了兩天的人生，不知道發生了什麼事。我試著關閉思緒，看能不能想起任何回憶。我當時也不是認真想過要去哪裡。布洛克博物館有一場我想看的攝影展，所以我走了這一趟。」

「你有看展覽嗎？」

「沒有。我抵達那裡的時候，博物館已經關門了。我原本以為他們會開到九點還是十點，但我記錯了，他們只開到八點。我覺得既然來都來了，還不如四處走走。」

布辛嗤之以鼻。「又是**散步**，莫蘭先生？你在星期二散了步，結果貝琪．克恩死了。你昨晚散了步，結果一個跟貝琪．克恩長得很像的女人看到你拿著刀跟蹤她。」

「她看錯了。」

「你打算堅持這個說詞？」

「這是真相。」

刑警把文件塞回公事包，從柳條椅上站起來。「讓我告訴你接下來會發生什麼，莫蘭先生。我要徹底調查你的人生，你住過的任何地方，你在哪工作過，在哪上過學，去哪度過假。我會看看你去過的地方是不是有任何懸案。然後我會拿著搜索票回來，搜查你的房子、車子、辦公室和其他任何地方。」

「你想搜就搜，我是無辜的，刑警先生，我什麼也沒做。」

「是嗎？這個嘛，如果我是你，我會去找律師。」布辛瞥向泰伊。「如果我是**妳**，莫蘭太太，我會考慮去別的地方過夜。」

布辛走後，泰伊坐在沙發上，一言不發。她的背部挺直，姿勢完美，雙手整齊地疊在膝上。她用穩定的呼吸讓自己平靜下來，然後慢慢轉頭過來看著我。她沒眨眼。

「你是誰？」她問。

「別這樣，泰伊。」

「我是認真的。你是誰？」

「妳知道我是誰。」

泰伊搖頭。「不，我原本以為我知道，但現在不知道了。我開始懷疑，你是不是從頭到尾都戴著面具。昨天我還怕你有外遇，但這次更糟一千倍。」

她從沙發上起身，從我身旁走過時，我抓住她的手想拉住她，但被她猛烈地掙脫。「別碰我！別摸我！」

「泰伊，我很抱歉，我也希望我能向妳解釋。」

「可是你解釋不了。」

「沒錯。我只能告訴妳，我**不是**殺人犯。」

泰伊嘴角下垂，眼神清楚表示她不相信我。

「你昨晚跟誰做愛？」

「妳這話什麼意思？」

「你昨晚在我們的床上幹了誰，迪倫？因為那個人不是我。我看得出來，你那時候在想著別人。是西北大學那個女孩嗎？」

「泰伊，求求妳，這件事很複雜。」

「是啊，的確，真的很複雜。你今晚給我睡沙發，我不希望你靠近我。」

「如妳所願。可是我向妳發誓，妳完全不用怕我。」

泰伊邁步離去。她經過壁爐時停下腳步，打量我們的結婚照，然後伸出手，把照片面朝下地放倒在壁爐架上。「我不害怕我丈夫，」她告訴我：「而你並不是我丈夫。」

第二十二章

第二天，我在西北大學的咖啡店找到了卡莉。

我必須做個決定，要麼跟她說話，要麼別煩她。我知道我無法從這個世界得到我想要的，我永遠無法讓卡莉回到我的人生。我覺得牆壁似乎朝我壓迫而來，而且我很快就得離開。可是她現在就在這裡。就算只是跟她在一起幾分鐘，也比我想像得更多。

我走到她的桌子旁。

「卡莉？」

她撥開藍眸前的頭髮，抬頭看我，眼神茫然，顯然原本陷入沉思。「什麼事？」

「妳是卡莉・錢斯吧？」

「是的。」

我試著表現得自然，說話別結巴。「我相信妳不會記得，不過我們很久以前約會過。」

她對我綻放微笑，不是真正的笑容，而是敷衍的笑臉。「是嗎？抱歉，你說得沒錯，我不記得了。」

我無視自尊心受到的打擊，開個玩笑。「別在意。那次進展得太順利，所以妳可能刻意封鎖了整個印象。」

她打量我的臉，試著回想在哪見過我。這令我難受，因為對我來說，她看起來一模一樣。她的臉孔、蒼白的嘴唇，流露自信的下巴。她的嗓音柔和悅耳，讓你想湊近聽她說話。她的金棕色頭髮髮梢呈鋸齒狀。我瘋狂愛上這女人，她卻根本不認識我。

「妳朋友莎菈介紹我們認識，」我補充道：「我叫……迪倫．莫蘭。」

聽見我的名字，她的表情發生了變化。她眨眨眼，瞳孔放大，用好奇的眼神重新評估我。她顯得不自在，我不太確定為什麼。難道那次約會發生了什麼我不知道的事？

「**迪倫**，」她喃喃自語：「那個人是你？那次約會？」

「是我。」

「抱歉，我想起來了。我的人生有所謂的改變前和改變後，而那次約會是在改變前。」

「我們那晚去了一間夜店，不是嗎？我甚至不記得是哪一間。」

「『間諜酒吧』。」卡莉答覆得毫無遲疑。

「噢，的確。這個嘛，我相信那次一定很順利，我號稱全世界最差勁的舞者。」

「你大概對自己太苛刻了。」她大方表示。

「噢，應該不是。總之，我晚了十年才向妳道歉。」

「沒必要道歉。我一開始就採取了錯誤的態度，我討厭被人撮合那種約會。」

「我也是。」

招呼打完了，我該走開了，可是我還有太多話想對她說。

我是妳的丈夫。

我愛妳。

妳有生命危險。

我不能說出這些話，但也不能讓毫無意義的閒聊成為我跟卡莉的最後一次談話。

「我讀了妳的詩。」我補充道。

「噢？」

「妳的書，《門扉》。其實，我買下它後，連續讀了四次。」

「四次。你是受虐狂嗎？」

我忍不住微笑。卡莉就是會說出這種話。「其實，妳的詩很優美，但我看了覺得難過。」

「難過？我很少聽見這種形容詞。一般人都說我的詩很噁心、讓人想吐、是撒旦教派。難過還是頭一回。」

「我看了覺得難過，是因為我在讀它們的時候，意識到自己錯過什麼。」我告訴她。

「我不明白。」

「我跟一個顯然非常有深度、有想法、個性複雜、有才華的人約過會，卻根本沒機會瞭解她。」

卡莉啜飲一口茶，思索我這番話。我並不是刻意恭維她，只是實話實說。如果她依然是我愛的女人，就會明白這一點。

她遲疑片刻後問道：「要不要坐下？」

「好。謝謝妳。」

我坐下，逼自己別伸手去撫摸她的臉，因為這麼做對我來說再自然不過。她的目光掃向我的左手——我還戴著結婚戒指。白金，黑色鈦金屬上鑲嵌著凱爾特結。

「很漂亮的戒指。」她說。

「是啊。」我很想告訴她：**這是妳給我的戒指**。

「所以你結婚了。」

我不知道該如何答覆她。我的妻子就坐在這裡，但她對此不自知。

「原本是。」

「離了婚？」

「她死了。」

「噢，我很遺憾。」

「謝謝妳。我還是沒辦法拿下這枚戒指。」

「我明白。」

「我失去她已經夠痛苦了，但我們最後的談話是爭吵。她犯了錯，而我就是無法放下，結果毀了我們。」

「她犯了什麼錯？」

「這不重要。她那時候和我說話，但我充耳不聞。我現在想挽回也為時已晚。我有太多事情想告訴她。」

卡莉凝視我。「你想對她說什麼？」

我陷入沉思。我的妻子就坐在這裡，我能向她說出任何話。我現在能很容易說出我以前說不出口的話。**我原諒妳**。但我早已放下那件事。我如果能讓妻子回來，我希望她知道事情將有所不同。

「**『別放棄我』**，」我說：「我會對她這麼說。」

「也許她也有同感。我的意思是，畢竟是她犯了錯。」

「也許吧。我們都走上了錯誤的路，去了我們都不想去的地方。我只希望我們能從頭來過，能有第二次機會。這是我在這世上最想要的。」

「是啊，人生如果能重來就好了，我也常常這麼想。」

「我相信。」我皺眉，接著道：「我聽說了妳的遭遇，關於令堂，還有之後的一切。」

卡莉點頭。「我不再逃離過去了。」

「我跟妳見面的那次，我可能沒告訴妳這件事。當年那個迪倫不喜歡分享私事。我爸媽在我小時候死了，我父親槍殺了我母親，然後自殺。我在場目睹了事發經過。那改變了我。在那之後，我不得不在我的人生中做出很多選擇——相信我，我不是每次都做出正確選擇。」

她啜飲茶水，但目光未曾離開過我的眼睛。對我來說，這種感覺無比親密。「那種表達方式還滿有趣的。」

「什麼有趣？」

「『當年那個迪倫』，講得好像不是同一個人。」

「我不是他，至少不算是。」

「我很明白這種感受。」卡莉說。

「我能想像。」

「你為什麼要跟我說這些，迪倫？」

「大概是希望妳明白我是誰吧。」

「無意冒犯，可是你為什麼希望我明白你是誰？」

「因為我透過妳的詩知道妳是誰，而妳從來沒機會認識我。」

「那只是一次約會，」她提醒我，然後說了一句非常古怪的話：「不是嗎？」

我很想說：**不是。不，那絕對不只是一次約會**。但我沒這麼說。

「妳說得對，那只是一次約會。」

她對我的反應似乎有點失望。

我意識到我的咖啡喝完了。我拿起紙杯，捏成一團。她微笑，我也微笑，兩個緊張又尷尬的微笑。我查看手錶，她也這麼做。我們在陌生人身分的邊緣遊走了一段時間，但我們在這裡終究只是陌生人。

「那麼，很高興見到妳，卡莉。」

「你也是。」

「多保重，注意安全。」

「我會的。」

「也許——」我欲言又止。

「也許什麼？」

「我不知道。我這麼說一定很蠢吧。我在想，也許我們改天該再試一次，我是指約會。」

她遲疑片刻。「也許吧。」

我從椅子上站起，但又立刻坐下。我沒辦法這麼快就離開她。我沒辦法留下一番模糊承諾，表示想在不確定的未來某個時間點再次見到她。我需要更多。「其實，妳介不介意我再問妳一個問題？」

「想問就問吧。」

「妳的書為什麼叫《門扉》？」

「什麼意思？」

「書裡並沒有標題為《門扉》的詩，而且封面上是無數個鏡子。我看不出這跟詩的關聯。這些設計和妳寫的詩有什麼關係？」

她答覆得毫不猶豫，彷彿已經回答過無數次。「我告訴人們，這本書是從『某個我』轉換到『另一個我』的一道門扉。我當時正在脫離與蘇珊娜的關係，連同我對她的遭遇所感到的愧疚。我當時正在穿過一道門，前往別的地方。這個解釋聽來合理嗎？」

「嗯，合理。」但我總覺得她在考驗我，所以我憑著直覺說下去：「只不過，我覺得這不是真正的原因，是不是？」

她面有難色。「其實，沒錯，這不是真正的原因。」

「真正的原因是什麼？」

她用手指勾轉頭髮，我非常熟悉這個舉動。「如果我告訴你，你會覺得我瘋了。」

「相信我，我不會這麼想。」

「我實在搞不懂我為什麼跟你說這些，迪倫。我不認識你，我以前也從沒向任何人坦承這件事。」

因為妳我之間依然有默契，我心想。

「我會幫妳保密。」我告訴她。

卡莉撫摸臉頰，盯著我，打量我，評估我是誰。我是陌生人。我能感覺到她在心裡天人交戰。她開口時，甚至在她說出任何一個字之前，我已經知道她的話語將徹底改變一切。「你有沒有聽說過多重世界理論？來自量子力學。」

我想尖叫，但連呼吸都很困難，只能回一句：「聽過。」

「你知道這個理論的內容嗎？關於不同的人生？關於平行世界？」

我的聲音輕得幾乎聽不見。「知道。」

「你相信這種可能嗎？」

「其實，我相信。」

「我曾經試著淹死自己，」卡莉說下去：「我也差點死了。」

「我知道。」

「我昏迷了將近一個月。」

「嗯。」

「其實，我處於昏迷狀態時，去了某個地方。我甚至不認得那個地方。那像是某種……某種玩具屋。我知道這聽來很怪，但那是一間龐大的玩具屋。裡頭有其他的卡莉，數量無限，模樣都跟我一樣，彷彿要去別的地方，彷彿我就在那些多重世界**之中**，在某種十字路口。」

她停頓，一臉尷尬。「你看吧，我是瘋子。」

「**不**。說下去。」

「我在那裡遇到了其他人之一。我知道這聽起來很瘋狂，但這個女人是另一個**我**，過著完全不同的生活。我跟她說了發生在我身上的一切，關於蘇珊娜，關於她因為生意失敗而多麼痛苦，關於我們總是處不來，還有我在她死後多麼迷茫。這個卡莉瞭解我的陰暗面，就算她的生活比我幸福得多。她享有愛情，她嫁給了——」

卡莉停頓。

「誰？」我焦急地問：「她嫁給誰？」

她垂下頭。「這不重要。我剛剛說了，她過著不一樣的人生。總之，她雖然不是詩人，但才華洋溢又有趣。我們坐在玩具屋的角落，看著其他卡莉們來來去去。我們一起寫詩，寫下了《門扉》，她和我。我們一起走過那所有的黑暗題材。」

「聽起來是一次很神奇的經歷。」

卡莉搖頭，臉上帶有類似驚奇的表情。「的確是，只不過那一切都不是真的。」

「妳確定嗎？」

「那一切當然不是真的，只是我跟我自己說話。我只知道，我從昏迷狀態醒來後，書中大多數的詩已經在我的腦海裡。我知道我醒來後該做什麼。我終於準備好放下過去，成為一個不同的人。」卡莉突然把椅子往後推，站起身。「老天，我在做什麼？這太瘋狂了。拜託別跟任何人說我說過這些。」

「放心。」

「我得走了。」

「不，等等，留下來。我想再談談。我需要跟妳說些事情。」

「抱歉，我真的得走了，我約了一個學生在我辦公室見面。我不知道你是怎麼找到我的，迪倫，可是我不想再討論這種事。我不該說出我剛剛說的那些。」

她收起筆記型電腦和文件，但我輕輕把手按在她的手上，我這隻手戴著戒指。

「今晚跟我見面。」我說。

「我不認為這是好主意。」

「求求妳。我想跟妳說個故事。」

「我和你不再有任何往來比較好。我們是陌生人。」

「卡莉。」

她停頓。我看到她渾身微微顫抖。「怎麼了？」

她用一手摀住嘴，一言不發，低頭盯著桌子，把筆記型電腦抱在胸前。

「不要放棄我。」

「今晚跟我見面。」我重複。

卡莉沒抬頭，只是點個頭。「九點整，這裡。」

然後她匆忙離去。

她離去後，我覺得像風箏一樣飄飄然。

飄得看不到回到地上的路，而這很危險。飄得越高，就可能摔得越重。儘管如此，我還是允許自己作夢：我可以告訴卡莉真相，她可能會相信我。我開始好奇，她和我是否真的能在這個世界上從頭來過，重建我們曾擁有的。這是我在發生車禍後的第一個幸福時刻。

然後我去見了羅斯科，他讓我重重落地。

我跟他說了過去一天發生的一切——包括在河邊發現**他的**迪倫的屍體——我說完後，他悲痛地低下頭。他終於再次抬頭時，我從沒見過他的眼神如此冰冷。這個人不是羅斯科神父，而是我的朋友羅斯科，而且我令他失望了。

「我跟你說過，你不屬於這個地方，」他對我厲聲道：「我有叫你回家去，以免害更多人受苦。現在看看你做了什麼，看看你引發的爛攤子。」

「河邊發生的事不是我的錯。」我抗議。

「是嗎？我能相信你說的任何話嗎？你突然帶著所謂的平行世界的故事來到這裡，而且你現在告訴我，我真正的朋友已經死了，慘遭謀殺。我怎麼知道他不是你殺的？也許你想除掉他，占據他的人生，好讓你能想辦法再次跟卡莉在一起。」

我搖頭。「羅斯科，你瞭解我的，我絕不可能做出那種——」

「其實，是你讓我明白我**不**瞭解你。而且你說得沒錯。昨天你答應過我，你對卡莉唯一的目的，就是保護她免受這所謂的殺手的傷害。現在你在這裡，跟我說你認為有辦法再次得到她，這點正如我所預測。抱歉，迪倫，你造成的傷害還不夠嗎？」

「如果我跟她是註定要在一起，這怎麼會算是傷害？」

羅斯科緩慢又用力地吐口氣，摘下黑框眼鏡，在袖子上擦拭，再次戴上，嚴肅地看著我。「你知不知道，我在你來這裡之前花了一個小時做了什麼？我跟泰伊談話。她難過極了，困惑又害怕。她認為她失去了丈夫，她深愛的男人，而從你給我的說詞來看，她是對的。我不在乎河邊是不是真的有個死人，我不在乎你那個平行世界的故事是事實還是幻想。我在乎的，是看到我的朋友——一個**我**愛的男人——背棄了自己的妻子，想跟別的女人建立關係。你不是這種人。」

「羅斯科，我為泰伊感到難過，可是我不愛她。她不是我的妻子。」

「在這個世界，她是你的妻子！」羅斯科咆哮，嗓音從教堂的挑高天花板反彈而回。他閉上眼睛，然後把嗓門放輕。「抱歉。如果你要在這個世界活下去，就必須對這個世界負責。你不能來了之後還以為狀況不會變。你在這裡做了決定，你在這裡做了選擇，你必須履行約定。」

我握緊拳頭。「羅斯科，試著瞭解我的處境。我愛卡莉，而我**失去了**她。我原本不相信有任何辦法能讓她回來，可是我現在意識到，她經歷了跟我相似的遭遇。這不是幻想，她真的會聽我要說什麼。」

「真的嗎？你覺得事情會如何發展，迪倫？你是謀殺嫌疑人，而命案的受害者長得跟她一模一樣。你跟她說你的妻子死了，但她很快就會發現你的妻子其實還活著，而且你對她撒了謊。你認為她會忽略這一切而愛上你？你覺得這會有好下場？」

「羅斯科——」

我的朋友搖搖頭，動作就像用力甩上門。「不。抱歉，迪倫，你不能隨隨便便地推翻你在另一個人生裡感到後悔的選擇，這不合道理。你唯一能做的，就是從錯誤中記取教訓，成為一個更好的人。」

「我正在往這方面努力。我發誓，我正在試著改變。」

「改變需要**犧牲**。改變需要接受自己犯下的罪孽。你正在這麼做嗎？還是你還在追求自己的私慾？我跟你說清楚，遠離她，遠離卡莉。如果你覺得你沒辦法跟泰伊在一起，你就該離開這個世界。」

「你不知道自己在說什麼。」

「我知道。相信我，我知道。」

「羅斯科，我來找你，是因為你是我朋友，我需要你的幫助。」

「是的，我知道。信不信由你，我正在給你幫助。我知道你認為我應該對你忠誠，我也跟你說了很多次，我會永遠支持你。可是你也明確表示了，你不是我認識的那個人。我的朋友已經死了。你還不懂嗎？你在這裡待得越久，情況就會越糟。你是擅闖者，迪倫，你必須離開這裡。」

第二十三章

我回到家時，泰伊正在收拾行李。她手裡抓起衣服，在衣櫃和床上的粉紅色行李箱之間來回走動。她的烏黑長髮凌亂，金黃臉龐布滿淚痕。我站在門口，她假裝不理我，但我能感覺到她多麼難過。看著她，我知道羅斯科說的都是對的。我來到這個世界，毀了她的人生。她不該被這樣對待。

她的丈夫，真正的丈夫，失去了性命，陳屍在河邊，永遠不會回來。與此同時，住在她家裡的丈夫愛上了另一個女人。

「她是誰？」泰伊開口，彷彿看穿我的思緒。

「什麼？」

她在臥室中央停下腳步，把手裡的衣物扔在地上。「我今早有跟蹤你。我看到你在西北大學跟那個金髮女人說話。她是誰？」

我遲疑幾秒，但現在遮遮掩掩也沒意義。「她叫卡莉・錢斯。」

「你跟她有婚外情？」

「沒這回事。」

「別騙我。我那時候有**看到**你。你以為我看不懂你的表情？你看著我的時候，你以為我不想要那種表情？可是我從沒看過你對我流露那種表情，一次也沒有。你從沒對我流露過你給她的那種眼神。」

「我沒辦法解釋，」我告訴她。「我就算說了，妳也不會相信。」

「不用浪費時間解釋，我不在乎。我要離開了，我要投靠我的一個閨密。」

「泰伊，我很抱歉。」

她搖頭。「不，你一點也不抱歉，而這就是最糟的。你嘴上說抱歉，但心裡一點也不抱歉。」

「這不是事實。我真的很難過我傷害了妳。」

「每個人都警告過我，像是我的家人、羅斯科，老天，就連艾德加也警告過我。他們都說我不該嫁給你。我真該聽進去。」

我無言以對。

「那是愛嗎？」泰伊說下去：「你愛上了那個女人？還是因為更惡劣的原因？」

「什麼意思？」

「我不是笨蛋，迪倫，我有看出相似處。她長得很像在馬路對面被殺的那個女人，很像你在西北大學宿舍後面跟蹤的那個女人。你究竟是什麼樣的人？我究竟嫁給了誰？」

「妳完全誤會了。」我堅稱。

「是嗎？這個嘛，我猜我們只能走著瞧。我把你星期四回來時穿著的衣服交給了布辛刑警。我叫他檢驗你的DNA。如果是你殺了貝琪・克恩，他們會查出來。」

「我不在乎檢驗結果是什麼，我沒殺人。」

「換言之，你已經知道DNA會匹配。」

「聽我說，事情**不是**妳想的那樣。」

她繼續收拾東西。「走開，迪倫，別煩我。我不想跟你待在同一間公寓裡。」

「泰伊，拜託——」

「滾！」她朝我尖叫。「滾出去！你如果不出去，我就報警叫他們把你拖出去。」

我舉起雙手投降。「好，妳想怎樣我都配合。我走。」

我離開了公寓，因為我不想再讓她更激動。她對我的身分、我做過什麼有著很大的誤解，但話說回來，她說的也沒錯。不，我沒殺人，可是DNA證據大概會指出我有殺人。不，我沒出軌，可是我愛著卡莉，我只想重新擁有她。我在這個世界對泰伊很殘忍，而在我自己的世界，我確實跟她有點曖昧。我給了她錯誤的信號，我對自己說這無傷大雅，因為我並沒有惡意。但這才不是無傷大雅。

我離開公寓，走上樓梯，來到艾德加的住處。我和爺爺在任何世界都處不來，但我實在沒有可以交談的對象。羅斯科和泰伊都把我趕了出去。我因為自己的錯誤而感到愈加孤立。

隔著門，我聽到他的電視機傳來遊戲節目的聲音。我有鑰匙，所以不請自入。他在躺椅上睡著了，鼾聲像號角一樣響。看到他這樣孤零零一人，我感到不寒而慄。雖然我們年齡相差六十歲，但我總是看得出家人之間的相似處，不只是他和我，我也在我們臉上看到我父親的影子，他的幽魂總是離我們不遠。

我關掉電視，突來的寂靜驚醒了艾德加。他驚訝得眨眨眼，看到我坐在他對面的沙發上。

「你來我這兒？」他低吼：「我是快死了還是怎樣？」

我苦笑。「不是。」

「那你上來做什麼？」

「我只是想看看你狀況如何。」

艾德加拿起一罐打開多時的百威啤酒。「你這個藉口沒什麼說服力。」

「好吧。其實，你如果想聽實話，泰伊正在樓下收拾行李。她不想看到我。」

「她要離開你？」

「嗯。」

「你做了對不起她的事？」

「一言難盡。總之，我認為她只是發現我不愛她。」

艾德加悶哼一聲。「我相當確定她從一開始就知道這點。」

我想到這個世界的迪倫，以及他為什麼選擇跟泰伊在一起。我至今還是搞不懂他為何如此選擇。「她說你叫她別嫁給我。」

「沒錯。」

「聽起來每個人都叫她不要嫁給我。」

「嗯，這又怎樣？我們錯了嗎？」

「應該沒有。」

「那麼，你打算怎麼做？」艾德加問。

「還能怎麼做？她要離開了。」

「嗯，放棄，聽起來很像你的作風。」

「我不愛她，艾德加。依據你和羅斯科的說法，我從沒愛過她。我最該做的，就是讓她找到一個真正愛她的人。」

艾德加爆出笑聲，差點噴出嘴裡的啤酒。「這是你最該做的？對你還是對她來說？你是不是忘了什麼？那女孩從一開始就為你神魂顛倒，我猜她現在還是這樣。每個人都跟她說你是瑕疵品、她應該離你遠一點，但她充耳不聞。我說真的，她真的很有種。她並不是不知道自己會得到什麼樣的婚姻，而是她在你身上看到一些你自己沒看到的東西。我為此深深佩服她。說真的，我也得佩服你。我原以為你會丟下她，但你堅持了下來，至少直到現在。你竭盡全力跟她一起建立家庭，在我看來，你這麼做似乎有回報。過去這一年，我從沒見過你這麼幸福。」

我這輩子很少聽過幸福二字。「幸福？泰伊讓我幸福？」

「至少在我眼裡是這樣。我開始以為你們兩個能白頭偕老。這在我們的家族裡可是頭一遭。我搞砸了我的婚姻，而你的父親——好吧，我們都知道他幹了什麼。可是你和泰伊似乎合得來，我看了也很欣慰。我不知道究竟發生了什麼而毀了這一切，我不會評判你做的任何事，因為我自己也不是什麼好東西。不過，我確實覺得可惜，我只能這麼說，真可惜。」

艾德加的告誡就像當頭棒喝。

我來到這裡後，唯一明白的，就是跟泰伊結婚的迪倫・莫蘭並不是真的愛她。不像我對卡莉那種愛。這就是我唯一需要知道的。我看到一個男人，除了身體之外，他在任何方面都不像我。他沒有烈火，沒有激情，沒有一個是他的靈魂伴侶的妻子。他的衣櫥裡放著我討厭的衣服，還有我從不用的袖釦和古龍水。我從沒想過，他其實真的對自己的生活感到滿意。他擦那種古龍水，是因為那是他的妻子為他挑選的。他去了迪斯尼世界和夏威夷，因為和她在一起讓他很開心。他正在努力超越自己的過去，並讓婚姻維繫下去。

他不是我，他們之間的關係也不是我的，我卻從他們手上奪走了它。我來到這裡，就等於毀了他們的生活。泰伊即將離開這裡，夢想破滅，信心消失，而且她根本不知道**為什麼**會這樣。她會質疑自己，發現再也無法相信任何人。她所愛的男人已經證明自己是個十足的陌生人，一個她根本不認識的人。

因為我。因為我**確實是**陌生人。

我這個混蛋。我做了什麼？

「我得走了。」我告訴艾德加。

我知道該做什麼。不管我這麼做是否瘋狂，不管她信不信，我都必須向泰伊說明真相。我不能讓她在離去的時候以為她的迪倫變了。這個錯誤並不是她犯下的。我必須把這一切都說清楚，並解釋為什麼她的生活在短短幾天內發生了天翻地覆的變化。我也必須告訴她，她真正的丈夫不會回來。

我離開艾德加，跑下樓，回到一樓的公寓。

「泰伊！」我喊道。

她沒回應。

「泰伊，我需要跟妳說些事情！」

公寓裡依然一片寂靜。

「求求妳，聽我說。」

我瞥向窗外。她的車還在路邊，她還沒離開。我走進臥室，看到她的粉紅色行李箱還在床上，裝得半滿。浴室的門半關，裡頭的燈亮著。我走過去，用指關節敲門。

「泰伊？抱歉——我知道妳要我走，可是我真的需要解釋一下。很重要。」

她還是沒理我。

我在門口豎耳聆聽，以為會聽到輕聲哭泣，但只聽到流水聲。我低頭查看腳邊，看到水流爬過門下縫隙，在臥室地板上蔓延開來。我滿心恐懼，推門進去，被水淹沒雙腳。我瞥向左邊，看到浴缸滿溢，冷水湧過玻璃纖維邊緣，就像河流漫過河岸。

我走了兩步，看著浴缸裡，難以置信地痛哭失聲。泰伊在水晶般的清澈水底下回瞪我，瞪大眼睛，張大嘴巴，身上是幾分鐘前穿的同一件黃色連衣裙，陽光般的布料貼在肌膚上。我知道她已經死了，但我還是關掉水，抓住她的身軀，拉向我。她渾身癱軟，絲毫不動，肌膚已經冰涼。她的表情從未改變，依然驚恐地盯著我。

「泰伊，」我喃喃自語，搖搖頭。「我的天啊，泰伊。」

我跪在潮溼的地板上，抱著她。水在我周身滴落、攪動。我搖晃她，親吻她的額頭，用手輕輕閉上她的嘴巴，用手指闔起她的眼睛。她這樣看起來很平靜，但我陷入了風暴。我的思緒拚命試著瞭解發生了什麼。這一刻，我才意識到有人殺了她。

有人抓住她，壓制她，在浴缸裡放水，把她壓在這裡，使她無法呼吸。

有人這麼做。是我。

我聽見身後傳來腳步聲。

泰伊的身體從我懷裡滑落。我轉過身，試著在溼漉漉的地板上快速站起，但為時已晚。

他在這裡，聳立在我面前。**我**在這裡。

迪倫．莫蘭低頭盯著我，嘴角下垂，藍眼睛冷酷得就像暴風雨肆虐的海洋。他身上的皮夾克是溼的，被泰伊拚命反抗時弄溼。他手裡拿著後院的一塊髒紅磚。我還來不及站起、用雙手掐住他的脖子，他已經拿磚頭揮向我的腦袋。我看到磚頭揮來，聽到颼颼聲。

我試著閃躲，但動作不夠快。

我的顱骨內側爆發煙火般的熾熱劇痛，我失去意識。

第二十四章

我在劇烈的頭痛和血腥味中醒來，眨眨眼。一開始，我只看到吊扇在我頭上緩慢旋轉，發出低沉的吱嘎聲。然後我轉過頭，看到自己躺在床上。我嘗試移動，發現自己被綁著，四肢張開，手腕和腳踝被人用絲綢領帶緊緊綁在床架的四個角落。

夜色尚未降臨，但我所在的房間一片漆黑，厚重的窗簾被拉上了。在濃厚的陰影中，我勉強看到一張放在臥室角落的廚房椅子，有人坐在上面，一個黑色身影看著我。他挪動的時候，我能聽到他的呼吸聲和衣物的沙沙作響，他知道我醒了。隨著一根火柴的刮擦，我看到一道小小火焰照亮他的手部皮膚。接著，香菸的刺鼻煙霧朝我襲來。

「你好，迪倫。」我的分身開口。

他從椅子上撐身站起，來到床邊。我彷彿盯著一面黑色的鏡子，他的臉孔和我的一模一樣。他穿著我父親的皮夾克，豎起的衣領像鴉翼一樣勾勒出他的頸部輪廓。皮夾克底下是一件無領的橄欖色襯衫，釦子扣錯，下襬沒紮進褲頭。他的黑髮七橫八豎，而且他好幾天沒刮鬍子。他臉上的骨頭稜角分明，看起來銳利得就像刀刃。他在外表上跟我完全一樣，但我們是兩個不同的人。他的嘴沒有表情，而卡莉總是告訴我，她能從我的嘴脣看出我的心情。考慮到他的所作所為，我以為他的藍眼睛裡會閃爍著殘忍的殺意，但他投來的視線並沒有透露他是施虐狂的證據。他體內的那口沸騰大鍋，想必藏在深井底下。

「你不需要殺了泰伊。」我說。

他沒立即回話，只是用跟我一樣專注的眼神打量我。他用兩根手指拿下嘴裡的菸，抬起下巴，吐出一口灰煙，然後聳肩道：「我想怎樣就怎樣。」

殺手迪倫把木椅拖到床邊坐下，翹起二郎腿，我注意到他穿著黑皮鞋。他拿起香菸，挑起一眉，邀請我抽一口。我搖頭。

「我很高興終於能跟你面對面。」他說。

「為什麼？」

他聳肩。「大多數的迪倫·莫蘭都是無趣的小人物，行屍走肉、了無生趣。例如這個世界的迪倫，讓他老婆把他打扮成芭比娃娃的男朋友。我很難對這種人產生敬意。可是你有反抗，你有來找我，這讓我覺得你比其他人更像我。」

「我跟你完全不一樣。」

他發出憤世嫉俗的簡短笑聲。「噢，少來了。你想殺掉我，不是嗎？這就是為什麼你跑來這裡。這就是你的計畫。如果我允許，你就會用手掐住我的喉嚨，把我活活掐死。承認吧，你我其實半斤八兩。」

「我正在試著阻止你繼續殺人，這就是你我的不同之處。」

「是啊，你是英雄，我是惡魔，你手上沒沾染無辜人的血。」他靠得很近，在我耳邊低語，我被香菸的煙霧包圍。「可是在你的世界，為什麼羅斯科死了？為什麼**卡莉**死了？是你殺了他們，不是我。」

我拚命試圖掙脫束縛，但徒勞無功。我帶著殺意瞪著他。他說得沒錯。如果可以，我會當場掐死他。

他露齒而笑，彷彿證明了自己的論點。然後他從椅子上站起，走到衣櫃前，開始拿出男裝，一件件放在床上，彷彿表演時裝秀。「放輕鬆，我只是在逗逗你。我不會為了自己是誰而道歉。不同於大多數的迪倫，我接受自己是誰，你也應該這麼做。」

「我無法想像變成你這種人，做你做過的那些事。」

他聳肩，彷彿我們在討論喜歡和不喜歡哪些民族料理。他查看從衣櫃裡拿出來的衣服，從床上拿起一件夏威夷襯衫，翻個白眼，然後又在椅子上坐下。

「真的嗎？你這輩子一直害怕變成你父親，而現在遇到一個變成你父親的迪倫．莫蘭，你為什麼這麼大驚小怪？」

他手裡的菸抽完了，於是他花點時間點燃另一支。他的一舉一動都不慌不忙。

他品嘗幾口煙後，靠在我身邊，語調流露好奇。

「讓我問你一件事。你如果能回到那一天，會怎麼做？你知道我在說什麼。老爸拿起槍，扣下扳機。老媽死了。你坐在角落裡。如果再來一次，你會改變什麼？」

「我那時候是孩子，」我這次試著讓自己相信這句話。「沒有什麼是我能做的。」

「這不是事實。我有採取行動。」

我突然覺得非知道不可。「你做了什麼？」

「我殺了他。我衝向他，撞倒他，拿起槍，轟掉了他的腦袋。我為我們的老媽報了仇。」

「我不相信你說的話。」

「為什麼不信？就因為你是膽小鬼，而我不是？就因為你希望你也有採取跟我一樣的行動？」

「我才沒這麼想。」

「沒有嗎？那你為什麼成天跟虐待伴侶的男人打架？這是因為你在關鍵時刻沒為我們的母親挺身而出。你什麼也沒做，而你為此自責。」

我感覺呼吸加快。我想尖叫否認，但他說得沒錯。是的，我曾夢想做出這個迪倫做過的事。這個分身，這個連環殺手，比我更瞭解我自己。我撇開視線時，他臉上閃過一絲得意的笑容。

「瞧？」他靠在椅背上，吸口煙，宣布：「我是終極的迪倫・莫蘭。我做出你們每個人都希望自己能做的事，而且我能逍遙法外。殺掉我父親？他們放了我，因為我只是個遭受心靈創傷的孩子。我在高中的時候天天毆打同學，但他們根本拿我沒辦法。噢，那可憐的孩子，他從小經歷了苦難。他們把我留校察看，不然就是送我去見輔導員，但我對同學照打不誤。聽起來很耳熟吧？」

我皺眉。沒錯，是很耳熟。

「所以我越玩越大，我想看看我敢做到什麼程度。可是我已經知道我會往哪個方向走，我知道我想跨越的界限。這就是我的天性。不管你喜不喜歡，你的內心深處也是同樣的基因。」他看我一眼，意指他知道我所有的祕密。「你睡的第一個女孩是誰？黛安娜．吉爾里，是吧？」

我否認也沒用。「嗯。」

「你是怎麼認識她的？」

「在列車上。」我說，因為同樣的事顯然也發生在他身上。「我當時十七歲。她比我大，是二十二歲。我們開始交談，後來去了她的住處，她用龍舌蘭酒把我灌醉，我們上了床。她因為被男朋友甩了而心情惡劣，我是安慰獎。」

「我也在列車上遇到黛安娜．吉爾里，」殺手迪倫說：「跟你一樣。我跟她也上了床。」

他停頓，等我詢問，我也忍不住照做。

「然後呢？」

「我們完事後，我用枕頭悶死了她，然後割下她的腦袋。」

「幹。」我再次試著掙脫束縛，但還是動彈不得。

「你知不知道我殺了她之後發生了什麼？什麼也沒發生。沒人發現，沒人知道是我下的手。我一旦明白這點，一旦知道我能為所欲為，我就會嘗試不同的方法，找上不同的受害者。其實刺激的不是暴力本身，而是知道我不用負責。我二十六歲的時候已經殺了十四個人，警察根本不知道。」

「你是個有病的王八蛋。」

他聳肩，沒把我的厭惡當一回事，彷彿道德和不道德並沒有任何區別。

「我原本可以一直這樣下去，但在我二十六歲生日那天，一切都變了。你還記得那天你做了什麼嗎？」

我還真的記得。我在生日那天做的事令人難忘。「我去看了心理醫生。」

「沒錯。法庭要求的『憤怒管理治療』，因為在酒吧打架。」

「嗯。」

「你見到誰？」

「她叫凡妮莎・柯比。」

迪倫點頭。「沒錯，我原本也要去見柯比醫師，可是她那天生病，沒出現。所以我見到另一個人。同一層樓有另一個心理醫生的辦公室，所以我想，乾脆就這間吧，反正我只是想交差了事，在法院文件上的某個待辦事項上打個勾。猜猜我見到誰？」

我皺眉。「誰？」

「伊芙．布萊爾。」

我低聲咒罵。

「是啊，老天爺的安排很有趣吧？伊芙很聰明，真的很瞭解我。她告訴我，我因為殺了我父親卻逍遙法外而感到內疚。她說我覺得非常需要受到懲罰，所以我一直把自己置於『證明我是壞人』的處境。當然，我沒讓她知道我殺過其他人，但我猜如果說出來，應該也會證明她的觀點。」

迪倫再次站起，抓起一件棋盤紋路的深紫色緊身西裝襯衫，舉在半空中。「你覺得這件怎麼樣？適合我嗎？」

我瞪著他。「什麼？」

「這件夠不夠潮？是不是該搭配排釦背心？這裡沒多少衣服能選。」

「你要我提供時尚建議？你在開什麼玩笑？」

他聳肩，脫下皮夾克，解開橄欖色襯衫的釦子。他脫下襯衫時，我注意到他裸露的胸膛上有一道道疤痕，看起來像是用刀片造成的傷口。這些顯然是他自己下的手。我明白伊芙為什麼認為這個迪倫渴望受到懲罰。這些年來，他一直在發洩對自己身體的恨意。

「總之，她就是在那時候跟我說了關於多重世界的事，」他說下去。「你聽聞的時候，有沒有覺得她在胡說八道？」

「的確。」

「是啊，我也是。伊芙想找個人做實驗，我心想有何不可？她說我如果經歷其他世界，應該就能幫我應對我做過的錯誤選擇。所以我讓她給我打了藥。藥效真的很刺激，不是嗎？然後我來到藝術博物館，被一大堆不同版本的迪倫包圍。只不過，在場只有我知道這意味著什麼，其他人都一無所知，而我就是因為知道真相才更難受。我看到越多迪倫，就越覺得瀕臨崩潰。你也是這種感覺嗎？」

我不想回答，但還是開口。「嗯，一點也沒錯。」

他點頭，彷彿很高興聽我這麼說。然後，他一言不發地轉身，走進浴室。他背對著我，從藥櫃裡找出刮鬍刀和刮鬍膏，開始緩慢又小心地剃鬍鬚。他這麼做的同時，被他淹死的泰伊還在浴缸裡。我跟他能在鏡子上看到彼此。我努力試著掙脫時，他微微一笑。我還是沒辦法動。

他刮完鬍子，洗了臉，回到房間裡，用毛巾擦拭刮得乾淨的臉龐。他坐下，繼續說故事。「在第一次的時候，我沒試著去任何地方，而是先摸索環境，你懂吧？然後我說出那個字——你知道是哪個字——也立刻回到伊芙身邊。她問治療對我有沒有幫助，我說有。這是事實，只不過跟她想的不一樣。我已經開始懷疑，我是不是真的能進入其他世界，所以我說我想接受更多治療。第二次，我跟著其中一個迪倫走出大門。我根本不知道該期待什麼，而我看到的景象把我嚇一大跳，我徹底迷路了。我醒來時，已經是好幾天後。我坐在紹姆堡鎮的伍德菲爾德購物中心的男廁馬桶上。這根本不合理吧？只不過，我走出商場時，看到了我的分身，所以我跟蹤他。我從沒讓他看到我，我卻瞭解了他的人生。我在那裡待了一星期左右，最後我說出暗語，離開了那裡。和之前一樣，我回到伊芙的辦公室，她說我只睡了半小時。我跟她說我想繼續接受治療。我想回去。只不過，我這次知道要做什麼。」

「殺人。」我喃喃自語。

「噢，沒錯。我跟蹤另一個迪倫，進入他的人生，監視他，觀察他，摸索他的例行公事。然後我做了一個實驗。他在別的地方跟人見面的時候，我去了他上班的酒店。沒人看出我跟他的差別，沒人有一絲懷疑。說真的，他們哪有理由懷疑？然後我睡了他老婆，她覺得那是她跟老公之間最棒的一次性愛，我很享受這種好評。然後，在我知道他獨自在家的某個晚上，我在酒吧搭訕了一個女孩，跟她回去她的住處。」

我閉上眼睛。我知道他接下來要說什麼。

「然後我割開她的喉嚨。」

我不斷罵髒話。

「隔天，我在公園裡看著警察逮捕了那個迪倫·莫蘭。監視器拍到他去過酒吧。他對酒保說出自己的名字。他們在她的公寓發現他的指紋。他們抓走了他，他大喊自己是無辜的。我從沒這麼痛快過。殺人的快感，根本比不上看著迪倫·莫蘭為**我的**罪行受苦。總之，事實證明了伊芙對我的判斷正確，我確實想受到懲罰，我想讓大家知道，迪倫・莫蘭是個邪惡又可怕的人，應該被關到死。但最棒的是，我能一遍又一遍地這樣玩下去，永不停止。總有另一個世界等著我，另一個迪倫等著被我摧毀。」

「完美犯罪。」我說。

「完美犯罪，」他同意：「你說得沒錯。」

他穿上剛剛選定的紫色格紋襯衫，然後走到衣櫃前，拿出一件灰色背心。他也換了褲子，把牛仔褲換成錐形褲管的黑色休閒褲，再把腳套進樂福鞋裡。他從床頭櫃上拿起一瓶古龍水，打開嗅聞，隨即皺眉，儘管如此，還是在臉上擦了一點。我能聞到麝香味。他再次坐下，看了手錶，顯然判斷有時間再抽一根菸。他正在放鬆心情，怡然自得，把煙霧吹向吊扇的葉片。

「然後是你，」他說下去：「我這麼做已經很多次了，所以我會試著讓罪行跟懲罰相符。至於你嘛，我在摸清你之後，也知道該怎麼做了。我開始殺掉長得跟你老婆一模一樣的女人。布辛刑警遲早會出現，拿著所有證據，你那個漂亮妻子會震驚地發現自己嫁給一個殺手。可是卡莉死在河裡之後，我決定讓事情變得更有趣。我決定讓你**看到**我。我以前從沒這麼做過。我想看著你因為失去理智而分崩離析，這能讓事情稍微更有意思。可是你讓我出乎意料。你查出了真相，然後透過伊芙來追蹤我。知道你在跟蹤我，這迫使我即興發揮。我不得不動作快。我也不能讓這個世界上有**另外兩個**迪倫，所以我在河邊處理掉其中一個，所以這裡只剩下你跟我。」

「接下來要怎樣？」我問：「你也要殺了我？」

「重點不在於殺人。還記得嗎？重點在於**懲罰**。」

他離開臥室，我聽到他在廚房打開抽屜。他回來的時候，手裡拿著兩把鋸齒刀。他將其中一把塞進口袋，另一把放在床上，離我的指尖只有少許距離。

「你也許需要花點時間，但應該能拿到刀，解救自己。」他說。

「然後？」

「然後你可以來追我，我們來看看誰會贏。」

「又或許我就在這裡慢慢等，看事情會怎樣發展。」我回話。「如果警察發現我被綁在床上，就很難指控我謀殺了泰伊。他們會知道人不是我殺的。」

「你不會在這裡等。」他的話語莫名自信。

「不會？」

「不會。」他淡定地撫平紫色襯衫的袖子。「你今晚跟卡莉有約。還記得嗎？」

我突然明白了。

我突然明白他有什麼盤算。正式的服裝。刮乾淨的臉龐。味道濃郁的古龍水。

我拚命試著掙脫，整個床架在地板上震顫。**「離她遠一點！別接近她！別這麼做！」**

他從口袋裡拿出小刀，在我眼前搖晃。

「你在你的世界救不了卡莉。」迪倫告訴我：「所以我等著看你會怎麼做。你覺得你在這個世界救得了她嗎？」

第二十五章

卡莉。

我會再次失去她。這個長得跟我完全一樣的掠食者，要去見她並殺害她。

我必須阻止他，但我恐怕來不及介入。夜幕迅速降臨，意味著我們相約的時間已經不遠。與此同時，我一個人被困在這間公寓裡。泰伊的屍體在浴室裡。我沒能救她。

我呼喊艾德加的名字，但他就算把電視音量調到最大也幾乎聽不見，更不可能聽見我的聲音。我扯開嗓門呼救，希望能聽到頭上的木地板傳來砰砰聲，但我什麼也沒聽到。艾德加在電視播放的遊戲節目前面睡著了。

我只能自救。

迪倫把小刀放在靠近床頭板的位置，就在我搆不到的地方。我猛然扭動身子，試圖把刀子震向我。它稍微滑向我伸出的手指，但也危險地滑向床墊的邊緣。在刀子目前所在，我能用中指的指尖碰到刀柄的底部。只要再摸到半吋，我就能讓它滑進我手裡。

我再次猛然把身體往上推。床的四根柱子都在地板上喀啦作響。刀被彈得更靠近我，但刀刃旋轉，黑色的握柄滑向床邊。畫面彷彿放慢，我看著刀子落下，我雖然用兩根手指捏住鋒利的金屬尖端，但被刀子割傷而鬆手。刀子掉到地上。

這下我無法脫身。

接下來的幾分鐘，我徒勞地試圖掙脫。然而，我注意到一件事：因為床的搖晃，床頭櫃上的一盞燈因此改變位置。這盞燈有個沉重的底座，精緻的凹槽玻璃柱向上延伸，頂端是一個圓錐形的燈罩。玻璃會破，碎玻璃很銳利。我再次搖晃床鋪，檯燈為之搖晃。如果它掉下來，我雖然沒辦法預測它會往哪掉，但還是必須一試。我再次彈動全身，看著檯燈的大理石底座滑向床頭櫃的邊緣。只要再震動一次，整個檯燈就會掉落。

我的手指準備好了。我抬起左側身子。檯燈搖晃，然後像一棵樹一樣倒下，掉到床墊上。大理石底座立刻把燈具拖向地板。我唯一能做的，就是用指尖勾住燈罩。我如果放手，燈就會掉到地上。我屏住呼吸，然後像捕鼠器一樣猛然勾動手指。檯燈跳得離我更近，接著又開始往下滑，但我的手緊緊握住纖細的玻璃柱。

我一扭手腕，把檯燈砸向身後的黃銅床頭板。玻璃柱斷裂，形成鋸齒狀的刃邊，雖然易碎但非常鋒利，我用它鋸開把我固定在床頭板角落的領帶。這個過程緩慢得令人沮喪，但領帶的絲綢開始一根根散開；我造成一條小裂縫後，用力一拉，聽到領帶撕裂的聲音，感覺右臂恢復自由。

我急忙轉動身體，切割左臂的領帶。這一邊的絲綢也斷裂後，我坐起上半身，切割兩腳上的領帶。我在重獲自由的過程中割傷了自己，但鋸斷了最後一道結後，我從床上一躍而下。

卡莉。

我們約好晚上九點在西北大學的校園見面。在我脫身的這段時間裡，窗外天色已暗。我查看時鐘，發現現在是九點半。**他已經跟她見面了**。

我找回我的手機，找出諾瑞斯樓的電話號碼撥打，感覺響了二十幾聲後才有人接聽。現在是星期六晚上，我相信那裡人很多。我要求對方把我的電話轉去警衛室，一個粗魯的聲音立刻接聽。

我該說什麼好？

「你們的一個教職員工，卡莉．錢斯，正在二樓的咖啡廳跟某人見面。你需要立刻去那裡，讓她離開那個男人。他很危險。」

「危險？你怎麼知道？」

「拜託，總之去找她，告訴她這麼做不安全。她叫卡莉．錢斯。你認識她嗎？」

「不認識。你得把情況說得更清楚，先生。」

「卡莉．錢斯。她是英文系的教職員，金髮披散及肩，膚色白皙，藍眼睛，大約三十歲。她跟一個叫做迪倫．莫蘭的男子在一起，那人凌亂黑髮，身材結實，個子不算高。他穿著格紋紫色襯衫和灰色背心。你得動作快。」

「我正在前往那裡，先生，可是你得告訴我這究竟是怎麼回事。」

我需要編出一個他會相信的說詞，什麼理由都好。

「聽著，迪倫是我的室友，他瘋狂迷戀這個女人。他看了她的書，天天說著跟她有關的話題。前幾天晚上，他在校園裡跟蹤古德里奇樓附近一個跟她長得一模一樣的女孩。他情緒不穩定，需要服用很多處方藥。他今晚離開公寓時，拿了一**把刀**。你搜他身就會發現。」

「刀子？你確定？」

「我絕對確定。」

「好，請等一下。」

電話另一頭的聲音變得模糊。我聽到背景噪音有一大群人，然後我又聽到男子的嗓音，他在和某人說話。我聽不清楚他們在說什麼。這段漫長時間令我難受，我不耐煩地用力捏住手機。

他終於回到線上。

「卡莉・錢斯？英文教授？」

「是的，就是她。」

「她今晚沒來這裡。」

「她一定在。我們約好……我是說，迪倫告訴我，他九點整會在那裡跟她見面。」

「這個嘛，她沒出現。咖啡店的店員認識她，他沒看到她，而他一整晚都在這兒。」

我緊閉雙眼，試著思考。「好，知道了。你能不能向整個校園發出警報？請大家一起找她。她住在古德里奇樓。你們需要派人查看她的公寓。」

「你最好先告訴我**你叫什麼名字**，先生。」

我遲疑不決。被人問起名字時，真的不該猶豫。

「這究竟是怎麼回事？」警衛說下去，語調透露懷疑。「你是誰？你怎麼知道錢斯小姐？」

「總之你們得去找她！拜託！」

我掛了電話。我在臥室裡來回踱步，驚慌失措。**他們在哪裡？**也許卡莉沒去赴約，但我的自負心態告訴我這不是事實。我跟她有過那場對話，她一定不會放我鴿子。不過，如果卡莉有去赴約，那麼問題可能在他身上，他改變了跟她見面的地點。他以為我會脫身並通知校園警察，所以他聯繫了她，想在大學以外的地點見面。

他們去了哪裡？

在這個星期六晚上，芝加哥裡有數百萬人外出，而他們是其中兩個。他們可能在任何地方。

我撥打在卡莉的員工檔案中找到的辦公室號碼，但被直接轉進語音信箱。我向她的大學電子信箱寄出一封短信：**妳有危險。快離開迪倫**。但我不知道她會不會看到這封信。

他們究竟會在哪裡見面？

然後我想起我跟她的談話片段。我們曾聊到，希望能彌補我們這輩子最嚴重的錯誤，能有機會回去改變我們做錯的一切。

今晚對迪倫和卡莉來說，不就是這個用意？

讓當年那場災難性的約會重新來過？

如果迪倫問這個世界的卡莉想去哪裡，我敢打賭她會想回到最初，會建議我們再試一次第一次約會，看看這次能不能順利。

「我們那晚去了一間夜店，不是嗎？我甚至不記得是哪一間。」

「間諜酒吧。」

間諜酒吧這間地下室舞廳的入口，是在法蘭克林街附近一條小巷裡，位於富有藝術氣息的北河岸區。我抵達這裡時，看到一排二十幾歲的顧客們排隊，隊伍從黑布遮掩的入口延伸出來。我站在L型鐵軌的生鏽鋼梁下，一班列車像雲霄飛車一樣在我頭上轟鳴。

我從馬路對面研究這條隊伍，迪倫和卡莉不在裡頭，意思就是他們已經進店裡了，不然就是我完全弄錯了、他們根本沒來這裡。我需要進店裡確認。我沒時間排隊，所以我在隊伍前端附近發現兩個穿著緊身衣物的西班牙裔女孩，給了她們每人五十塊錢，並支付她們的門票費。五分鐘後，我走下樓梯，進了夜店。

電子樂震耳欲聾，就跟救護車的警笛一樣吵。我感覺聲響撼動我的胸腔深處，令我呼吸困難。這裡人山人海，人們並肩擠在一起，跳舞時扭動胳臂和臀部。我在煙霧中緩慢移動，白紅黃綠四色的圓錐形燈光在地板上旋轉閃爍。

一名穿著黑色胸罩、透明上衣和粉紅裙子的女孩擋住我的去路，抓住我的臉。她的深邃眼睛顯得茫然，似乎嗑了藥而飄飄然。「請我喝杯酒吧？」她喊道。

「抱歉。」

「喂，別這樣。一杯馬丁尼就好。」

「恕難從命。」

我試著擠過她身邊，但她用力把身體壓在我身上，伸出舌頭。「我能讓你舒服喔。」

我編個藉口。「我是跟別人一起來的。」

「這又怎樣？她可以一起玩。我有看到她，她很辣。」

我因為思緒分神，所以多花了一秒鐘才聽懂她說什麼。我用雙手抓住她的肩膀。「妳今晚有看到我？妳有看見一個女人和我在一起？」

「沒錯，金髮，挺優雅的。」

「在哪裡？」

「你說什麼？」

「妳在**哪裡**看到她？夜店裡的哪個位置？帶我去！」

她試著掙脫我。「放開我，你這變態！」

「告訴我！你在哪裡看到跟我在一起的那個女人？」

「放開我！」

她掙脫我，對我比個中指，接著惱火地一甩頭髮，踩著高跟鞋，搖搖晃晃地走向吧檯。我注意到其他人好奇地看著我。兩名疑似保鑣的男子朝我走來。我急忙躲進人群裡。既然知道卡莉在這裡，我就不能被趕出去。

音樂的無情脈動在我的腦海中砰砰作響，旋轉的燈光令我頭暈目眩。我擠過人群，像開碰碰車一樣從人們身上彈開。沒人知道發生什麼狀況，沒人理解我的恐慌，他們只是哈哈大笑，開心尖叫。醉酒的女孩們灌下烈酒，親吻彼此的嘴唇。我周圍的人們就像萬花筒般的皮膚和汗水，諸多面孔在幾分之一秒內出現又消失。

數以百計的人擠在我周圍，持續移動，不斷改變位置。我試著在腦海中分辨他們。男人、女人。全是陌生人。

然後我看到他。

他在彩燈底下忽隱忽現。

但我確定是他。我的分身，我的第二自我。他一手拿著一杯酒，跳舞時散發緩慢曲折的能量，彷彿體內充滿腎上腺素，頭部像蛇一樣擺動。音樂節奏嘲笑我：**找到她，找到她，找到她**。可是卡莉不在他身邊。我觀察附近的諸多臉孔，但沒看到她。我試著朝他推擠而去，想用雙手掐住他的喉嚨，可是舞者們形成一條牢不可破的防線。我被困在原處。節奏越來越響，就像拳擊手猛捶我的胸口。

我找到她！

他的頭部停止擺動。他在腦海中感覺到我的存在。他猛然靜止，茫然視線落在我身上。我們兩人隔著擁擠的舞池互瞪。我朝他呼喊，但被音樂聲蓋過。他朝我舉杯示意，冷酷的嘴唇彎成一個笑容，我打從心裡知道這可怕的笑容意味著什麼。

我來晚了。

我再次咆哮。沒人注意到我。沒人聽到我。

燈光忽明忽暗。就在這瞬間，迪倫消失了。他消失在原處，我再也沒看到他。但卡莉還在某處，我知道她瀕臨死亡。我拚命擠過人群，來到磚牆邊，走向夜店的後側，有些人在這裡躲避喧囂和噪音。我推開幾對在黑暗中做愛的情侶，踩到灑在地上的飲料，天知道還有什麼液體。隨著閃光燈的不斷閃爍，我發現地板上有個人，是個女人。她坐在角落，屈膝抱胸。

「卡莉！」

我急忙來到她身邊跪下。她的臉被金髮遮住。我撥開她的頭髮，發現她目光茫然空洞。她有轉頭，但她看著我時，我覺得她好像沒看到我。我看著她蠕動嘴唇，她說了什麼，但夜店喧鬧吵得我聽不清楚。我摟住她。這麼做的同時，我的一隻手陷入一灘血泊。我抽手，看到手指在燈光閃爍下呈現猩紅色。

「來人啊！快來幫幫我們！在這裡！」

沒人聽到我的喊話。

我把嘴唇貼在她耳邊，低聲說：「卡莉，撐住，求求妳撐下去，別離開我。」

她把頭靠在我肩上，就像以前在電影院，在車裡，在壁爐前，在床上的枕頭上，感覺如此溫暖，如此美好，如此熟悉，彷彿應該永遠持續下去。但她又要離開我了。她離我越來越遠，血液在我指間聚集成河。我把一隻手掌放在她的胸前，感覺到她凌亂的吸氣吐氣。

「卡莉，我愛妳。」

吸氣。

吐氣。

「妳是我的妻子。我愛妳。」

吸氣。

吐氣。

「我原本應該救妳。我辜負妳了。對不起，天啊，真的對不起。」

吸氣。

吐氣。

然後靜止。

「卡莉。」

毫無反應。她死了。我再次找到她，但也再次失去她。

「卡莉。」

我唯一能做的，就是說出她的名字，抱著她癱軟的身體。

周圍的人們繼續跳舞。電子樂敲擊著我的心臟，越來越響。沒人注意到我們倆。很長一段時間裡，夜店裡的狂歡者們都沒注意到我們，沒注意到死在角落裡的美女，沒注意到一個讓她死了兩次的男人。

第二十六章

終於有人看到我，看到她，看到血。一聲刺耳尖叫劃破喧囂，接著另外傳來幾聲連鎖反應般的尖叫，引發一場混亂。音樂停止，現場一陣震驚沉默，然後是驚慌失措。人們呼喊求救，逃離現場。半數的人掏出手機，有些人報警，有些人拍攝我輕輕扶卡莉躺下。我不能留下來，因為警察就在路上。我起身走向出口的樓梯，我必須趕緊離開這裡。

人們為我讓路，彷彿我是某個惡名昭彰的名人，好像我是O．J．辛普森。有個男的想逞英雄，試著阻止我離去，但我站穩腳跟，朝他的下巴揮出勾拳，將他擊倒。別在酒吧跟迪倫．莫蘭動粗，他在這方面是老手。另外幾個男子試圖接近我，但我已經衝上樓梯，逃進涼爽的夜色下。不遠處傳來警笛，從不同方向朝俱樂部逼近。

我拔腿就跑。幾個夜店顧客也從巷口奔跑追來。我在L形軌道下方飛奔，鐵軌像金屬蜈蚣一樣聳立在我上方。我全力跑了四條街，然後停下來，靠在牆上喘氣。

我注意到一輛警車的燈光朝我高速接近，於是我拐過轉角，進入一條無人小巷。警車經過後，我回到街上。警察很快就會封鎖這個地區，我必須趕緊離開這裡，而我的車停在幾條街外，但我很難移動。我蹲下，手肘撐在膝上，雙手捧著臉，忍受著又一波悲痛。

我終於抬頭時，看到他。

迪倫．莫蘭瞪著我，他在街道的斜對面，靠近通往布朗線L站的樓梯。他穿著皮夾克，嘴裡叼著一支菸。他斜靠於路邊一根黃色水泥防撞桿。他的笑容消失了，再次毫無情緒。和我一樣，他身上也沾染她的血。看到他，我感覺到這輩子未曾有過的憤怒。我從所在之處全力衝向他。他看著我接近，一開始甚至沒動，然後把菸彈到街上，不慌不忙地走上樓梯，進入列車站。

我一下子就過了馬路，像野獸一樣追著他，跑上樓梯，但我爬到上層時，發現車站已經空無一人。這裡沒人。我拿出車費卡，穿過驗票閘門，進入月臺後沿著軌道來回跑。這裡無處可躲，他不可能逃脫。

儘管如此，迪倫還是不見了。我幾乎能聽見腦海中的回音。

無限。

他對這個世界已經玩膩了，如今留我在這裡承擔罪名。他又犯下一起完美犯罪。

我回到車上，茫然開車穿過市中心的街道，遠離夜店。然後我在路邊停車。我只想得到一個辦法。我打給羅斯科。在每個世界，我需要他的時候，他都會對我伸出援手。

我們約好在北街沙灘附近見面。我很快就抵達這裡，我坐在車裡，臉上掛著乾掉的淚水，衣服上沾滿血跡。眼前的沙灘在午夜時分空無一人。一陣刺骨寒風吹進車裡，把水沫灑在擋風玻璃上。我降下車窗，聆聽水浪的規律轟鳴，就像我妻子最後一口氣一樣來來去去。

這就是我逞英雄換來的災難性獎勵。

屬於這裡的那個迪倫死了。泰伊死了。名叫貝琪·克恩的女人死了。

卡莉死了。

我毀了他們，我追逐的那個男人現在要去其他世界殺人。

我坐在車上時，水浪聲使我陷入一種催眠狀態。我甚至沒注意到時間流逝，但我抬起頭時，在鏡子上看到車輛的頭燈。一輛車在我旁邊停定，羅斯科下了車。他穿著淡藍色的風衣和休閒衣，不是平時的神父白領。他站在車旁，微微顫抖，看著湖面，雙手插在夾克的口袋裡。他可能正在想著，我們小時候在這裡騎自行車，夏日午後在岸邊玩的那些時光。

羅斯科進入我旁邊的副駕駛座，看我一眼就注意到我的狀況。

「你受傷了？」

「不。」

「所以這不是你的血。」

「是卡莉的。」

他調整臉上的黑框眼鏡，輕聲說：「我很遺憾，迪倫。」

「謝了。」

「我帶來了你要的乾淨衣服。」他補充道。

我只是點個頭。

「我在收音機上聽說間諜酒吧發生了一起命案。他們說嫌疑人在逃。那是你？」

「嗯，是我，但也**不是**我。那都不重要。兇手長得跟我一模一樣，所以誰會相信我？但人不是我殺的，羅斯科。我知道你很難接受我給你的任何說詞，但我希望你能相信我。人不是我殺的。」

我以為羅斯科會說他警告過我會給這個世界帶來什麼危險，但他沒這麼做。和往常一樣，他低沉的嗓音安撫了我。「你是我最好的朋友，迪倫。我說過你隨時可以打電話向我求助，我也是認真的。至於相不相信你，這還用問嗎？」

「這對我意義重大。」

「所以接下來怎麼辦？你打算怎麼做？」

「我也不知道。他贏了，我輸了。他走了，我還在這裡。」我推開車門，需要透透氣。「想不想去沙灘上走走？和以前一樣？我們可能再也沒機會這麼做。」

「如你所願。」

我們走向沙灘，然後來到水浪邊緣。這是個晴朗的夜晚，明月繁星高掛於空，沖岸水浪形成白色絲帶。我們慢慢往北走，沒說話。在周圍，我看到一些沙灘居民蜷縮在毯子下，希望避開公園警衛的注意。我瞥向身後，看到城市天際線的無數燈火。我們走過的地方，足跡已經被湖水沖洗得乾乾淨淨。

我停下腳步，面對更多回憶。

「我們大約十六歲的時候，曾經在某個夏日下午來這裡，」我說：「我們看到一個小孩在水中掙扎，他母親因為最小的孩子在哭而分了心。我們兩個衝進去救了他。那件事在這裡有發生嗎？」

「有。」

「他媽媽因此送了我們一人一臺全新的自行車。」

「我記得。」

「我一直對我們做的那件事覺得自豪。奇怪的是，現在我知道在某個世界裡，我們沒救他。我們失敗了，他死了。」

羅斯科把一隻手放在我肩上。「我比較喜歡換個角度想：上帝多麼努力地把我們放在那個沙灘上，讓我們剛好看到那個男孩溺水的那一刻。你還記得嗎？我們差點錯過了來這裡的那班公車。我們當時抱怨連連，因為我們得多花二十分鐘等下一班車。但事實證明，那班公車沒開走，而是遲到了。所以我們順利上了車。要不是這樣，我們就不會來這裡救那個孩子。」

「是沒錯，但在某個世界，我們**錯過了**那班公車，」我反駁：「所以這有什麼用？這一切都沒意義，並不是老天做了什麼安排。」

「沒這回事。這只是表示，不同的世界有不同的安排。」

我面露苦笑。「我向來羨慕你的信心，羅斯科。我真希望我也有這種信心。如果我在這裡遇到什麼好事，就是再次見到你。我會很想你。」

「你的意思是你要走了？」

「你從頭到尾都是對的，我不屬於這裡。」

「你會繼續跟蹤那個迪倫？想辦法阻止他？」

「不，我該回去我的世界，面對我留下的爛攤子。你不是說過我該這麼做？說出暗語，回家去。我是笨蛋才以為我能改變世界。」

羅斯科蹲在沙灘上，讓沙子從指縫間流過。他輕聲開口：「其實，我在這件事上改變了主意。」

「什麼意思？」

「我覺得你沒準備好回家去，迪倫。你不是這種人。如果你相信自己正在做的事，那麼你最不該做的就是放棄。你失敗了，但這並不意味著你應該放棄。我認識一輩子的那個朋友，永遠不會放棄。」

「你真的認為我該再試一次？就算在這裡發生了這一切？如果我把我接下來去的地方搞得更糟呢？」

他聳肩，抬頭看著我。「如果你搞得更好呢？」

「我很感謝你投下的信任票，羅斯科，但就算你是對的，這件事還是有爭議。我唯一能做的就是回家去。我就算想去其他地方也去不了，就算想追蹤他也做不到。」

「為什麼？」

「沒有伊芙．布萊爾，我就沒辦法重新進入通道。」

聽見這個名字，他為之一愣。「伊芙．布萊爾？」

「她是治療師，就是她送我來這裡。橋接多重世界就是她的想法。但就我所知，她不在這個世界。我完全找不到她的相關紀錄。」

羅斯科把手浸在涼水裡，搖搖頭。「上帝確實讓萬事互相效力。」

「什麼意思？」

「我認識她。」他答覆。

「什麼？」

「這個嘛，我並不確定她是不是你認識的那個伊芙．布萊爾。她確實不是治療師。但我確實認識一個伊芙．布萊爾，你在網上找不到她的任何紀錄，我對此並不感到訝異。她是毒蟲，多年來無家可歸。她偶爾會在我們準備飯菜的時候來我們的教會。」

「毒蟲？」

「是的，她腦袋很好，但很久以前就走上歪路，再也無法改邪歸正。其實，我記得她好像待過醫學院。她因為偷竊處方藥而被退學。在那之後，她的狀況越來越糟，多次因為用藥過量而入院。」

「一定是她，」我告訴他。「我上哪能找到她？」

「她如果還活著，應該就躲在我教堂西邊的高架鐵軌底下，她平時都待在那裡。可是，我不認為她一定能幫你，迪倫。伊芙的生活方式跟我們不一樣，她大多數的時候都待在其他世界。」

第二十七章

鐵軌附近的路燈故障了，我眼前的隧道因此一片漆黑。我把車停在柵欄附近，柵欄另一邊是一片雜草叢生的空地。我用手機提供照明，走在路中間。人行道布滿蜘蛛網般的裂縫，鬆散碎石在我腳下吱嘎作響。我在瀝青完全剝落之處，看到層層疊疊的紅色鵝卵石。一旁的茂密樹木斜倚鐵路橋，擋土牆支撐著兩側的高架橋，絲帶狀的常春藤和綠色黴菌沿著混凝土延伸。

在隧道內，褐色水滴從低矮的天花板落下。工字梁由圓形拱門連接，上頭的白色油漆大多已經剝落。這裡不是只有我一個人。街友們也在場，我感覺被十幾雙眼睛盯著。空氣中瀰漫著大麻的味道，濃烈得令我頭暈目眩。我看到一排舊毯子、睡袋和靠牆架設的撐桿帳篷。一支龍舌蘭酒瓶的碎玻璃在我的燈光照射下閃閃發亮。一隻野貓在廢墟中嗅尋食物和老鼠。靠近我的某人不停喃喃自語，唸著毫無意義的字串。我聽到有人對著牆壁小便的濺水聲。

我在一個不到二十歲的孩子附近停步，他在一道拱門裡興奮地跳著繩，繩索的劈啪聲在隧道裡迴盪。我等他絆腳後才靠近他，從皮夾裡掏出一張十美元的鈔票做為激勵。

「我在找伊芙・布萊爾。你在這附近有沒有見過她？」

他嚼著菸草，下巴不斷挪動。我能在他的鼻息裡聞到菸草味。他甩動手中的跳繩，彷彿他是手持套索的電影演員威爾・羅傑斯。「你是誰？」

「我是羅斯科的朋友，教堂那個羅斯科・泰特。」

「嗯，每個人都認識羅斯科。你找伊芙有什麼事？」

「我需要跟她談談。」

他噗哧一笑。「談談？很多人都想跟伊芙談談。你跟她談談的時候，最好套上袖子。」

「我發誓，真的只是談談。你知不知道她在哪？」

「當然。離這裡兩條街，墓園後面的小巷。她都是在那裡兜風。」

「兜風？」

「她把那回事叫做兜風，而且似乎是很瘋狂的那種。她兜風的時候，整個人都失了魂。」

我把十美元的鈔票塞進他手裡。他摘下棒球帽，把現金放在頭頂上，再戴上帽子，然後又開始跳繩。

在高架橋的另一邊，大多數的房屋都用木條封起窗戶。我經過幾間深夜酒吧，連同一些空蕩蕩的店面。我走了兩條街，找到了墓園，這裡由帶刺鐵絲網的水泥牆包圍，為了阻擋盜墓者。墓園的牆壁緊鄰一條狹窄的小巷，我走進黑暗處，踢開擋路的垃圾。在其中一棟建築物後面的一小片泥濘和草地上，我看到一個女人癱倒在毯子上。

我把手機的光芒對準她的臉。

是伊芙．布萊爾，但跟我認識的那個伊芙截然不同。她穿著一件髒兮兮的灰色毛衣，下半身沒穿外褲，只有一條破舊的紫色內褲。她修長的雙腿布滿瘀痕。她的一隻袖子挽起，露出無數個注射的痕跡。我記得她的手指上有著優雅的長指甲，但那些指甲都被咬掉了，角質層被咬傷而且血跡斑斑。她側身躺著，全身裹在毯子裡。她的丹鳳眼閉著，我不知道她在睡覺還是昏迷。我在她身旁跪下，輕輕撥開她臉上的長髮。她的頭髮沒有優雅的挑染色澤，只有與泥巴相符的棕色。

「伊芙。」我輕聲呼喚，她沒反應。

我撫摸她的肩膀。「伊芙？」

她呻吟著，閉著的嘴發出來自喉間的抗議。她稍微動了一下，四肢隨之抽搐。她眨眼睜開，沒看清楚周圍是什麼狀況，隨即再次閉上。我拍拍她的臉頰。

「伊芙，醒醒。」

她這次醒了。她翻身仰躺，睜開金色的眼睛，把注意力集中在我的臉上，震驚得瞪大眼睛。她吸口氣，發出原始的尖叫聲，起身逃離我。我起身追上，但她用拳頭打我，喉嚨裡發出不成字句的嗚咽聲。她撞到身後的磚牆，朝我甩來一手，彷彿想趕走一團蜜蜂。為了阻止她，我不得不把她緊緊抱在懷裡。

「伊芙，沒事，別怕。」

她尖叫個不停。我怕附近房子裡的人會報警，於是用手蓋住她的嘴，試圖壓住她發出的聲音，但她用力咬了我的手掌，傷口見血。我痛得抽手時，她又嚎啕大哭。她說出兩個字。

「迪倫！」

她知道我是誰。她見過我。

「不要傷害我！求求你不要傷害我！迪倫！」

我抓住她的肩膀，把她推到牆上，傷口的鮮血順著我的手腕往下流。

「**伊芙**，」我焦急地嘶吼：「伊芙，聽我說。」

「拜託不要傷害我！」

「伊芙，冷靜點。我是迪倫，但**我不是他**。」

「你是，你是！走開，離我遠一點！」

「看著我！」我後退一步，把手機的燈光照在自己臉上。「看著我，伊芙。妳看得出來吧？我跟他一樣，但也不一樣。我不是他。」

我舉起雙手，表示我相信她不會逃跑、她可以信任我。她鼓起勇氣看著我，我也趁機把她看個仔細。我不知道她打了什麼樣的藥、兜風兜到哪裡去，但是她的動物本能消退時，我稍微看到我印象中的伊芙・布萊爾。就是她的大腦開始了我的旅程。

她就是通道。

「瞧？」我輕聲道：「我不是他。」

她觸摸我的臉，就像盲人試著認識我。「你說得對，你不一樣。」

「沒錯，我不一樣。」

「怎麼會？你是怎麼來到這兒？」

「透過妳。」我說。

她不顯得驚訝。「你是說另一個我？來自別的地方？」

「沒錯。」

伊芙安心得嘆口氣。「所以你知道多重世界，你知道它們是真的。」

「是的。」

「人們就是不相信我。我跟他們說我在兜風時看到什麼。他們都認為我瘋了。他們認為那只是藥物的影響。」

「我並不認為妳瘋了。跟我說說兜風的事，伊芙。妳去了哪裡？看到什麼？」

「有個大家聚在一起的集散地，」她像做夢一樣回答，視線從我頭上投向天空。

「好多人，好多個**我**。其實，我不是在哪都是現在這個模樣。我很聰明、有錢、貌美。」

「是的，我知道。」

「有時候我會跟著她們，跟著其他伊芙，只是想看看過著那種生活是什麼感覺。我躲起來觀察她們，但是從不留下。我沒辦法在那些世界生活。我還是會變回我現在這個樣子。我們遲早都會回到屬於我們的地方。只有**他**例外，他想去哪就去哪。」

「跟我說說他。」

她的臉色變得陰沉。「他很邪惡。」

「你在兜風的時候見過他？」

「嗯。」

「我也見過他，這就是為什麼我需要妳幫忙。」

「看看我這個樣子，我幫不了你。」

「妳能讓我繼續追蹤他。」我告訴她。

伊芙緊張兮兮地瞪著陰暗處。在我們身後，車燈在巷道裡來來去去。「其實，我不是總是這個樣子。我在大學的時候是全優學生，芝加哥大學的頂尖學生。而且我很乾淨，滴酒不沾，不吸大麻，什麼都不碰。後來我進了醫學院，我很厲害，真的很厲害，可是你無法想像壓力有多大。我每天都累得要命。我需要一些東西讓我打起精神，實驗室裡有個傢伙幫我弄到貨。我原本只打算嗑那一次，讓我度過難關，可是藥丸讓我上了癮。我試過很多次想戒掉，但我就是不夠堅強。」

「我沒在怪妳，伊芙。」

「你認識一個不同的我，是不是？」她問：「人生過得更好的。」

「是的。」

「你怎麼認識她的？」

「她寫了一本關於多重世界的書。」

「而你為什麼在乎？」

「因為另一個迪倫，」我說：「他來到我的世界，毀掉了我的人生。」

「他毀掉了一切。」

「妳怎麼認識他的？」

「我有次兜風的時候看到他。其實，我常常兜風。我在公園裡觀察我的一個分身，看到他和她說話。我看得出來他有些不對勁，他是壞人。我不知道我是怎麼知道的，但我就是知道。所以，他們分開後，我跟蹤他。那天晚上，我看到他走進公園，他遇到一個女人，然後……噢，天哪。」

她緊緊抱住胸口。

「從那以後，我在其他世界又見過他六次。我看到他所做的事情，每次都一樣。他是殺人狂。」

「我知道。」

「最近一次，他看到我在暗中觀察他。他**認出**我。他知道我見過他，所以他來追我了。我不得不說出暗語才能逃走。」伊芙打顫，手指抽搐。「從那之後，我怕我走到哪他就會跟到哪。可是我需要兜風，我不能待在這兒。我必須離開這裡的人生，你懂嗎？這裡的人生太難受，我受不了自己是誰。」

我抓住她的雙手。「伊芙，我想阻止這個迪倫，我不想再讓他傷害任何人。我就是為此而來，但我失敗了。他逃走了。我現在想再次追蹤他，但我需要妳幫忙。我需要妳讓我再次進入多重世界。」

她搖頭。「我只剩一劑，我不知道什麼時候才能弄到更多藥，而且我不能被困在這裡，不能像現在這樣，否則我會發瘋。」

「伊芙，我真的需要妳幫忙。」

「如果你追蹤他卻又失敗呢？」

「我不會失敗。」

「你可能沒辦法承受藥效。我弄到的藥物不是每次都很純。如果摻雜了其他成分，我有時候在兜風時會出現很奇怪的反應，會看到古怪又嚇人的東西。」

「我願意冒險。」

她的臉色變得柔和。她用乾裂的雙手捧起我的臉頰，身體前傾，吻了我，這令我驚訝。她的嘴唇溫柔又順從，渴望任何一種形式的人際互動。我沒阻止她。我讓她吻了我一會兒，然後她又靠向身後的磚牆。她掀起毛衣，露出平坦的小腹和隆起的乳房。她的皮膚上用膠帶貼著一支皮下注射劑，針頭用套子套著。

「拿去吧。」

我向前伸手，撕下膠帶，把注射器拿在手裡。我拔掉針套，觀察筒裡的清澈液體。我這麼做搞不好等於自殺，死於用藥過量。

「你會去哪裡？」她問我。

「什麼意思？」

「你在兜風的時候，會去哪裡？你的十字路口是什麼？」

我聽懂了。「芝加哥藝術博物館，《夜遊者》那幅畫前面。」

「我會帶你去，」伊芙說：「可是我不知道會發生什麼事。我會試著引導你去那裡，可是如果這一劑不夠純——」

「沒關係。」

我盯著針頭，然後捲起袖子。到了給自己打藥的時刻，我猶豫了。我在指間轉動注射器，就是不敢把金屬尖端扎進我的靜脈。

「我來幫你注射吧？」她問。

我在她的眼裡看到堅定的眼神。「好。」

她拉起我的胳臂，意外地技巧嫻熟、動作溫和。我突然意識到，她曾經走在成為醫生的路上。她把針尖壓在我胳臂的肘窩上。

「你確定？一旦注射就無法回頭。」

「我確定。」

她幫我注射時，我看著清澈的液體通過針頭消失在我體內，混合藥物像一條涼爽的河川一樣流入我的身體，我聽到的最後一句話是伊芙在我耳邊低語。

「殺了他。」

我立刻察覺到不對勁。

我看到其他迪倫來來去去，數百人在我面前來回走動，但他們在一個不同的地方，和我之間隔著一扇窗。我試著從所在之處站起來，但我動彈不得。我甚至感覺不到自己在呼吸。我低頭一看，看到海軍藍西裝的袖子，視線的上緣是一頂紳士帽的帽簷。我的雙臂向前伸，放在某種櫃檯上，但我完全沒辦法動。我的四肢都覺得僵硬。

「再來些咖啡？」

我看到另一個迪倫。他穿著一套白色制服，頭戴紙帽。他的上半身越過櫃檯，我坐在櫃檯另一邊一動不動。

「什麼？」

「我說，要不要再來些咖啡，夥伴？」

我面前有一個白色的馬克杯。「嗯，好。」

他拿起杯子，走到牆邊一個大型咖啡甕旁，重新裝滿，然後把杯子放在我面前。「女士呢？」

我無法轉頭，但從眼角看到坐在我身旁凳子上的紅衣美女。和我一樣，她僵硬地坐著，不說話，也不動，彷彿某種假人模特兒。我非常熟悉她的臉孔。她樣貌很美，一頭和紅衣相配的鮮紅頭髮。我很熟悉她，但我不知道她叫什麼名字。

然後我明白了。

我在《夜遊者》裡頭。

我被困在這幅畫**之中**。多年來我一直夢想成為的那個男人，坐在紅衣女子旁邊的那個人，就是我。其他迪倫都在外面，在博物館畫廊裡來回走動，正在前往下一個目的地。我無處可去。

然後我聽見笑聲。

我轉動眼睛。在我的右邊看到畫中的另一人，那個總是背對著觀眾的人。那個神祕人。另一個迪倫。就是他。但他身上不是應有的西裝和紳士帽，而是我父親的皮夾克，上面沾染血跡。他的藍眸就像夜鷹之眼，正在尋找獵物。他喝口咖啡，咯咯笑。

「你就是不放棄，是吧？」

我聽見自己開口：「我要殺了你。」

「是嗎？這個嘛，我們走著瞧。」

他喝完了馬克杯裡的咖啡。和我不一樣的是，他能自在地走動。他在多重世界的十字路口經驗豐富，而我還是個新手。他從凳子上起身，把一張一塊錢鈔票扔在櫃檯上，接著走向餐廳門口。畫中沒有門，只有狹長的玻璃窗和城市街道，所以他走到畫的盡頭時，就像霧一樣融化。片刻後，我看到他在博物館裡。

我必須去追他，我卻被困在這裡。我盯著自己由顏料組成的手和胳臂，它們只不過是畫布上的色彩。我現在是二次元，需要變回三次元，但我該怎麼動起來？我能怎樣改變現在的狀態？然後我意識到，變化都在我的腦海裡。既然我能看，能思考，能說話，我就能做其他一切，但我首先必須**相信**。

我必須接受這是真的。如果它是真的，我就能控制它。我們永遠無法逃離的唯一牢籠就是我們的大腦，但就是我們的大腦讓我們獲得自由。

變化慢慢發生，一點一滴。我以意志力命令自己移動，感覺到我的大腦屈服於我的命令。我的一根指頭彎曲。然後另一根。我的鞋子輕敲櫃檯的欄杆。我的頭部轉動。我快成功了。我繃緊肌肉，用力推，就像玻璃破碎一樣，我感覺整個身體都掙脫了束縛。

我回到了畫廊，被數百個迪倫・莫蘭包圍。這幅畫又掛在牆上原本的位置。畫中人物是陌生人，不是我的倒影。

我感到一股信心油然而生。在接下來這個世界，一切都會不一樣。我沒跑，而是平靜地大步行走，知道自己要去哪、該做什麼。這一次，我在追逐我的分身時，其他迪倫們為我讓路。

我終於做好準備。

我的第二次機會即將到來。

第三部

第二十八章

喇叭的哀號聲在我耳邊響起，氣動煞車器發出尖嘯。我抬起頭，看到一輛聯結車顫抖停定，離我的臉只有幾吋之遙。卡車離我很近，我能看到撞死在它的水箱罩上的一大堆蟲屍，而我差點成為其中之一。在我周圍，芝加哥的車流在這個路口朝兩個方向呼嘯而過。我在密西根大街上行走，闖了紅燈。

卡車司機透過敞開的車窗，朝我破口大罵：「哇靠，老兄，你從**哪**蹦出來的？你瞎了嗎？別杵在馬路上！」

他又加了幾句髒話，確保我有收到訊息。

我舉起雙手表示歉意，然後在車流出現空隙時趕緊跑到對面。我靠在一根路燈上穩住身子，深呼吸幾次。我不禁心想，差點被卡車輾死是多麼諷刺的一件事。在我的腦海裡，我能聽到艾德加用沙啞的聲音說出藝術博物館館長丹尼爾・卡頓・里奇的故事；當年要不是我爺爺不小心撞到他，他在一九四一年就會以同樣方式喪生。

這讓我再次覺得羅斯科說得沒錯，命運就是有辦法讓我們的人生在不同的世界交會。我口中的命運，就是他口中的上帝。

我站在拐角處，辨識方位。我在靠近公園的街道上，在希爾頓酒店對面，在拉薩爾廣場酒店以南幾條街外。我不知道我為什麼離開藝術博物館後會來到這裡，但在片刻後，我聽到有人叫我的名字。

「迪倫？」

我望向湖邊，看到泰伊從格蘭特公園向我走來。

看到她，我覺得困惑又不寒而慄。我對泰伊最後一個惡夢般的回憶，是在公寓浴缸的水底下看到她的臉。現在她回來了，安然無恙，毫髮無傷。

她來到我面前，在我臉頰上給了我一個尷尬的吻。「迪倫，是你啊，好一個驚喜。」

她的口氣告訴我，這其實不算是一個很好的驚喜。看來我跟她在這個世界絕對不是夫妻。

「妳好，泰伊。」

「多久不見了？應該四年了吧。」

我強忍驚訝：**四年？**我怎麼可能四年沒見過泰伊？

「有一陣子了，」我結巴道：「妳好嗎？」

「我很好，真的很好。酒店也一切都很好。我的意思是，當然，沒有你就不一樣。」

「嗯。」我根本聽不懂她在說什麼，然後我補充道：「妳看起來很好。」

「謝了。」

她看起來確實很好。她剪去了長髮，留著現代的中性髮型。她穿著量身訂做的酒紅色西裝，離膝蓋有段距離的裙襬露出了雙腿，腳上是與西裝相配的細高跟鞋。她向來很漂亮，如今多了自信的光芒。她看起來不再年輕。

「你看起來也很好。」她彷彿臨時想到而補充這一句。

「我還是老樣子。」

「不不，絕對不一樣，但我喜歡。」

「所以工作沒問題？」我問道，試著理解我為什麼多年前離開酒店。

「嗯，我的意思是，相信我，我**並不樂意**用那種方式接手。沒有你，我感覺就像被扔進泳池裡學游泳。有好個月的時間，我根本不知道如何是好。」

「我很懷疑。」

「噢，不，這是事實，真的是。不過，別再談我的事了。你呢？你好嗎？最近如何？」

「我很好。」

「真的嗎？你很好？」

「我很好。」我重複。

「嗯，那就好，我很高興。聽著，我真的需要道歉。我在保持聯繫這方面應該做得更好才對。我覺得我好像把你排拒在外，這讓我很難受。我那麼做並不是因為我不在乎。我的意思是，沒錯，我是覺得有點尷尬，但那只是因為我太忙了。我們當時人手不足，我也在努力學習。在那之後，我也不知道該怎麼做，我甚至不確定你想收到我的聯繫。」

「別在意，泰伊，不用放在心上。」

「你來市中心做什麼？」她問：「你在找工作？我的意思是，如果可以，我願意幫忙，真的。我自己是願意雇用你，可是酒店不會同意。如果你願意，我可以打幾個電話，但我想城裡大多數的酒店經理都知道發生了什麼事。」

「我沒在找工作。」

「瞭解。總之，真的很高興能再見到你。你大概不想談論那件事，但那段日子對你來說很辛苦嗎？唉，我在說什麼？當然辛苦。不過，那可能也焉知非福，誰知道呢？」

「也許吧。」我含糊回答。

「我可能說了蠢話。」她的金色肌膚綻放紅暈。「沒人會覺得坐牢是福氣。」

「坐牢。」我難掩驚呼。

「可是你熬過來了？」

「我沒事。」我重複。

「那就好。」泰伊查看手錶，給自己找了個藉口。她顯得不自在，彷彿想盡快遠離我。「總之，我得走了。今晚有大活動，一千八百萬個細節。你懂的。」

「是啊。」

「你當然懂。」

泰伊準備過馬路，但她吸口氣，轉過身來面向我，抓住我的手。「我真的很抱歉，迪倫。」

「那不是妳的錯。」

「我知道，可是我那時候總覺得，我應該能觸及到你的心，彷彿我能改變你，讓你的怒氣消失。我的意思是，我大概不該跟你說這個，可是我其實一直滿喜歡你的，我當時從沒讓你知道，也許我應該讓你知道。我那時候一直有個想法：如果我們在一起，我就能幫助你成為一個更好的人。這聽起來很自大。抱歉。」

「別在意。我很感謝妳的心意，可是人生不是這樣，泰伊，妳不可能改變我。」

「大概吧。你有比以前好嗎？你總是對整個世界很嚴厲，尤其對你自己。我當時希望你能柔和一點，你懂嗎？我希望你能找到平靜。」

「我正在努力。」

「我很高興。」她給我一個飛快又笨拙的擁抱，然後尷尬地低下頭。「好好保重。」

「妳也是。」

交通號誌改變顏色。她開始走過密西根大街，前往希爾頓酒店的方位。我的視線跟著她，但我接著瞥向她後方，望向馬路對面的擁擠人行道。

他就站在那裡。

殺手迪倫。穿皮夾克的迪倫。我要殺掉的迪倫。

他站在轉角，對我投來充滿決心的眼神。泰伊想必也看到他了，因為她在馬路中間停步，轉動肩膀，查看身後，確認我在原處，接著再次回頭，確認自己是不是看到錯覺。

就在這時候，一輛芝加哥遊覽車開過，希爾頓酒店暫時消失在我們眼前。車子經過後，殺手迪倫已經消失了。我確定他就在行人當中，但對泰伊來說，他只是她一時的錯覺。她繼續走向對面的拐角處，走向南方的拉薩爾廣場酒店，對我稍微揮揮手。

我沒費心去追我的分身。目前沒這必要。

我知道他遲早會來找我。

＊　＊　＊

生活在這個世界的迪倫·莫蘭，顯然犯下比我更嚴重的錯誤。

我想知道他是誰、他為何入獄、卡莉是不是他人生的一部分。有個人一定能給我答案。羅斯科。前提是，他在這個世界沒死於車禍。

我來到羅斯科位於南區的教堂，但進去時注意到布告欄上有一張海報，上頭是教堂工作人員的照片。看到羅斯科不在其中，我的心為之一沉。我不知道這個世界的他是不是也死了，但我向一名神父詢問他的事，鬆了一口氣——沒有一個叫羅斯科．泰特的人跟這個教堂有關聯。

那麼，他在哪裡？

我前往爾文公園區，羅斯科的母親在那裡行醫。幸好這個地區並沒有改變。我走近那棟建築時，看到艾莉希雅．泰特從前門出來；她在人行道上看到我，綻放燦爛的笑容。

「迪倫，真高興見到你。」

跟泰伊不一樣，艾莉希雅似乎真的很開心見到我。

「你需要跟我談談？」她說下去。「我正要去醫院查房，但你如果有什麼問題，我可以臨時幫你看診。」

「不，其實，我只是想找到——」

我欲言又止，沒說出他的名字。如果羅斯科死了，我不想說出聽起來很奇怪的話語。但是艾莉希雅做出正確的假設。

「噢，你想找羅斯科，當然。他在裡面。你也熟悉他的個性，那孩子是工作狂。」

「有其母必有其子。」我說。

艾莉希雅溫柔地捏捏我的肩膀。「你可真會說話。進去吧，他看到你會很高興。」

我走進診所，大廳裡有幾個患者正在等候。我正想問前檯人員羅斯科在哪，這時裡頭的一扇門打開了，我的朋友現身，他微微彎腰，攙扶一名使用助行器的黑人老婦。他戴著比當神父時更時髦、更昂貴的眼鏡，臉上鬍子刮得乾淨，但除此之外沒什麼變化。和他的母親一樣，羅斯科也穿著白色的醫師袍，我不禁微笑。很顯然的，這個世界的艾莉希雅·泰特願望成真，她說服了兒子追隨她的腳步。

看到我，羅斯科站直身子，表情跟小時候一樣認真嚴肅。「迪倫，嘿，你在這兒做什麼？一切還好嗎？」

「沒事，不過我想耽擱你一分鐘。」

他環顧擁擠的候診室，瞥向手腕上的手錶。「我有點趕時間，不過不要緊，進來吧。」

我跟著他走進內側走廊，拐進一間小辦公室，他在一張破舊的桌子後面坐下，牆上掛著一幅裱框副本，是他在芝加哥大學的普利茲克醫學院獲得的醫學學位。艾莉希雅也是同一所學校畢業。在他的辦公桌上，我看到他和他父母的合照，還有一張我跟他小時候在霍奈公園踢足球的合影。

他順著我的視線看去。「時光飛逝，是吧？」

「真的是。看看你現在的模樣，那個小孩子成了大醫生。」

「可不是嗎？我到現在還是很難相信。」

「我原本以為你想當神父。」

羅斯科咯咯笑。「是啊。那是一個艱難的決定，但我從未後悔。況且，我能跟我媽一起工作，這在大多數的時候很愉快，但有些時候……這個嘛，你也熟悉她的脾氣。」

我面露微笑。

羅斯科在高中的時候是反其道而行。他那時候覺得，跟當醫生相比，當個神職人員能讓他為人們做更多好事，幫助他們在遭遇損失和挫折時找到意義。而且一想到要和他母親一起在診所工作，他會不愉快地翻白眼。

「所以，你怎麼來了？」羅斯科問。

「我有事情要告訴你。」

「什麼事？」

「這件事很難解釋，也更難相信。」

「說來聽聽。」

我吸口氣，思索該怎麼說。我考慮過的辦法是，先不告訴他真實情況是什麼，而是試著從他口中問出我的人生歷史。但他是我最好的朋友，我們曾發誓絕不互相撒謊。但在另一方面，我不確定醫生能否像神父一樣樂意相信看不見的世界的存在。也不知道為什麼，我就是必須證明發生在我身上的狀況是真實的。

「我現在應該在哪裡？」我問他。

「什麼意思？」

「我如果現在不在這間診所裡，你覺得我會在哪裡？」

「我不知道。大概在你的辦公室吧。」

我把上半身越過桌面，拿起電話，遞給他。「打給我。」

「什麼？」

「打去我的辦公室，要求跟我談話。」

「為什麼？」

「拜託，羅斯科，照我說的做。」

他一臉困惑，按下擴音模式的按鈕，然後按下快速撥號鍵。電話那頭響了幾聲，然後一名年輕女子接聽。

「芝加哥住房解決方案。」

「黛娜，是我，羅斯科・泰特。」他的嗓音總是跟船笛一樣低沉。

「噢，嘿，泰特醫師。你要找迪倫嗎？」

「是的。妳知道他在哪嗎？」

「當然，他就在另一條電話線上。要不要我轉告他你在找他？」

羅斯科沉默許久，隔著桌子盯著我，皺著眉頭，就像一個數學家在面對一個無解難題。他沉默太久，電話那頭的女子因此再次開口。

「泰特醫師？你還在嗎？要不要我叫迪倫接聽？」

他始終盯著我。「黛娜，妳的意思是，迪倫跟妳一起在辦公室？妳確定嗎？」

「我正在看著他，」她答覆。「其實，他剛講完電話。要不要我叫他接聽？」

「好，麻煩妳。」

我們等了幾秒鐘，然後都聽見電話那頭出現我的嗓音，跟我毫無區別。

「羅斯科。嘿，夥伴。」

「迪倫。」羅斯科輕聲道，張嘴想說話，但似乎無法決定該說什麼。

「怎麼了，大醫生？找我有什麼事嗎？」

羅斯科把雙臂撐在桌上，雙手托著下巴。我們的臉彼此相距不到一呎。他看起來不像覺得自己碰上惡作劇或愚人節玩笑。他的眼神很嚴肅，就跟我一樣。他對著擴音機說話，但全程瞪著我。

我知道他在對我們倆說話。

「聽著，我想問你一個怪問題，」羅斯科說：「我今天遇到一個患者，我想你可能還記得。有個老婦人曾經在勒茲麵包店的櫃檯後面工作一段時間，後來好像被人發現她丈夫是某種納粹成員。我們以前在吃麵包的時候常取笑她的名字。你還記不記得她叫什麼名字？」

電話上的迪倫立刻用唱歌般的語調做出答覆。

我也用脣形對羅斯科說出同樣的答案。

「弗莉岡，弗莉岡，臉蛋就像德國狗。」

羅斯科難以置信地閉上眼睛。我和電話上的迪倫都通過了考驗，而且都不可能作弊。過了很長一段時間，羅斯科輕聲說：「嗯，沒錯，我現在想起來了。」

「我們那時候算是小屁孩吧？」迪倫笑道。

「這個嘛，我們那時候才九歲。」羅斯科答覆，睜開眼睛，眼神彷彿把我當成從天而降的外星人。在某些方面，我確實算是外星人。

「你突然問起老弗莉岡做什麼？」電話上的迪倫問。

我把一根指頭湊在脣前，搖搖頭。

「我晚點再告訴你，夥伴，」羅斯科對擴音機說：「我先忙別的。」

「行，晚點聊。」迪倫回話。

羅斯科按下按鈕，結束通話。

「好吧，」他對我說，嗓音冰冷。「你究竟是誰？」

第二十九章

我正想跟羅斯科說明來龍去脈，但他要我閉嘴。我一提到多重世界，他就舉起雙手，表示不願意再聽下去。他有病人要看，他們是優先事項。但他其實是需要時間平復心情。羅斯科從不太早下定論。他會深思熟慮，評估所有因素，然後制訂計畫。他小心謹慎。換言之，他跟我完全相反。

他告訴我，傍晚六點在甘迺迪高速公路附近的蒙卓斯路上一家酒吧跟他會面。我覺得他選的這個地點也是一項測驗。我曾經在這家酒吧喝醉，跟一個虐待女友的男子發生街頭鬥毆。羅斯科當時去警察局接我，然後再也沒活著回家。

這個羅斯科**還活著**，意味著這個世界在那個晚上有著不同走向。但他今晚還是選了這家酒吧當成我們的聚會地點，看來該地點對迪倫．莫蘭來說還是有著某種特殊意義。

我抵達這裡時，沒認出酒保，這可能是件好事。這裡如果有誰認出我，大概就會把我趕出去。我坐在吧檯的盡頭，試著壓住那晚的記憶洪流。我想起我介入隔著四個座位的那名男子，他的女友叫我別多管閒事，他把酒灑在我臉上。這是一家卡拉ＯＫ酒吧，我在腦海中能聽到有人五音不全地唱著「槍與玫瑰」樂團的《昏迷》，也就是我那晚幹架時的背景配樂。

「想喝什麼？」酒保悶悶不樂地問。她是亞裔女孩，頭髮染成櫻桃色。

「冰鎮伏特加。」我說。她離去時，我叫住她。「等等，改成碳酸水。」

她聳個肩。「隨你便。」

她拿飲料給我時，我找個位子坐下，頭腦清醒地喝掉飲料，然後又點了一杯。我給了她不少小費，彷彿我點的是灰雁馬丁尼。隨著下班人群的到來，酒吧開始爆滿，人們在接下來的兩個小時裡來來去去。六點十五分，羅斯科還是沒出現，我開始懷疑他是不是打算騙自己說我是他想像出來的幻覺。

但在六點三十分，他在我身旁的座位坐下。他注意到我點了碳酸水，但他沒像我一樣避開酒精。羅斯科向來鍾情於「南方安逸」利口酒，無論是不是神父身分。他點了冰鎮的南方安逸，直到酒送上、啜飲一口後才說話。

「我開車去了你的辦公室，」他說：「不過那應該不算是**你的**辦公室，是不是？」

「的確不是。」

「迪倫在裡頭，我有看到他。然後我直接開車來這裡，看到**你**在這裡。我得親眼確認，明白我的意思嗎？」

「明白。」

他搖頭。「多重世界，多重心靈。我查過了，還是覺得聽起來很扯。」

「我原本也覺得很扯，可是我真的遇到了。」

「你是**不一樣的**迪倫。我的意思是，你們一樣，但也不一樣。」

「沒錯。」

他啜飲飲料，看我一眼。「我親眼看著你的時候，會比較容易相信。你的氣勢不一樣，這點無庸置疑，我從你的表情、眼神和姿態看得出來。」

「我遇到的另一個羅斯科也是這麼說的。」

「你比較像我認識的那個迪倫在幾年前的模樣。他在那之後改變了。至於你？變化不大。跟他不一樣，你還沒找到你自己。不過我喜歡你不喝酒這點，這是個好的開始。」

「你也改變了。」我告訴他。

「讓我猜猜。在你的世界，我是個神父。」

「沒錯。」

他不禁發笑。「我有時候不禁會想，我如果走上那條路，我的人生會是什麼樣子。也許每個人都會這麼想。」

「相信我，我最近一直在想這件事。」

羅斯科點頭，環視酒吧。「其實，我跟你約在這裡是有原因的。**我的**迪倫的人生就是在這裡改變。」

「我的人生也是在這裡改變。」

「那麼，告訴我，你在這裡遇到了什麼。」他說。

我拿起碳酸水，搖晃杯子裡的冰塊，看著它喀啦碰撞杯子。「四年前，我父母去世的紀念日晚上，我來到這裡。我喝醉了，我和一個羞辱自己女友的男子發生衝突。警察來了，逮捕了我。他們放了我之後，我打給你，你來接我走。」

羅斯科知道故事還沒完。「然後？接下來發生了什麼？」

「出了車禍，你死了。」

他只是眨個眼，又啜飲一口酒。「噢。」

「我怪我自己。」

「我不覺得意外。」

「故事還沒完。我在那晚遇到一個女人。那是一個巧合，一個奇怪的命運轉折，至少我當時是這麼認為，現在我不確定了。她救了我，她照顧我復原，我們結婚了，但我最近也失去了她。」

「我很遺憾。」羅斯科的視線從酒杯上方投向我。「她叫什麼名字？」

「卡莉。她叫卡莉。」

「你愛她嗎？」

「是的，我愛她。我無法想像我的人生沒有她。我終於擁有了我想要的一切，我卻讓它從我手中溜走。我搞砸了我的人生，現在再也找不回來了。」

我把玻璃杯用力砸在吧檯上，冰塊和碳酸水濺出杯外。我搖搖頭，用餐巾輕輕擦拭灑出來的水，揮手要酒保別過來，她關切地看著我。

「看來你的脾氣還是一樣。」羅斯科喃喃自語。

我喝掉剩下的碳酸水。「這就是我的故事。這裡發生了什麼事？我是說在這個世界。」

我的老友嘆口氣。「四年前，你父母去世的紀念日晚上，你來到這裡。你喝醉了，你和一個羞辱自己女友的男子發生衝突。你開始在馬路上痛扁他。」

「然後？接下來怎麼了？」

「那傢伙腦袋撞到人行道。他死了。」

「靠。」

「你承認過失殺人罪。因為你的家庭背景，你的律師主張緩刑。他說發生在你母親身上的事，在你心裡引發了某種執念，你就是想保護一個置身於危險的女人，而那名男子的死是意外。法官對這個說詞並不買帳。你有過打架紀錄，所以他說你知道自己的行為有什麼風險。他給你判了兩到五年的刑期。」

「聽起來是我罪有應得。」

「嗯，你就是這麼說的。你甚至不想上訴。你進了監獄，坐了十八個月的牢，然後假釋出獄。那段日子對你來說很難熬，我知道的。可是說真的，你也從此變了一個人。你出獄後，徹底振作了。你參加了匿名戒酒會，從此滴酒不沾。你每個月都接受心理治療。你在一個專注於提供廉價房屋的非營利組織找到一份工作，在一年內就成了主管。你甚至改善了跟艾德加的關係。你為那些年給他找的麻煩道歉，你感謝他當年收留你。在他最後的三個月裡，你們兩個每天早上都共進早餐。」

「艾德加死了？」我問。

「嗯，睡夢中心臟病發。」

我感到一陣意外的悲痛。艾德加，我的爺爺，我最後的親戚，死了。

在我的世界，艾德加還活著，但我不知道我還會不會見到那個世界。在此刻，我第一次面對他「不在人世」的可能性。我在腦海中看到自己站在《夜遊者》面前，希望艾德加在那裡跟我講丹尼爾・卡頓・里奇的故事。羅斯科說得對，我該把握機會對他說些我想說的話。

我雖然不認識這個世界的迪倫・莫蘭，但我意識到他過得比我好。

我必須更瞭解他。

「我結婚了嗎？」我輕聲問。

他沒立刻答覆。

「我的意思是，在這個世界，那場車禍沒發生，你沒死，卡莉沒發現我在車上。」

羅斯科瞪著自己的酒杯，不確定該怎麼跟我說。「艾德加死後，你請了一個承包商翻修你樓上的公寓，你打算出租出去。你和他因此成了朋友。」

「史考提，」我猜想：「史考提・萊恩。」

「沒錯。他有幫一個房地產經紀人做很多工作，他認為她非常適合你，所以他安排你們兩個約會。你很討厭這個點子，但我力勸你接受。你跟她去間諜酒吧跳舞，彼此一見鍾情。半年後，你們結婚了。」

我閉上眼睛，覺得呼吸困難。在我的手指下，灑了飲料的吧檯仍然是溼的，些微的水也讓我覺得自己好像即將滅頂。「她的**名字**，羅斯科。她叫什麼名字？」

「卡莉。」

我還是無法睜開眼睛。我太氣自己，對自己犯的錯太感到沮喪。這個世界的迪倫有及時學到教訓。他改變了，我沒變。

「我快樂嗎？」我問。

「嗯，你很快樂。這是我印象中第一次看到你變得心平氣和。此外，你還有——」

他停住。

「什麼？」

「我已經跟你說了你需要知道的一切。」

「還有別的。究竟是什麼？」

羅斯科搖頭。「抱歉。有些事是迪倫的私事，與你無關。」

「**我就是**迪倫。」

「不，你不是，至少在這裡不是。」

我從皮夾裡掏錢，放在吧檯上。「我得走了。」

「去哪？」

「回家去。」我說。

我正要從高腳凳上下來，但羅斯科抓住我的手腕。他雖然個頭矮小，但手勁宛如鐵鉗。「**不要**介入他的世界。他付出了這麼多努力，你不能毀了他的人生。你和他一樣有過機會改變人生，如果你為你做的選擇感到後悔，責任也在你自己。」

我看著羅斯科，這對我來說就像禮物，因為我在他死於車禍後沒想過能再見到他。我們從小就認識，一起長大，一起經歷了我的掙扎。他是我見過最正派的人，無論是當醫生還是神父。

出於某種原因，我知道這是我和他之間最後一次互動。我得到了最後一個小獎勵，現在結束了。不管怎樣，不管是生是死，我都會在今晚結束前離開這個世界。我再也不會見到他。

至少這次我有機會擁抱他，親吻他的雙頰，好好道別。

「我不會介入迪倫的人生，」離開前，我向我最好的朋友做出承諾。「我來這裡是為了救他。」

第三十章

黃昏時分，我站在河濱公園的樹下。天色很快就會變暗。我要殺掉的那個迪倫就在這裡，離我不遠。我能感覺他就在乳白色雲團的另一邊。正如他能猜到我的心思，我也開始猜到他的。上一次，他一直在公寓裡等我，但我現在看不出任何跡象顯示他就在那裡。住在這裡的迪倫和卡莉似乎也不在裡頭。這令我擔心。

他們回來的時候就會成為目標。

從草叢裡的觀察點，我能看到整條街。我站在這裡的時候，注意到一輛灰色轎車緩緩駛過街區，車燈亮著。這不是我第一次看到它。車子拐過轉角，但我有預感它會回來。我猜得沒錯。不到十分鐘後，我又看到它，它循著原路返回。這一次，它在我附近的公園人行道邊停下來。

一個枯骨般的高瘦男子下了車。他穿著皺巴巴的棕色風衣，底下是白襯衫和寬鬆的黑色長褲。他彎腰駝背，姿態看似輕鬆，但顯然不是在散步。他朝我走來。

哈維·布辛刑警。

「不好意思，」他拿出警徽，自我介紹。「我能不能問你幾個問題？」

「請便。」

「你住這兒附近嗎？」

我朝馬路對面的建築點個頭。「是的，那間就是我的公寓。」

「你叫什麼名字？」

「迪倫・莫蘭。」

「有帶證件嗎，莫蘭先生？」

我本來想和他吵下去，但還是掏出一張駕照遞給他。他仔細端詳一下，把東西還給我，用單調的嗓音說：「我很好奇，莫蘭先生，既然你就住這兒，那你跑來公園做什麼？」

「享受傍晚的空氣。」我答覆。

「這個嘛，我沿這條街來回開了三趟，你動都沒動。你只是一直盯著這棟建築物。你在等人嗎？」

「沒有。」

「一般人要麼散步，要麼坐在長椅上，要麼抽菸之類的，沒幾個人會站在那兒盯著自己的房子。」

「我有犯法嗎？」

「當然沒有。」但他顯然在等我拿出解釋，我讓他等得越久，他就會問更多。

「聽著，刑警先生，我在這裡住了大半輩子，那棟建築是我爺爺的，他以前住在樓上的公寓裡，他在幾年前過世了。我跟他雖然關係不算好，可是我有時候喜歡站在這裡想著他。這樣你能接受嗎？」

「當然。我為你的損失感到遺憾。」

「謝謝你。」

布辛把手伸進風衣內側，掏出一張照片。「既然你熟悉這個地區，也許你能幫幫我，莫蘭先生。你有沒有在附近見過這個女人？」

在逐漸減弱的天光下，我不用瞇眼也看得見相片上是誰。我認出之前在《芝加哥論壇報》的頭版上看到的肖像，不過那是在另一個世界。是貝琪．克恩。

「沒有。」

「你確定嗎？她就住在兩條街外。」

「抱歉，我很確定。」

「其實，她失蹤了。她昨晚去公園跑步，結果再也沒回家。她的家人很擔心她。」

「我希望我能幫上忙，但我沒見過她。」

「在公園裡閒逛的人呢？你有沒有見到任何看似可疑的人？」

「我們這裡常常有看似可疑的人，刑警先生，不過最近嘛……我印象中沒有。」

「好吧。那麼，你如果有看到什麼可疑的人，請打電話給我們，莫蘭先生。」

「好的。」

布辛刑警轉身離去，回到車裡，但沒開走，我知道他在等著看我會怎麼做。我現在不方便再在外面站著，於是橫越馬路，走向我的公寓。我來到門口，發現鑰匙能用而鬆了口氣，我進屋後把門在身後關上。布辛的灰色轎車駛過公寓前，逐漸遠去。

我沒開燈，而是站在陰暗的走廊裡，看著逐漸被夜色覆蓋的公園，然後走進一樓公寓。這裡的氣味不一樣，不像我住的地方，也不像另一個迪倫和泰伊住的公寓。我說不出這裡是什麼樣的香氣。跳進我腦海裡的唯一一個形容詞是「奶味」，可是這實在不算是一種氣味。這讓我想起我小時候的家裡的味道。

這棟建築裡一片寂靜。我沒感覺到殺手迪倫的存在，或是他散發的殺氣。這裡唯一的感覺就是那種奇怪的奶味，我不明白為什麼。儘管如此，我不能在這裡多加逗留。我需要確保公寓裡沒人，然後我得在另一個迪倫和卡莉回家前離開。我不想在他們的生活中留下任何足跡，我跟羅斯科保證過我不會這麼做。

可是我來晚了。

我正要沿著走廊前進時，聽見前門在我身後喀啦作響。我僵在原地，也來不及躲藏。客廳的燈打開了，我的瞳孔因此驟然縮小。

我的視線恢復清晰時，看到她。卡莉。

我像拍照一樣把這一幕捕捉在腦海裡，因為我知道這一刻稍縱即逝。她穿著條紋T恤，搭配襯托出苗條曲線的藍色七分褲，腳上的高跟皮靴讓她看起來比我還高。她的頭髮比我那個世界的卡莉更金黃也更長，她的胸部似乎也比我印象中更大。可是她的臉孔維持不變。她的藍眸像磁鐵一樣盯著我，嘴角綻放燦爛笑容，這令人心碎的笑容暗藏著我失去的一切。

她是我的妻子。她愛我。

「嘿，親愛的，」她的語調流露驚喜。「你不是今晚要加班嗎？」

我試著說些什麼，但說不出話，只是盯著她，欣喜若狂。我想跑上前，把她摟進懷裡。我們對視了一、兩秒，她沒關上前門，而是用腳抵著門，從身後把一些東西拖進公寓。

一輛嬰兒車。

卡莉關上前門，彎下腰，小心翼翼地把一個嬰兒抱進懷裡，寶貝得彷彿孩子就是藏在彩虹盡頭的寶藏。「艾莉，妳看，」她對孩子溫柔道：「爹地提早回家了耶，我們超開心的齁？」

艾莉。艾莉諾。我母親的名字。

我的孩子。我的女兒。**我們的**女兒。難怪這裡有一股奶味。這是嬰兒、生命、天真無邪、全新開始的味道。看著她們倆，我覺得胸口緊繃，彷彿整個世界都沒有足夠的氧氣讓我呼吸。我對這女人的愛更超越了以往。我從沒想過和她有個孩子會是什麼感覺，但在這一刻，我知道我的人生將因為沒有孩子而空虛。

「你還好嗎？」卡莉皺眉打量我。

我勉強開口：「我很好。妳看起來美極了，妳們倆都是。」

「這個嘛，你自己看起來也不差。」她來到我面前，一派輕鬆地把我們的小女孩塞進我懷裡。「你來抱她吧？我得餵她，可是我想先換衣服。」

她吻了我的臉頰，接著朝我們的臥室走去。我這輩子沒抱過幾個嬰兒，但抱著艾莉的感覺很自然。我不確定她多大了，但她看起來像是才剛來到這個世界。她的臉蛋、頭髮、眼睛……源自**我**，源自卡莉，源自艾德加，源自我的母親，甚至也源自我的父親。我的整個家族都在這個孩子身上，沒有任何不好的部分，沒有任何不好或是不完美的東西。我希望我的時間就停在此時此刻，我希望這一刻永遠持續下去。

然後艾莉開始哭。她皺起小臉，意識到母親不在場，自己被一個陌生人抱著。她臉頰通紅，哭著要卡莉，扭動身子想脫離我的懷抱。這讓我覺得就像挨了一記當頭棒喝。

她不屬於我。

她屬於別人。

這個世界沒有任何一樣東西屬於我。

卡莉很快回來了，穿著寬鬆的小熊隊球衣和運動衫。「哎呀，妳怎麼啦，艾莉？」她呢喃道，抱回嬰兒，在客廳壁爐旁的椅子上坐下。她掀起上衣，露出乳房，艾莉立刻安靜下來，發出輕柔的吸吮聲。「親愛的，你能不能把燈光轉暗點？這樣她比較舒服。」

我照做。

「播放一點音樂好嗎？」她問：「輕柔的曲子。」

「沒問題。」

鋼琴曲播放時，我在她對面的椅子坐下。

我得走了，因為真正的迪倫隨時可能回家，但我發現我實在不願意離開。看著卡莉和艾莉，我對這裡的迪倫所創造的美好生活感到敬畏。

說真的，我很嫉妒他。

我妒火中燒。這個男人，不管他是誰，曾像我一樣做過錯誤選擇，因為壓不住沮喪情緒而殺死了一個人，現在卻能和這個美麗的妻子和孩子一起生活。他走過地獄，來到另一頭的天堂。

這幾乎令我無法承受。

這裡的一切感覺如此美好、自然又正確。這裡的一切都不屬於我。

「我今天跟蘇珊娜一起吃了午餐。」卡莉說出她母親的名字。

「她狀況如何？」

「我認為在她看來，既然我給了她一個外孫女，她就願意讓我退出房地產這一行。」

「她沒試著說服妳回去？」因為我知道蘇珊娜在哪個世界都一樣。

「這個嘛，她試得心不在焉。她提了一次，然後就不再提起。不過她有提醒我，你為非營利組織工作，我是全職媽媽，我們基本上等於沒有收入。」

「妳怎麼答覆的？」

「我說你走路十分鐘就能到辦公室，而且我不介意天天吃即食通心麵。」

卡莉瞟向艾莉，我看著她臉上流露愛意。

「妳真的不介意這種生活？」我問她。

她把視線從艾莉身上抬起，眼神格外嚴肅。「人生就是一連串選擇，迪倫。我已經做了選擇，一點也不後悔。」

我真希望我說得出同樣的話。在這一刻，我心裡只有後悔。我再次告訴自己：**你得走了**。我得離開這棟屋子，把它還給屬於這裡的人。

但我做不到。

「我今天在寫另一首詩。」卡莉說下去。

「這是好消息。」

她翻白眼。「是啊，因為我們還不夠窮，我想拿個沒用的碩士學位，想寫詩。我還沒讓我爸看過我寫的詩。他一直要我拿出來，可是我還沒準備好。我寫的詩真的很黑暗，我搞不懂那些靈感是從哪來的。我對我的人生非常滿意，可是我一旦開始動筆，詩句就會像惡夢一樣湧出來。」

「我覺得這表示妳的靈魂很有深度。」

「最好是啦。」可是她的眼睛閃閃發亮，顯然表示喜歡聽我這麼說。

「我能不能看看妳寫了什麼？」

「沒問題。我們晚點要睡覺的時候，我再唸給你聽。」

我強忍失望，因為我到時候早已離去。「好。」

「親愛的，你能不能泡杯茶給我？」

「沒問題。」

我從椅子上起身。我最想要的就是像這樣度過一個晚上，在昏暗的燈光下，伴隨著音樂。然後我會把我女兒放在她的嬰兒床上，再和我的妻子一起上床睡覺。

我的心裡充滿想留在這個人生的強烈渴望，但所有美好事物遲早會結束。

就像在橋欄杆旁準備往下跳的人一樣，我終於縱身一躍，但一跳就後悔。

「我去外頭走走，」我告訴她：「我需要整理一下思緒。」

「你還好嗎？」

「我很好，只是想透透氣。妳會不會介意？要不要我幫妳準備什麼東西？」

「我不介意你出門，但拜託離公園遠一點。你有沒有聽說那女人失蹤的消息？我不希望你晚上像那樣走過公園回家。我知道公園是捷徑，但我還是希望你走福斯特街。」

「好，聽妳的。」

我進了廚房幫她泡茶。我知道卡莉喜歡哪種茶：帶有一絲肉桂味的東方香桔茶。

我覺得太甜，但她很喜歡。泡茶是我能為她做的最後一件事，然後我非走不可。

用馬克杯盛著的水在微波爐裡沸騰時，我做好準備。

我從後門附近的掛鉤上抓起一件薄夾克穿上。

然後我從流理臺上的實木刀架裡抽出一把鋒利的長刀，塞進夾克口袋裡。

第三十一章

我違背了卡莉的警告，直接走向公園，進入陰暗處。周圍沒人，只有空蕩蕩的人行道和燈柱光芒無法驅散的陰影。夜色隱藏了我，但也隱藏**他**。我橫越溼漉漉的草地，走進河岸兩旁的茂密樹林，我的視線無法穿透雜亂草叢形成的牆壁。我走近時，臭水味變得愈加濃烈，就像一朵屍花盛開。空氣毫無流動，臭味因此瀰漫於半空中。

我考慮要不要呼喚他。我確信他聽得見我。**我們現在就做個了斷，你和我**。但我不認為他現在會現身。他就像病毒，默默跟蹤受害者，只在他們脆弱時現身。

寂靜中，我聽著一隻孤獨的蟋蟀發出鳴叫，就像間諜發出警告。一隻蚊子在我耳邊嗡鳴，我揮手趕開。我回到小徑，往北走，始終留意河岸，而且握住口袋裡的刀柄。我每走幾步就會回過頭，試圖在樹叢中找出人影。

但我沒看到任何人。

我一直在尋找在這個世界生活、正要下班回家的迪倫。我不確定我看到他的時候會出現什麼情緒。我跟他會擁有同樣的臉孔、身體和走路方式，但他擁有很多我沒有的東西。卡莉和艾莉都在等他。他回到公寓時，會親吻他的小女兒，並睡在他妻子身旁。在我自己的世界裡，沒有人在等我。他們全死了。

我所能做的，就是確保這個迪倫．莫蘭安然回到他的家人身邊。

至少我是這樣告訴自己。

小徑在我前方分岔，其中一條通往福斯特街，另一條通向水邊的隧道。我走向隧道，那裡的燈光照亮了鏽跡、漩渦狀的塗鴉和一大群飛蟲。我上一次這麼做的時候，發現迪倫．莫蘭的屍體被鼠群啃食。這令我懷疑，我是不是來晚一步。也許這個世界的迪倫永遠無法下班回家。也許殺手迪倫把他的屍體留在了河邊，就是因為他腐爛的肉體而讓我聞到腐臭味。但我不能讓自己這樣想。我必須繼續前進。

我來到隧道另一頭，爬上溼草，來到福斯特街的北側。幾輛車的車頭燈照亮了我。我走了幾條街，來到北帕克大學的街坊，我母親艾莉諾曾在這裡就讀。我走到凱茲街，看到大學校園入口對面的一棟單層辦公樓，高聳的窗戶上印著白色字樣。

「芝加哥住房解決方案」。

這就是迪倫．莫蘭負責管理的非營利組織。

裡頭有燈光。我看到幾個人在工作，但看不清楚他們的臉孔。我唯一能做的就是等迪倫回家，然後跟蹤他。附近有一家麥當勞，我也餓了，所以我進去點了一份薯條。我拿著薯條走出店外，一根一根送進嘴裡，坐在一條沿著凱茲街架設的低矮欄杆上。

我在這裡坐了二十分鐘後，身後傳來一個聲音：「莫蘭先生？」

我沒想到這裡會有人認出我。我回過頭，考慮該如何解釋自己為何在這裡。在這座麥當勞停車場，一個六十多歲、身型肥胖的黑人女子站在一輛老舊的豐田凱美瑞車門旁，手裡拎著一個棕色的外帶紙袋。一個不到十歲的男孩牽著她的手。看到我的臉，她對我綻放開心的笑容，露出門牙之間的牙縫。

「噢，莫蘭先生，我就知道是你。你在吃晚飯？」

「是的，沒錯。」

她低頭看著身旁的男孩。「威廉，你去跟這個人握手，好嗎？快去。他是個很特別的人。」

男孩走向柵欄，神情緊張，但他跟我握手時，我發現他的手勁很有力。「我叫比爾。」他說。

「很高興見到你，比爾。我是迪倫。」

女子也走向柵欄。「你不記得我了吧？」

我正要道歉，但她揮個手。

「不不，別在意。你每天要見那麼多人，不記得我也很正常。我是科拉莉・霍巴特。你去年幫過我兒子萊諾，其實你救了他，你救了我們每個人，包括我和我孫子。萊諾當時失業了幾個月，付不出房租。我心臟病發作後需要人照料，但你覺得房東會在乎嗎？他打算讓我們去睡馬路。但你不允許那種事發生。你打了電話，寫了信，找來律師和城裡的人幫我們，房東就讓步了。萊諾後來找到工作，能繳清房租。如果沒有你，天知道我們現在會在哪裡。願上帝祝福你，莫蘭先生。」

我對她微笑，但再次感到嫉妒。

因為從來沒有人用這種感激的口氣對我說話，因為我從沒像這樣改變過誰的人生。

「這個嘛，很高興知道你們過得很好。」我告訴她。

「我們確實過得很好。」科拉莉環視停車場，壓低嗓門。「莫蘭先生，我不確定你知不知道，可是這裡的人都聽說過你的故事。你犯過錯，我敢肯定你對自己的所作所為感到難過，我知道你也為此付出了代價。我能對你說的就是，我為你曾經犯錯而感謝上帝，因為我們這樣才會認識你。那些往事絕對不是偶然，都是冥冥之中自有安排。」

我搖搖頭，覺得有點頭暈目眩。「妳過獎了。」

「我說的是事實。」

她的孫子再次跟我握手，然後兩人進入她的凱美瑞，科拉莉倒車離開時朝我揮手。她沿福斯特街開往河邊地區，這裡又只剩我一個人。祖孫離去後，我走過馬路，站在芝加哥住房解決方案的辦公室外頭。我希望夜色能讓辦公室裡的人看不見我。我需要近距離觀察這個迪倫·莫蘭，不只是他的臉孔，也包括他的內心。

這裡並不是什麼大預算的組織，所有家具都像是二手貨。黃色油漆看起來髒兮兮，牆上用美紋紙膠帶歪斜地拼湊出「住房權是人權」這幾個字，灰色的工業地毯磨損而且沾染汙漬。雖然很晚了，但還有十幾個人正在講電話、操作電腦，彷彿現在是大中午。其中一、兩人穿著商務西裝，但大多數穿著寫有該機構標誌的藍色T恤，表明他們是志工。我看到一張桌子上放著兩個「路瑪納提」連鎖店的披薩盒、幾公升的激浪汽水，還有一臺老舊的咖啡機，旁邊放著一個紅色超大桶的「峰之選咖啡」。

我一一觀察他們每個人，然後我看到他。

迪倫．莫蘭把兩隻腳翹在桌上，肩上夾著電話，正在用紙杯喝咖啡。

他看起來跟我一模一樣。他沒剪頭髮，也沒刮鬍子。他的衣服和我的很相似，深色的合身排釦襯衫和卡其褲，還有看起來像上過戰場的皮鞋。他講電話時，出現我經常在鏡子和照片上看到自己出現的各種表情。我們笑起來一樣，皺眉也一樣。我們的藍眼睛散發同樣的熱度。我們如果站在一起，看起來就像讓人分不清的雙胞胎。就連卡莉也以為我是他。我們是同一個人。

但在我看來，他是一個完全不同的人。我們的相似之處僅止於外表，除此之外我跟他是陌生人。就連穿著我父親的皮夾克的殺手，也比這個迪倫．莫蘭更像我。我不確定是什麼因素讓我覺得他如此陌生。我試圖解讀他臉上的謎題，但發現無法破解。

在我的注視下，他掛掉電話。我看得出來通話的內容激烈又艱難，我熟悉這種電話——供應商沒能趕上期限，或是辦活動的客戶一直想改變細節。這種電話害我失眠。可是這個迪倫一放下電話，臉上就恢復了輕鬆的笑容。他對兩個志工說了一些我聽不見的話，其中一人向他扔來一顆泡綿橄欖球。他們倆就這樣拋接球將近一分鐘。然後他從椅子上站起，像教練一樣拍個手。他穿梭於每個桌位之間，查看志工的狀態。他們開玩笑。他們吵嘴。一個老人在電腦螢幕上給他看了一些明顯讓他開心的東西，因此被他吻了頭頂。迪倫喝完咖啡，再從壺裡倒了一些喝掉，接著從一個粉紅色盒子裡找出半個甜甜圈，咬了一口，坐在桌子的邊緣，查看手機上的訊息。

這幅畫面沒有什麼特殊或不尋常之處，看起來就是如此輕鬆，稀鬆平常。這一天，這個晚上，對這些在這裡工作的人們來說，想必就和其他日子一樣。我恍然大悟。我就是在這時候意識到，他為什麼跟我這麼不一樣。

這個迪倫．莫蘭沒在逃跑。

我這輩子一直急著去某個地方，卻根本不知道那是什麼地方。可是這個迪倫已經在那裡了。他平靜地看待自己所在之處。他今晚會回家，明天會醒來，他的人生毫無變化，而這就是他想要的。

我再次感覺到強烈的情緒。

嫉妒，深得就像一口井。

迪倫查看手錶，意識到現在是什麼時候。他早該回家了。他嚇一跳，抬起頭，望向窗外的馬路。他在窗上倒影中看到我。他多看了兩眼，然後從桌邊起身。他的大腦還沒意識到我們是兩個人，我已經退到黑暗中，背對窗戶。我橫越馬路，躲在北公園的標誌後面，藏匿自己的蹤影。幾秒鐘後，辦公樓的門開了，迪倫走了出來。他查看街道左右，看到人行道上空無一人，他搖搖頭，返回辦公室。

他沒在裡頭待多久。

幾分鐘後，他再次出現，向辦公室裡的人道別。他顯然已經忘了在窗上看到什麼，因為他沒再查看街道，而是向左轉，朝河邊走去。

他要回家去。

我在馬路另一邊跟蹤。路上沒什麼車的時候，我橫越馬路，走在他身後。我們以相同速度行走，彼此相隔半條街，他未曾回頭查看。儘管卡莉警告過他這麼做不安全，但我就是知道他還是會穿過公園走捷徑回家。他會穿過河邊的隧道，越過一片漆黑的開闊草地。

我們三個人會齊聚一堂。迪倫、我，還有正在等著我們倆的殺手。

我知道自己要做什麼，我必須一勞永逸地阻止那個殺手，他的旅程到此為止。這就是為什麼我來到這個世界。我對自己發誓，我心裡沒有其他動機。

但這是在對我自己說謊。

我無法壓住從嫉妒與慾望之井中冒出的黑暗思想。我想要這個人擁有的一切，他的妻子、他的孩子、他的工作。我完美的生活就在我面前，我唯一要做的就是將其占為己有。這個男人就算消失，也不會有人知道，不會有人去找他，因為我能**變成**他。我會回家把卡莉抱在懷裡，這個世界會像以前一樣繼續轉動。我唯一要付出的代價，就是造一個孽。

以命換命。

這時候，我想到伊芙・布萊爾對我說過什麼：**你會很想留在另一個迪倫的世界**。不只是「留在」而已。她早已預見這種事會發生。她早就知道，遲早會有一條蛇吊在我面前，鼓勵我咬一口禁果。**你也許會想殺掉另一個你**。

沒錯，我確實想這麼做。其實，我腦子裡除此之外沒有別的念頭。

在我前方，迪倫走到過河的橋上。他走到東邊，還是沒意識到我就在他身後幾步外。如果他保持直線行進，就會留在燈火通明的城市街道上，但公園就在他的下方，孤獨和黑暗向他招手。

我知道他會去那裡，因為換作**我**也會往那裡走。

他確實這麼做。

他轉進公園小徑，沿一個草坡往下滑。空蕩蕩的隧道通向河邊。有那麼一瞬間，一座小山丘讓他看不見我，我趁這一刻拉近彼此間的距離。我抵達隧道時，迪倫成了一個朝著光亮處移動的影子，只比我領先幾步。

我應該立刻注意到隧道一片漆黑。我之前來的時候，這裡的燈還亮著，但現在熄滅了。我沒注意到這意味著什麼，我太專注於跟蹤著前方的男人。我快步往前走，幾乎是沿著河邊小跑，我的腳步聲終於讓他注意到我。

他停下腳步，慢慢轉過身，查看我是誰。我也停步。

我們彼此對峙。他站在隧道的盡頭，被燈柱和上方街道的燈光照亮。我還在黑暗中，我的臉被陰影遮蔽。我們相距不遠。我如果撲向他，就能撂倒他。他無處可逃。

迪倫抬起雙臂，手指張開。他知道我是個威脅，但就目前而言，他以為我只是一個要洗劫他的芝加哥搶犯。「我身上沒有武器，」他喊道：「我不會反抗。你想要什麼？錢？我沒多少錢，不過我皮夾裡的都可以給你。」

我從隧道裡朝他開口：「我不想要錢。」

「那你想要什麼？」

我試著開口，但被罪惡感和猶豫鎖住喉嚨。這裡只有我們倆，周圍沒有其他人。現在是最完美的時刻。我想要的一切就在我前面，就站在小徑上。我唯一要做的，就是**搶過來**。

「別不吭聲，」迪倫說下去：「你遇上了麻煩？需要幫助？告訴我，你想要什麼。」

我沒辦法不出聲。他看不到我的臉，也看不到我是誰，所以我說的話被扭曲了意義，但我還是告訴他。

「我想要你的人生，這就是我想要的。」

他害怕得瞪大眼睛，抽搐一下，後退一步，準備逃跑。我想知道他是不是在想著稍早那一刻，他望向辦公室窗戶，在玻璃另一邊看到自己的鏡像。他有沒有意識到那是我？他有沒有從我的嗓音裡聽見他自己？

「別跑，」我嚴厲警告他，從口袋裡抓出刀，舉在半空中。「別試。你跑不遠的。」

「聽我說，我有個小女兒，還是個嬰兒。」

「我知道。」

「你知道？你知道我是誰？」

「我知道你的一切……迪倫・莫蘭。」

「那你對我究竟有什麼目的？」

「我剛剛說過了，你過著我應該擁有的生活，我想拿回來。」

「你在說什麼？」他瞇起眼睛，試著在黑暗中看見我。「你究竟是誰？」

我差點踏進光亮處、給他答案。**我就是你**。如果我衝向他，他就會知道是誰奪走他的世界。他在死前，會看著我的眼睛，看到真相。我握緊刀柄，感覺它在我汗溼的指間滑動。我口乾舌燥，因為我渴望這個男人擁有的一切。我繃緊雙腿，準備行動。

但我下不了手。我不是這種人。

我試圖拿走屬於別人的東西。我失去了我的卡莉，他沒失去他的卡莉。我遲遲沒跟我的卡莉生個孩子，但他早就答應了他的卡莉。我是可以搶走那些東西，但到頭來，它們依然不屬於**我**。我沒有為它們付出努力，但他有。他有資格留著它們，而不是被陌生人搶走。我不能奪走他的人生。

我待在隧道裡，被陰影遮蔽全身。我們之間一陣漫長沉默。

「我是誰並不重要，」我終於對他說：「回家去，離開這裡，回卡莉身邊，回你女兒身邊。」

他後退一步，不確定我是不是在騙他。我一動不動地待在黑暗處，眼睜睜看著讓我能獲得幸福的唯一機會離我而去。迪倫爬到坡頂，背對我。我知道他現在會跑，會消失在公園裡。

「**迪倫**。」我朝他背後厲聲喊道。

他停下腳步，不過離我已經夠遠，我不再是威脅。「什麼事？」

「別往那裡走。」

「什麼意思？」

「別走公園。給我走在大街上。你如果不想再見到我，晚上就別走公園。」

我的嗓音顯然說服了他。他往另一個方向走，爬上遠離小徑的草坡，離開我的視線後拔腿就跑。我聽到他的腳步聲在隧道上方敲擊，他加入了燈光、車潮和街上人群。

他安全了，他現在能平安回家。

我在嘴裡嘗到了悲痛的苦澀味。

我覺得從裡到外被掏空。

我走了很長一段路，最終回到一開始的地方，整個旅途都拿不出任何成果。

愧疚、失落、羞恥……都盤踞我的腦海。

我沒想著自己身在何處，也沒注意到這條隧道原本並不黑暗。

我錯過了一些我應該立刻注意到的線索。

我忘了我為何來到這個世界。

我轉過身，看到自己的影子。

他把手裡的刀子捅進我的肚子。

第三十二章

刀刃劃開組織和肌肉，切斷了腸子。我感到一陣觸電般的疼痛，然後是一種奇怪的流動暖意。我的分身就在我面前，他的吐息拂過我臉上。他用屠夫般的熟練手法切開我的腹部。傷害在幾秒鐘內造成，然後他把另一隻手平貼在我胸前，將我推開。我踉蹌後退。刀子從我的身體裡滑出來。我摀著肚子，感覺指間滲出鮮血。我搖搖晃晃地走出隧道，進入光亮處，我的襯衫浮現一片溼紅血漬。河水在我身邊的岸邊咕嚕作響，在我的腦海裡聽來格外響亮。

我震驚得不知所措。我的手指麻痺，所以我自己的刀喀啦一聲掉在人行道上。我試圖壓住血流，但白費力氣，鮮血從我的身體裡狂湧而出。

迪倫跟著我走出隧道，用皮夾克擦擦染血的刀。

「我原本以為你不一樣，」他譏諷道：「我看到你拿出那把刀的時候，還真以為你有膽量殺了他。我錯了。你有過機會，卻讓它溜走了。」

我強忍眩暈，衝向他。他看到我接近，於是穩穩地把重心壓在左腳上，以側身面對我，猛然用右腿往前踹。他的腳像活塞一樣踢進我腹部的傷口，我痛得大腦翻轉。我踉蹌呻吟，用雙手和膝蓋跪在地上，嘴裡吐出嘔吐物。鮮血從我的腹部滴到小徑上，看起來就像櫻桃紅的星座。

我試著忘掉驚慌、恐懼和疼痛。我需要動起來，就算只是一小段時間。地上的血跡成了某種羅夏克墨漬測驗，以我為中心擴散。我瞪著血跡，接著瞥向雜草和橋梁擋土牆上的裂縫，然後是頭頂燈柱投下的陰影，最後是我那把長刀的鋼刃。它還掉在我剛剛丟下的地方，黑色刀柄離我只有幾吋。因為我身體的阻擋，站在一旁的迪倫沒看到這把刀。我能感覺他在那裡，就像一個拳擊手朝著被自己擊倒的對手耀武揚威。

我的手指像蜘蛛腿一樣慢慢靠近刀，一把抓住它，用膝蓋撐身站起。我拿著刀向他砍去，刀刃刺進他的大腿，深入四吋。

他痛苦地嚎叫，扭身後退，從我手中扯開刀柄。他痛得臉孔扭曲，把刀從腿上拔出來，像迴旋鏢一樣扔進河裡。我能聽見刀子進水的撲通聲。他把自己的刀高高舉過頭頂，眼中充滿憤怒。我以為他會拿刀割開我的脖子，切斷動脈，噴出血泉。

但他只是慢慢放下胳臂。我跪在人行道上，他一瘸一拐地走到我面前，把刀子的鋒利邊緣滑到我下巴底下。他用力使勁，我能感覺到刺痛。然後他放低刀子，刺向我的襯衫布料，扯下一邊袖子。他後退一步，把袖子緊緊纏在自己腿上。這塊布在幾秒內就染成緋紅色。

他一把拉我起來，又一陣劇痛在我體內蔓延開來。我很難站穩。他把我推向河邊的欄杆，刀尖頂著我的胸腔，我的心在胸腔底下狂跳。在我下方，我能聞到河水的褐色淤泥味。

「要不要我給你一個痛快？」他問。

「你想怎樣就怎樣。」

「抱歉，我不會如你所願，你得坐在這兒慢慢死去，而且知道我在公園另一邊做什麼。仔細聽，你也許能聽見卡莉尖叫。」

我發出憤怒的低吼，把指甲像爪子一樣掐進他受傷的大腿。看到他受苦，我雖然覺得爽快，但我的勝利很短暫。他用刀在我胸前劃出一條鮮紅色的線條，然後把我扔在地上，再用鞋尖狠狠踹我肚子一腳，我重重地側身倒下，痛得彷彿腦海中炸出煙火，白熱又刺眼。我差點失去意識。

他跪在我身邊，在我耳邊發出一種施虐狂的低語。

「我要殺了他們每個人，迪倫。你想旁觀嗎？抱歉，你應該撐不了那麼久。不過，你會透過我的眼睛目睹。我們聯繫在一起，你和我，我們之間有心靈感應。你會知道我在做什麼。你會看著他們一一死去。迪倫、卡莉，還有那個小女孩。我不會放過她。」

「不。」

我只勉強說得出這個字。他只是對我哈哈大笑。

「太遲了。你有過機會。我在這裡完事後，會回去藝術博物館重新開始。我還有更多世界要征服，而你再也沒辦法追著我跑。你又失敗了，迪倫。我比你更堅強。面對事實吧，我向來比你堅強。」

他撐身站起，瘸拐離去。

我試著集中注意力，但我的眼睛轉了一圈，然後眨眼閉上。我失去了意識。我再次睜眼時，已經看不見**他**了。在我腦海中旋轉的萬花筒裡，我看到我父親。我是一個蜷縮在臥室角落的男孩，媽媽的槍放在梳妝臺上，爸爸伸手去拿它，扳動擊錘，瞄準，扣下扳機。

我原本應該能阻止。

我這輩子都在回顧那一刻，想知道我為什麼讓它發生。**我原本應該能阻止！**如果我能更快做出反應。如果我看到他去拿槍，如果我尖叫，如果我警告母親，如果我跳起來跑向他，如果我擋在他和她之間……我原本明明可以採取行動，卻只是坐在那裡，看著父親拿槍朝母親的頭部開槍。我什麼也沒做。

我讓她死了。

我讓羅斯科死了。

我讓卡莉死了。

他們全是因我而死，我一次又一次失敗。

不能讓悲劇重演。我聽見自己在腦海中某處叫喊，試著讓自己清醒過來。**不能**

讓悲劇重演！我不會再讓這種事發生在任何人身上。我來這裡是為了讓自己自由，而這就是我必須做的。

我記憶中的模糊感消失了。不知道為什麼，我又活了過來。我還在公園裡。我有昏過去，但我不知道昏了多久。殺手迪倫早已不見蹤影。我獨自在血流成河的人行道上，但我還活著，這意味著我還有一次機會。我抓住河岸的欄杆，把自己拉起來。我站著的時候，試圖強忍疼痛。我用手按住腹部減緩出血，蹣跚走上小徑。

他在哪裡？

我沒看到他。

這條小徑在樹林旁邊翻過一座小山丘。我每走一步，都把混濁空氣吸進胸腔再吐出。飛蟲在我身邊蜂擁而至，彷彿聞到我即將癱軟倒地。不，牠們想要的是我的血。我感覺牠們落在我的手指上，拍打著黏糊糊的翅膀，從我的傷口裡暢飲鮮血。我沒力氣趕走牠們。牠們愛喝就喝個夠吧。

快點，我告訴自己。**你得再快點**。

我的兩條腿帶我走過陰暗小徑，速度近乎奔跑。我現在正在賽跑，不只是跟殺手迪倫，也是我的心靈和我的肉身之間，看誰先放棄。

他在哪裡？

那裡。我看到他在我前方。他瘸拐走過一根根燈柱的光芒下，他放慢了速度；他正在失血，就跟我一樣。我動用最後一點體力，推開疼痛、呼吸、鮮血和記憶，像馬拉松跑者一樣跌跌撞撞地前進，終點線就在一條街外。

我快到了。他離我不遠。

然後，從公園的中央，我聽到了某個令我不寒而慄的聲音。

「迪倫？」

黑暗中有個聲音呼喚我的名字。我再熟悉不過的嗓音。

卡莉。

不不不不，不可能是她，尤其是此時此地。但我追逐的迪倫也聽到她的聲音，於是在小徑上停步。我美麗妻子的身影走出樹林，來到他身旁，把他抱進懷裡，親吻他。天色黑暗，她幾乎看不到他，但她沒表現出害怕。

她哪有理由害怕他？他是她的丈夫。

她聽來鬆了一口氣。「迪倫，你剛剛跑哪去了？你遲遲沒回家，害我很擔心。我請鄰居幫我照顧艾莉，然後我出來找你。親愛的，我跟你說過不要走公園。」

我看到他露出微笑，這個笑容裡只有邪惡。我聽見他說：「抱歉，親愛的。」

然後我看到他把手伸進皮夾克裡拿刀。

他就像我父親打算拿槍。

我原本應該能阻止！

我召喚體內僅剩的所有體力，衝過最後幾步，跳向半空中，重重撞到他的背，把他撞倒在地。我的內臟爆發痛楚，傷口撕裂，釋放一片血海。我用雙手抓住迪倫的腦袋，把他的頭顱砸向水泥地。我重複這個舉動，聽見骨頭裂開。他終於閉眼時，我用手緊緊掐住他的喉嚨，把拇指推進他的氣管。我切斷了每一顆能讓他活下去的空氣原子。

站在一旁的卡莉發出尖叫。

她當然會有這種反應。她看不見我的臉。我是個正在襲擊她丈夫的陌生人。她抓住我的肩膀想把我拉下來，但我沒放手，於是她又踢又抓，俯身用牙齒咬住我的前臂。我忍受不了疼痛，終於放手，她把我拖向後面的草地。

我們還在陰暗處。她看不見我的臉。

「卡莉，住手！」我尖叫。

但她被原始本能占據全身。她用拳頭搥打我的身體，用一邊膝蓋壓進我血淋淋的腹部，引發一波波劇痛。我呼吸困難，舉起雙臂推開她，再次大喊。

「卡莉，是我！」

我熟悉的嗓音和話語慢慢滲進她的腦海。她開始意識到這裡正在發生某種不可能的事，但太遲了。

在公園的燈光下，我看到殺手迪倫像幽靈一樣站在她身旁。他又站了起來，手裡拿著刀。他骨折的顱骨出血，鮮血像絲帶一樣順著臉流下。他衝向我的妻子。憑著腎上腺素飆升賜予的力量，我推開卡莉，但迪倫持續衝來。他落在我身上，我們扭成一團，試圖奪刀。我的力氣持續減弱，但他也是。我們倆都頭暈目眩，筋疲力盡，走投無路。公園變成了我們腦袋裡旋轉的陀螺儀，我能感覺我們的心靈合而為一。透過自己的眼睛，我看到他的臉和我的臉。我們扭打時成了同一個人。我和他其實本來就是同一個人，被困在無數個世界裡。

只有一個方法能阻止他。我必須犧牲自己。我放開刀子，再次掐住他的喉嚨。他騰出雙手，把刀插進我的背脊，拔出來又插進去。我強忍每一道觸電般的劇痛。我無視疼痛、虛弱和鮮血，只是一直用手指纏住他的氣管。他被我壓住，臉色轉為紫色。他的眼球突起，舌頭從嘴裡吐出來。他一次又一次拿刀刺我，但在我背上擴散的衝擊波屬於別人，而不是我。我的心靈把它們推到一邊。我沒有傷口，沒有感覺，沒有身體。我只是兩隻手，掐著一個殺手的脖子。

他仰起身子，又要捅我一刀。

但我這次沒挨刀子，因為他的胳臂僵在半空中。刀子從他的指間滑落，落在草地上。他的目光變得呆滯，眼白處布滿紅寶石般的血絲。他的身體變得疲軟無力。

結束了。

迪倫・莫蘭死了。

我花了一些時間鬆開指關節，把手指從他的脖子上剝開。我終於能放手後，滾離他的身軀。我和他並排躺在公園裡，就像兩個雙胞胎，其中一個死了，另一個瀕臨死亡。我轉頭看著他，還是不敢相信我殺了他。我精疲力竭，允許自己的眼睛閉上，就算只有幾秒鐘。我再次睜眼時，他消失了，地上空無一人，彷彿他的肉身未曾來過。他是不屬於這個世界的入侵者。

我也是。

我也得離開了。

我每次呼吸都痛苦萬分。我吐氣時嘗到血味。我很快就會離開。但我覺得自由。

卡莉跪在我身旁，她的藍眼睛充滿困惑和恐懼。「**迪倫**。天啊，迪倫，這是怎麼回事？另外那個人，他是你。他有著你的臉孔。他在哪裡？他跑去哪裡了？」

我對她耳語，感覺大腦彷彿飄起。「回家去，卡莉。」

「不，你需要急救。我叫救護車。」

她拿出手機，但我勉強抓住她的手腕。「不。」

她輕輕把手放在我的臉頰上。「我不能失去你。艾莉不能失去你。」

「妳們不會失去我。回家去，我就在家裡。」

「你在胡說什麼？」

「我不是妳的迪倫，我不是他。妳的迪倫很安全，我向妳保證。」

「我聽不懂！」

我感覺黑雲接近。我不想讓她看到我死的那瞬間。「拜託妳，卡莉。走吧。」

「我怎麼可能離開？你怎麼能叫我走？」

她俯下身，頭髮掃過我的臉。她把嘴壓在我的脣上。

我幾乎感覺不到她的雙脣，但柔軟的觸感足以減緩一些疼痛。

她抱著我，我們的臉貼在一起。

我聞到她的香水味，但我的五種感官開始關閉，只剩下第六種。

「妳愛我嗎？」我問她。

「你知道我愛你。」

「那就相信我。回家去。」

她用雙手撐起身子，臉對著我，只相隔幾吋。「你真的會在家裡？」

「是的。」

「我怎麼可能相信？」

「因為我永遠不會丟下妳。」

她低頭看著我，試著在我臉上尋找答案。我感覺她又吻了我，緩慢而柔軟，宛如仙女般的撫摸。她起身站在我身邊，記住我的模樣，就像我記住她。

「來找我，迪倫。」她呢喃。

我試著開口但做不到。

「來找我，」她重複：「我還在這裡。」

然後她邁步離去，未曾回頭。

我一直看著她，直到她消失在公園的黑暗處。她在她的世界，她有她的丈夫和孩子。我再一次孤單一人。

我仰躺在地，凝視天空。星辰無數，漫天飛舞。

我不再感到疼痛。地上到處都是我的血，但我猜這片血泊應該很快就會消失。我的胸口隨著吸進最後一口氣而膨脹。這讓我有力氣說出最後一個字。

「**無限**。」

第三十三章

「歡迎回來。」伊芙・布萊爾對我說。

我依然仰躺著，但我睜開眼睛時，看到的不是滿天繁星，而是辦公室天花板的白色泡沫磚。

我身子底下不是河濱公園的溼草，而是一張皮沙發。我本能地把手伸向腹部，以為會感覺到鮮血從傷口湧出。但我沒出血，我毫髮無傷。

我猛然坐起，試圖恢復方向感。我還是有點反胃，而且頭痛欲裂。「這是哪裡？」

「漢考克中心，」伊芙答覆：「我的辦公室。」

她坐在我對面的落地窗旁邊的軟墊滾輪椅上。在她身後，我看到寬廣的密西根湖，這幅景象被這棟建築物的一根巨型對角橫梁阻礙。在遠方，湛藍湖水與蔚藍天空相遇。

伊芙轉頭望向身後，臉上掛著神祕的笑容，那雙丹鳳眼依然充滿異國風情。她以一種莫名挑逗的方式撫弄手裡的筆，濃密的金棕頭髮凌亂地掃過肩膀。她把滾輪椅挪近沙發，上半身往前傾，用一種專注又好奇的眼神看著我。

「你有去嗎？」

我明白她的意思。「多重世界？嗯，我去了。」

「跟你想像的一樣嗎？」

我不知道怎樣回答她。我從沙發上起身，因為雙腿不穩而不得不撐住身子。我來到窗邊，凝視遠景，芝加哥看起來沒變。「我們為什麼不是在海軍碼頭？我們是怎麼來到這裡？」

「海軍碼頭？我不明白你的意思。」

我轉身離開窗戶。「妳是在那裡幫我打藥。」

伊芙搖頭。「不，我們一直在我的辦公室。」

「我以前從沒來過妳的辦公室。」

「其實，你來過這裡六次。我們一直在試著解決你因為失去卡莉而產生的悲痛，但今天是我們第一次嘗試我的新療法。」

我再次坐下，試著弄清楚在我身上究竟發生了什麼。我說出暗語後，應該回到**我的**世界才對，**真正的**世界。然而，我周圍一切都感覺煥然一新。

「多久？」我問。

「什麼意思？」

「我在這裡待了多久？」

「今天？大概五小時，比大多數的患者經歷的時間要長得多。我原本開始擔心了。如果你再睡下去，我會考慮把你弄醒。但我猜你終於說出暗語。」

「沒錯。」我沉默片刻後答覆。

她察覺到我的遲疑。「迪倫，你可能會覺得奇怪，但你確實回到了屬於你的地方。」

真的嗎？

那我為什麼覺得一切都不一樣？

「我什麼都不記得，」我告訴她：「我不記得妳的辦公室，我不記得我們有過的療程。我根本不記得過去幾星期的事，只記得我去了多重世界。」

「這並不令人意外。短期失憶是療程的常見副作用。」

「因為精神藥物？」我問。

「精神藥物？」她語帶驚訝。「你怎麼會有這麼想法？我只有給你普通的肌肉鬆弛劑，讓你的心靈處於開放狀態，其餘的是催眠暗示，然後……好吧，之後都由你的大腦接手。然而，這種體驗的強度，會讓患者嚴重失去方向感。你的記憶通常會在一段時間後恢復，可能需要幾小時，甚至需要幾天。考慮到你睡了多久，我不完全肯定你在這方面需要多少時間。」

我緊閉雙眼，試著想起最近發生過什麼事，但唯一歷歷在目的，是我在其他世界的經歷。

我還記得我在那裡看到的暴力和死亡，我能**感覺到**。我的雙手因為掐了迪倫的脖子而紅腫。

我的嘴脣還能嘗到卡莉的味道。

「妳給我的這個催眠暗示，」我說：「是什麼原理？」

「在我們開始前，你選定某個地方當成你的『通道』，各種版本的你會在那裡互動。」

「那個地方是……？」

「芝加哥藝術博物館，」伊芙又帶著好奇的笑容回答，彷彿知道我在試探她。「所以我叫你去那裡。」

我再次從沙發上起身，覺得蠢蠢欲動。她說的一切都很合理，但我很難放下自己的催眠經歷。

「我這麼問聽起來會很怪，可是警察有沒有在找我？」

她一臉驚訝。「警察？為什麼？」

「謀殺。有四個女人被刺死。她們都參加過在我的酒店舉行的活動。」

「**謀殺？**老天，完全沒發生這種事。抱歉，你在昏睡的時候一定經歷了很可怕的事。這很不尋常，大多數的患者並沒有這麼……暴力的經歷。其實，他們大多未曾走出通道，但我猜你有。」

「是的。」

「你真的去了其他世界？」

「我去了好幾個世界，但第一個——」

「第一個？」

「第一個讓我覺得那裡就是真正的世界，我是這樣記得它的。我不記得自己透過藝術博物館到達那裡。妳甚至要我在那個世界為妳說出暗語，結果什麼也沒改變。我沒回來這裡。我搞不懂怎麼會這樣。」

「只有在你知道自己身上發生了什麼事的時候，暗語才會奏效，」伊芙答覆：「你的大腦可能還沒準備好處理這種體驗。」

我想到那個世界，還有我經歷過的一切。瘋狂、暴力、我的分身闖進我的人生。當然，那都不是真的。當然，我當時已經被伊芙催眠。

既然如此，我為什麼覺得這個地方怪怪的？

「如果這給你造成了創傷，我會很擔心，」伊芙說下去：「因為這絕對不是療程的宗旨。」

她感覺到我聽得莫名其妙，於是試著用微笑來安撫我。

「聽著，我們顯然需要談談你經歷的一切，」她說下去：「但現在不適合這麼做。你需要時間整理心情。我們可以過幾天再約時間，你到時候再說明你的經歷。與此同時，希望你的短期記憶也會開始恢復。」

我點頭。「好。」

「我會建議你不要自己開車回家。」

「不，我沒事，我開始覺得好一些了，可是我確實有些問題想問。因為失憶，所以我需要知道……好吧，我需要更瞭解自己是誰。我有點分不清楚哪些是真實的，哪些不是。」

「沒問題。你想問什麼都行。」

我在她的辦公室裡來回踱步，試著恢復思路。

伊芙的辦公桌在對面的牆邊，我撫摸桌子的橡木表面。桌上放著一本她的著作：《多重世界，多重心靈》。它跟我在酒店宴會廳買的書是一樣的，我當時還以為自己是在現實世界中。

我拿起這本書，翻轉過來，看到我在她的活動海報上看到的同一幅伊芙肖像。

「迪倫？」伊芙問：「你還好嗎？」

我把書放回她的桌子上。「應該吧。妳剛剛叫我迪倫。這是我的名字吧？迪倫・莫蘭。」

她微笑。「是的。」

「今天星期幾？」

「星期三。」

「我在哪裡工作？」

「你說呢？」她回話：「你如果讓大腦幫助你，就會更容易恢復記憶。你認為你在哪裡工作？」

「我是拉薩爾廣場酒店的活動籌辦人。」

「正確。」

「我住在河濱公園對面的公寓。我爺爺艾德加住在樓上。」

「正確。」

我想到其他世界發生的一切變化。「我在療程中有沒有提到一個名叫泰伊・拉格薩的女人？」

「暗戀你的那個同事？有。」

「可是她對我來說只是同事而已嗎？我跟她沒有交往之類的？」

「沒有。」

「我最好的朋友，羅斯科・泰特，他……他已經不在人世。」

「沒錯。你在幾年前因為一場車禍而失去了羅斯科，那對你來說是重大打擊。你父母雙亡後，他是你人生中唯一的支柱。」

「我也是在那個晚上……」我開口，但說不下去。

伊芙等了一會兒，但看我遲疑不決，於是代為回答。「你也是在那個晚上遇見卡莉。」

「伊芙，我**為什麼**來找妳？」

「你知道為什麼，迪倫。何不由你告訴我？」

「卡莉，」我說：「她死於水災。」

「瞧？你果然記得。」

「可是我不記得我有來找妳，這一切我都不記得。」

伊芙聳個肩。「三星期前，我在你的酒店舉辦了一場活動，是關於我的『多重世界，多重心靈』理論的講座。你在活動結束後來找我，那是在意外發生後的幾天。你當時還很難過，依然悲痛欲絕。你說你平時對心理治療沒什麼興趣，但每個人都叫你尋求幫助，而我的理論讓你感到好奇。你說自從那次事故後，你就一直執著於自己的錯誤選擇。你認為卡莉之所以死了，是因為你是什麼樣的人、你在人生中犯下的錯誤。你很好奇，是不是有另一個迪倫做出了更好的選擇，而且你想知道那個世界會是什麼樣子。所以我們開始了療程。」

「聽來合理。」

「可是你還是什麼都不記得。」

「沒錯。」

伊芙從椅子上起身。「別太在意。我剛剛說了，這需要時間。就目前而言，我建議你回家休息。」

我來到她面前，握了她的手。「我猜我該感謝妳。」

「你如果獲得某種領悟，才該感謝我。我的多重世界療法的宗旨，就是讓你看見其他世界，進而更瞭解自己所在的世界。你有沒有透過療程對自己取得任何瞭解？」

「應該有。」

「例如？」

「我必須殺掉某個部分的我，所以我這麼做了。」

她皺眉。「字面上的意思？」

「是的。」

「這個嘛，聽起來還滿極端的。我以前從沒聽說過這種事。你有沒有因此覺得自己變了個人？」

「說真的，有。我只希望我能在更久以前明白這個道理。我失去了對我來說最重要的東西，現在想改變我的人生也太遲了。」

她以笑容安撫我。

「永遠不會太遲。只要還有一口氣在，就還有時間。我們過幾天見，迪倫。事情會開始好轉，你等著瞧。」

「但願如此。」

我走向門口，伸手要開門，但半途停住。我回頭掃視這間辦公室，覺得一點也不眼熟。

儘管如此，我還是告訴自己，這裡一切正常、真實，伊芙・布萊爾也很真實。

然而……

「迪倫？你還好嗎？」

「我不確定。我還是覺得哪裡**怪怪的**。我說不上來。」

「這是療程的副作用，遲早會過去。相信我，迪倫，你回來了。」

我沒理由懷疑她的說詞，但我相信自己臉上充滿懷疑。

「你還是不相信這是你自己的世界，是不是？」伊芙問。

「我不確定。說真的，我不確定我是否希望這是真實世界。」

「為什麼？」

我遲疑片刻，試著明白自己為什麼這麼想。我還記得我躺在河濱公園等死的最後一刻。「我回來之前發生了一件事。」

「你被迫殺掉另一個自己的時候？」

「是的。」

「盡量不要把那些暴力場面當真，因為那不是真的。你從頭到尾一直在我的辦公室。」

「是的，我知道。雖然妳這麼說，可是事情沒這麼簡單。我在那個世界看到卡莉，她也在那裡。」

伊芙皺眉。「啊，你一定很激動。」

「的確。」

「有時候，這類經歷就是放手的一部分，」她告訴我。「我們就是這樣處理悲痛。」

「也許是吧，但我還是忘不了她對我說了什麼。」

「她說了什麼？」

我能聽見卡莉的嗓音，清晰得好像她又站在我身邊一樣。她正在低頭看著我，說出最後幾個字，感覺不像道別，不像是她在我們要永遠分開時會說的話。

而是像訊息。

要我牢記於心的訊息。

「她叫我去找她。她說她還在那裡。」

第三十四章

我離開伊芙的辦公室，在漢考克中心的大廳經過光球雕像。黑色水池中反映無數燈光，像我經歷過的回音一樣嘲弄我。每一道閃爍光芒就是另一個世界、另一個生命，在我腦海中不斷加倍的無盡數字。我造訪了其中一些世界，現在回到了自己的世界。

問題是，根據伊芙的說詞，我其實根本沒離開過這裡。我一直躺在她位於二十九樓辦公室的沙發上。

我回到密西根大街時，在周圍沒發現任何異狀。這個城市的模樣和氣味沒變。水塔還在應該在的地方。商店、路人和交通都沒改變。我檢查皮夾，發現一張栗樹街停車場的停車證，日期就是今天早上，這符合伊芙的說詞。透過口袋裡的遙控鑰匙，我來到停車場一輛老舊福特汽車旁，而手套箱裡的文件告訴我，這輛車是我三週前買的，也就是在水災事件不久後。

一切都很吻合。既然如此，為什麼我完全不記得從那時到現在的一切？

我為什麼覺得我不屬於這裡？

我開車離開停車場，進入城中。伊芙叫我回家休息，但我還不打算這麼做。我還不確定是否能相信我的感官告訴我的訊息。我一直在尋找某個缺陷、線索，能表明這個世界就跟其他世界一樣是幻覺。在每個紅綠燈處，我檢查車輛和路口的臉孔，尋找另一個迪倫·莫蘭。只要看到我的分身，我就會知道我的大腦又在騙我。但這個世界上唯一的迪倫，似乎就是我。

我來到的第一站是在霍奈公園附近，羅斯科喪生的地點。我需要看看拐角處那棵楞樹上的傷疤。那些痕跡確實還在，證明了我的朋友死於車禍。這方面沒有改變。我離開這裡，走了兩條街，找到錢斯房地產掛牌的待售房屋。史考提·萊恩的卡車就在屋外，他正在忙著裝潢，他還活著。我不記得我有沒有因為他和卡莉發生婚外情而跟他有過爭執，但很明顯的，任何版本的我都沒來過這棟屋子，沒刺死他。

我對過去幾週的記憶都不是真的。

我「不記得」的事情才是真的。我還是覺得很難接受這點。我的第二站是艾莉希雅·泰特的診所。我需要見一個我認識多年的人，一個絕不會對我撒謊的人。我上一次來這家診所的時候——感覺就像幾個小時前——見到了活著的羅斯科。我依然期望看到他在這裡走動，雖然我知道這是不可能的。

艾莉希雅看到我，給我一個擁抱。她看起來很正常，跟平常一樣。她帶我進入她的辦公室，問我最近狀況如何，我很老實地告訴她我不知道該如何回答。

「艾莉希雅，我想問個怪問題。妳上一次見到我是什麼時候？」

她困惑地瞪著我。「什麼？」

「我的短期記憶有些問題。我們上一次說話是什麼時候？」

「卡莉下葬的幾天後，你有來看診。」

「我當時有哪些問題？」

「都是我意料之內的症狀，像是憂鬱、焦慮和失眠。你的血糖升高，這可能是壓力造成的，你的心律也是。你那時候陷入悲痛，這會給身心和情感造成傷害。跟我說說你在記憶方面的問題。」

「我會的，可是我有更重要的事要問。我上次看到妳的時候，我有沒有說我……看到什麼？」

「看到什麼？例如？」

「例如我的雙胞胎、分身、看起來跟我一模一樣的人。」

她驚訝得皺眉。「不，你沒說過這種話。你出現了幻覺？」

我沒對她這個提問做出答覆。「我有沒有提到一個名叫伊芙・布萊爾的精神科醫師？」

艾莉希雅皺眉。「有。你說你在酒店聽到她說話，你讀了她的書。你打算去找她做治療，我說我不確定你是否該這麼做。我不是懷疑療法本身，而是強烈建議你去找專家談談。我查詢了關於布萊爾醫師的資料，對她提供的療法感到擔心。我猜你還是去見了她。」

「我好像有這麼做。」

「好像有？」艾莉希雅問：「這是什麼意思？」

我沮喪地抓抓頭髮，然後向她坦承了一切，完整的來龍去脈，我記得什麼、不記得什麼。我在其他世界經歷了什麼。我在伊芙的辦公室醒來時，她對我說了什麼。艾莉希雅聽完後沉默一會兒。

「你有見到羅斯科？」她終於問。

「有。在某個世界，他是神父，但在另一個世界，他是醫生，和妳在這裡工作。」

艾莉希雅瞥向她兒子的相片。「嗯，我看得出來布萊爾醫師提供的療程為何有吸引力。既然你能再次和羅斯科還有卡莉在一起，也難怪你不願離開那些世界。」

「問題就在這裡。我不確定我真的有離開他們。」

「什麼意思？」

「那些世界就跟現在這個一樣讓我覺得完全真實。我怎麼知道這不僅僅是幻覺的另一部分？我不相信我看見的，艾莉希雅。我環顧四周，我生活中一切的模樣和感覺都很正常，卻也不對勁。」

「這個嘛，我記得你整個的人生，迪倫。如果你問我，我可以告訴你這是真實世界，但我不知道這會不會幫到你。那些世界的我也可能給你同樣的說詞吧？」

「不，妳這麼做有幫助。我很感激。伊芙說這個過程可能會讓人感到混淆，而這可能就是我正在經歷的。也不知道為什麼，我就是必須關閉那種體驗，重新打開這個世界。」

艾莉希雅從椅子上站起，繞過來，在桌子前側坐下。「如果這些世界就跟你說的一樣生動，這會需要時間。」

「我知道。我只是不明白，我怎麼會**失去**三週的記憶。如果伊芙說的是對的，我這三週每天起床，上班，過著自己的生活，直到今天早上我去了她的辦公室。現在的感覺就像，過去幾週的人生被她送我去的那些世界刪除並取而代之。這怎麼會發生？」

「除非更瞭解她的療法，否則我沒辦法回答。不過我認為，伊芙・布萊爾不是唯一的因素。」

「什麼意思？」

「創傷也會影響記憶，迪倫。你經歷了一場非常痛苦的事件。」

「卡莉。」

「沒錯。」艾莉希雅把手放在我肩上。「讓我問你一個問題。先別管今天，別管過去幾星期。你記得的最後一件事究竟是什麼？」

我閉上眼睛，在腦海中倒轉時鐘，直到秒針再次往前走。

「我記得我在河裡，」我告訴她：「我在水底下，然後一切停止。」

我終於回到家。

在公寓的玄關裡，我聽到樓上的嗡嗡聲，電視正在播放艾德加平時看的遊戲節目。我想去探望他，但他應該睡著了。明天就是星期四，我會在藝術博物館見到他。

在我自己的公寓裡，我看到的東西顯示這裡的男主人剛剛失去了妻子。插花開始枯萎。桌子上放著幾十張慰問卡，有的打開，有的還封著。洗衣籃裡堆著衣服，髒盤子堆在水槽裡。這裡的主人彷彿這陣子被困在某種阿拉斯加，凍在原地，無法前進。目睹這一切，也引發了新的回憶。我雖然想不起過去三星期的事，但公寓裡還保留著我和卡莉去度週末之前的景象。

我們那晚在客廳吵架。她因為出軌而愧疚地撕扯自己的頭髮，結果弄丟了一只耳環。在那裡，靠近壁爐的地板上，我看到那只耳環閃閃發亮的鑽石。

我為我們的旅行隨意地收拾了行李，任憑一堆冬季毛衣從衣櫃上層架子上掉下來。我當時氣惱地踢開了這堆衣服。所有毛衣都還在那裡，就在我丟下它們的地方。很顯然的，從那時起，我一直懶得收拾它們。

我那晚深夜回到家之前，卡莉一直在播放艾麗・高登的曲子。看到我回來的時候，她停止播放音樂。我記得她那時候一直在聽一首叫做《8字形》的歌。我再次播放音樂，同一首曲子從她暫停的位置繼續演奏。

我無法否認事實。

這就是我的公寓。這就是我的世界。這裡只有我，沒有其他的迪倫・莫蘭。

我走進廚房，給自己倒了一杯酒。我把酒杯裡裝滿伏特加，看著裡頭的冰塊像鑽石一樣喀啦作響，然後我把整杯酒倒進水槽。接著，我也把整支酒瓶倒空。櫃子裡有一瓶未開封的 Absolut 伏特加，我把這一瓶也倒掉了。我重複同樣的舉動，直到公寓裡不剩一滴酒精。

迪倫・莫蘭不再喝酒。

我在廚房的時候，聽到門鈴響起。

我不知道誰會來找我，但我還是拉開前門，看到哈維・布辛刑警站在門外。他和其他世界的版本一樣削瘦，眼睛流露同樣狡猾的智力。在我這個世界，我根本不記得他。

儘管如此，他還是知道我是誰。

「莫蘭先生？我是哈維・布辛刑警。我們在兩週前見過面。你在河岸附近發現了一名年輕女子的屍體，撥打了九一一報警。」

「我能如何幫你，刑警先生？」我回話，雖然我根本不記得我在兩週前有什麼經歷。我不記得我有發現屍體或報警。

「是這樣的，我想親自告訴你，我們已經逮捕了謀殺貝琪・克恩的凶手，是跟蹤了她一段時間的前男友，他認罪了。」

「這是好消息。」

「我只是想向你道歉。第一次在公園跟你問話的時候，我有點苛刻。畢竟，報這種案的人常常就是兇手。」

「你只是盡你的本分，刑警先生。」

「我很感謝你的體諒。總之，這個案件已經結案了，我覺得你可能會想知道。」

「謝謝你，刑警先生。」

「晚安，莫蘭先生。」

「晚安。」

在我的注視下，刑警在黑暗中沿著人行道走離，返回他的灰色轎車，駕車離去。在街道另一邊，我看到河濱公園的樹林，我在其他世界的那個地點經歷了很多事情。在河的上空，我看到一道閃電劃過，緊接著是一長串的雷鳴，震得大地顫抖。一場風暴正從西邊襲來。

我關上門，回到屋裡，在壁爐旁的椅子上坐下，覺得心裡一片空虛。我彎下腰，撿起卡莉的鑽石耳環，讓它在指尖之間滾動。

奇怪的是，正是布辛刑警的來訪，讓我終於相信了自己在哪裡。

我覺得好像最後一個小小謎團終於解開。在我失蹤的這幾週裡，我偶然發現了貝琪．克恩的屍體，而這種經歷影響了我的認知。

結束了。

我已經拋下了多重世界。

這裡就是我的現實世界，正如伊芙・布萊爾所說。

這個念頭閃過我的腦海時，我明白這意味著什麼。我再也不會見到卡莉，她真的死了。無論我對自己有什麼瞭解，都已經為時已晚，我無法改變過去。一旦失去某人，就是永遠失去他們。

我坐在椅子上，雙手掩面，整晚都為我的妻子哭泣。

第三十五章

早上，天空下起雨。

我除了重新開始生活之外別無他法，所以我駕車穿過風暴，前往市中心的拉薩爾廣場酒店。烏雲籠罩城市上空，拒絕離去。一團洪流掃過我的擋風玻璃，我幾乎看不到車子往哪開。車輪下的街道成了湖泊，溪水沿著路緣和人行道奔馳，夾帶著城市的碎片。

跟平時一樣，我比其他人先到辦公室。窗外沒有黎明，只有黑暗。一如往常，我的辦公桌很整潔，我看到我簽了名的新合同，電腦螢幕上貼著便利貼，上星期下的餐飲訂單，還有等我回電、寫有客戶姓名的電話留言。我曾在這裡工作好幾天，我卻什麼都不記得。我昨天在伊芙的辦公室，那似乎是我唯一一天沒上班。

這裡有一大堆事要做，也因此成了一個很尋常的早晨。這就是我的工作，我的人生。我試著開始忙碌，但隨著時間流逝，我發現我無法專注於任何細節。我拿起電話又放下，我打開電腦又關掉。那些讓我徹夜難眠，迫使我常常熬夜的公事，現在顯得微不足道。

對我來說，有些部分出現了變化。一切都改變了。我不得不面對一個事實：我不是在這裡工作多年的迪倫．莫蘭。他已經死於多重世界。他死了，再也不會回來。我需要變成一個新的人，但我還是不知道該怎麼做。

外頭持續下著雨，雨勢未曾減緩。我從辦公桌前站起，斜靠在窗框上，看著水珠滑過玻璃。城市和湖泊被灰色雨簾遮蔽。儘管外頭狂風暴雨，我在心裡還是覺得蠢蠢欲動。有個強烈的想法或執念催促我離開這個地方，驅車進入雨中，去尋找我丟失的東西。我應該在別的地方才對。

究竟哪個地方？

「淹水了。」

聽見身後傳來的嗓音，我轉過身。泰伊站在我的辦公室門口，衣服溼透。她的話語令我打冷顫。「什麼？」

「市中心有半數街道被洪水淹沒，所以我這麼晚才到。」

「沒關係，不要緊。」

「順便跟你說一聲早安。」

「嗯，早安。」

「昨天還順利嗎？你說你要去試試伊芙．布萊爾的新療法，結果如何？」

泰伊毫不猶豫地要我分享這種祕密。以前的我會配合她，但從現在起不會了。

「還行。」

「就這樣?還行?」

「就這樣，泰伊。」

「噢，好吧。」

她顯得遲疑，似乎搞不懂我為什麼表現得這麼冷漠。她朝辦公室裡踏進一步，彷彿不確定是否該靠近，跟我說話，觸碰我的肩膀，說她願意幫我任何忙，說我如果覺得寂寞，我今晚可以去她家喝一杯，天知道之後還會發生什麼。

但她看出我臉上的冷漠。我無法藏起這種表情。現在看著泰伊，我清楚看到我和她之間的所有錯誤。我知道和她同床共寢是什麼感覺。我見過我們成了夫妻的世界，那是我做過的糟糕選擇之一。那些對她來說都不是真的，但對我來說是真的，我也無法忘掉。

「我們該討論希頓家的婚禮。」她的嗓音變得冰冷。

「晚點好嗎?我得出去一會兒。」

「好。隨你。」

我轉向窗戶，結束了我們的談話。我身後很長一段時間沒聲音，然後我聽到她離去時的腳步聲。

她離開時，門口傳來一個聲音。

「來找我。我還在這裡。」

我轉身。「妳說什麼？」

泰伊半邊身子在門外。「我說，你回來後，來找我。我會在這裡。」

「嗯，我會的。」

她困惑地看我一眼，隨即離去。

她消失後，我立刻準備動身，迫不及待。我關掉燈光，關上辦公室的門。我的外套和雨傘都在停車場的車裡，但我懶得去拿。我走過大廳，沒理會試圖和我說話的人。我必須出去。我需要空間、氧氣和光線。我覺得自己好像無法呼吸，好像被困在水裡，彷彿有一頭野獸坐在我的胸口上，把我壓得喘不過氣。

泰伊說得沒錯，馬路嚴重淹水。密西根大街上的雨水深達六吋。公車和汽車犁過水中，掀起大浪。我溼透的衣物緊貼皮膚，頭髮也黏在頭皮上。狂風把水沫吹到我臉上，我不得不瞇起眼睛。雖然現在是夏季，雨水卻冷得像冰塊。我走進公園，這裡似乎只有我一個人，因為其他人都躲在室內。

我來這裡做什麼？

我要去哪裡？我不知道。

我走向噴泉附近的長椅，我之前就是在這裡遇到伊芙・布萊爾。問題是，我並不是在這裡遇到伊芙，不算是，至少在這個世界不是。我坐下來，心想：**說出暗語**。那是我們在一起時她要我做的。**說出暗語**。我對著暴風雨大聲說出暗語，彷彿我其實還被困在自己的腦袋裡，就像一個套著一個的俄羅斯娃娃。

「無限。」

我屏住呼吸，希望我的世界會改變，可是周圍的芝加哥景色未曾改變。曾發生在我身上的一切已成定局。為什麼我無法接受這條路已來到盡頭的事實？

為什麼我還想尋找更多？

我坐在公園裡，孤單地獨享這座城市，我的城市，然後我查看手錶，如遭到詛咒般想起一件事：**艾德加**。他正在等我。無論颳風下雨下雪還是龍捲風，都無法阻止他在星期四出現在藝術博物館。我從長椅上站起，走過白金漢噴泉；雖然現在大雨滂沱而下，這座噴泉還是繼續把水射向空中。我走過鵝卵石小徑，眼前的諸多摩天大樓在低矮雲層中若隱若現。我周圍的鮮花、棚架和綠地都被暴風雨淹沒。

我來到博物館，匆匆跑上臺階，經過石獅。大廳擠滿在這裡躲雨的遊客，這些人身上瀰漫溼臭味，就像河邊的蟲臭味一樣侵入我的鼻腔。我爬上大型階梯，來到上層，在人群中推擠而過，進入繁忙的畫廊。我經過《大碗島》這幅畫的時候，下意識地尋找穿著皮夾克的迪倫・莫蘭。我以為會看到他的臉——**我的**臉——用鋼鐵般的藍眼盯著我。我以為我周圍所有臉孔都會變成我的臉，彷彿我又回到通道。

但這一天只是博物館裡普通的一天。

一如往常，我在同一個展區找到了艾德加。他穿著雨衣，戴著想必有幾十年歷史的紳士帽。從背面看去，他有點像《夜遊者》那個從不露臉的神祕人。我在人群中穿梭，來到他身邊時，他不耐煩地瞪我一眼。

「你遲到了。」他開口，帶有菸草味的鼻息包圍我。

「我知道。」

「老子為了來這裡可是走過半個城市。你呢？只需要走四條街吧？公車很難等，馬路淹水，我的腳溼透了。」

「抱歉，艾德加，我今天不太順。」

「嗯，等你吃到九十四歲的時候再來跟我說什麼叫做『今天不太順』。」

我不想跟他吵。我們多年來雖然常常起衝突，但我欠他很多——他讓我進入他的生活，為我提供食物，忍受我這個心裡苦悶的少年對他惡言相向，而不是把我趕出家門。老天給了他一手爛牌，但他還是照樣過日子；沒錯，他是成天抱怨拿到一手爛牌，直到我充耳不聞。我還是很愛他，我真該常常對他說我愛他。

「你何不跟我說說那個故事？」我把一手放在他的瘦弱肩膀上。「這樣你會覺得比較好受。」

「什麼故事？」

「你和《夜遊者》。」

艾德加不耐煩地瞥我一眼。「你在胡說什麼，迪倫？」

「你小時候在州街上救了一個人。」

爺爺不耐煩地嘖一聲。「救人？我小時候看到一個人在馬路上被輾死。」

「什麼？」

「就死在我面前。我到現在還會做惡夢。」

我把視線從艾德加身上移開，第一次瞪著畫廊牆壁。

我這才意識到，掛在我們前方的畫並不是《夜遊者》。

我驚訝地移動幾步，以為我們站錯了位置，但我環顧整個展區，確認我們就在平時的地點。其他畫作都在所屬的位置，《夜遊者》卻不見了。

「它在哪？」我比較像在喃喃自語，而不是對艾德加說話。

「什麼在哪？」

「《夜遊者》。」

「嘎？」

「它不見了。《夜遊者》不見了。」我指向牆壁，牆上現在是一幅阿奇博爾德・莫特利所繪的紐約哈林區爵士樂場景。

「從我有印象以來，這裡一直掛著這幅畫。」艾德加聳個肩。

我搖頭。「不，不該是這樣。」

我環視畫廊，發現遠側牆邊有一名解說員。我上前問她：「《夜遊者》在哪？」

她對我禮貌一笑。「《夜遊者》？你是說愛德華・霍普那幅畫？」

「是的，它在哪裡？」

「我不知道，先生。我猜應該在惠特尼博物館，或是紐約現代藝術博物館。」

「那幅畫正在巡迴展出嗎？」

「我真的不清楚。」

「它應該**在這裡**才對，」我堅稱：「就在那面牆上。」

「在我們這間藝術博物館？」她語帶驚訝：「不，我很抱歉，你誤會了，你應該是把它跟別的畫作搞混了。《夜遊者》從沒在我們這裡展出過。」

「妳在胡說什麼？丹尼爾．里奇在一九四二年親手從霍普手上取得那幅畫，從此一直收藏在這裡。」

「丹尼爾．卡頓．里奇？前任館長？里奇先生在一九四一年離世，先生。他在芝加哥死於車禍。」

我轉身離開解說員，撞到周圍的人。我揉掉臉上的水分，這是冷汗而不是雨水。我覺得皮膚一陣刺痛，彷彿被幽魂用手指觸碰。我回到艾德加身旁，下意識地盯著莫特利的畫，但腦子裡只看到《夜遊者》。畫中餐館裡的孤獨人。空蕩的城市街道。我還記得每一道筆觸。

怎麼會這樣？

這個世界不該是這樣。

「艾德加，我得走了。你能不能自己回去？」

「除非我有二十塊錢買熱狗和啤酒。」

我急忙從皮夾裡找出一張二十元鈔票，塞進他手裡。然後我轉過身，在熙來攘往的博物館人潮中循原路返回。

人們重疊的嗓音在我的腦海中形成震耳欲聾的聲響，就像瀑布的衝撞聲。我跌跌撞撞地走下大型階梯，走出大門，來到博物館的臺階上。雨繼續從天而降，比之前還要猛烈，打在身上就跟冰雹一樣痛。

天空烏雲密布，看起來無異於黑夜。

諸多車輛在密西根大街上來來去去，開著車燈，按著喇叭，輪胎濺起水花。人們躲在遮棚下，在傾盆大雨中奔跑。

我必須找到伊芙・布萊爾。

但我立刻發現，她已經找到我。

伊芙在博物館臺階的底端等著。一身黑衣的她就像葬禮的哀悼者，黑色長袖上衣，黑色休閒褲和黑色高跟鞋。她撐著一把黑傘，手上戴著黑色蕾絲手套。她臉上帶著戲謔的笑容，閃閃發亮的眼睛盯著我。路人們無視我們，彷彿我們倆是隱形人。整個世界都在雨中化為模糊灰影，伊芙卻顯得更加明亮清晰。

我跑下階梯，站在她面前。我筋疲力盡，瀕臨崩潰。雨水猛烈地傾瀉在我頭上，伊芙卻渾身乾燥，身上一滴雨也沒有。

「這個世界不是真的。」我說。

「沒錯，迪倫，不是真的。」

「完全不是真的。我看到的任何人事物都不是真的。它從頭到尾都不是真的。」

「沒錯。」

「我在哪裡？」

「你說呢？你在哪？」

「我不知道！我只知道我不屬於這裡。我應該在別的地方才對。」

「哪裡？」

「我不知道！告訴我！告訴我真相！妳騙了我。妳說事情已經結束了。」

「我騙了你，是因為你得自己找出真相。」

「妳讓我經歷了地獄！」我朝伊芙咆哮：「我親眼目睹人們死去。我一次又一次失去我在乎的每個人。為了什麼？就因為妳想玩弄我？就因為妳想把我丟去不同世界？我受夠了。我要退出。」

她的眼睛絲毫不眨。「退出？就算你離它已經不遠？」

「離什麼不遠？」

「你最想要的東西。」

「別再打啞謎！告訴我，這究竟是怎麼回事！」

「不用我告訴你，你也已經知道了。」

「我不知道！我不知道究竟哪些是真的！」

「你的世界是在哪裡分裂，迪倫？一切是從哪裡開始？」

「這裡，」我說：「就在這間藝術博物館發生。我看到穿著皮夾克的那個迪倫，所以我那晚參加了妳在酒店舉辦的活動，所以我去找妳。」

伊芙搖頭。「不，你來找我的時候，你其實已經在路上了。你不必去尋找多重世界，它們已經找到你了。」

我試著回想，揉著太陽穴思考，但覺得大腦缺氧，無法運作。然後我意識到她說得沒錯。

想抵達起點，我就必須繼續往回走。我必須回去一個我的心靈不想去的地方。

「等等。不。我當時在水裡。我浮到水面上，然後我看到他在岸邊。**我**。那是第一次。」

「然後發生了什麼？」

「我潛回水底尋找卡莉，但碰不到她。」

「你是怎樣上岸的？」

「什麼？」

「你是怎樣上岸的，迪倫？」

「我不——我不知道。警察有問我，可是我不記得。」

「為什麼你在這裡，但是卡莉不在？」

「我不記得！」

「你**究竟**記得什麼？」

「什麼也不記得！都不記得！我想去找卡莉，但找不到她。就是在那個時候——一切就是在那個時候停止。」

「沒錯。」

「其他一切就是在那時候開始。」

「沒錯。」

我從伊芙身邊退後，感覺一股電流穿過全身。我抬頭望向天空，大雨灑在我頭上，我再次覺得胸口發悶，無法呼吸。

我的眼前發黑。某種又鹹又溼的東西充斥我的感官。

「天啊。」

「瞧？你其實知道真相。」

我確實知道。

一道帷幕拉開了，我看穿了所有幻覺。

伊芙就像個魔術師，我終於看懂了把戲。

我的心靈穿梭於不同世界時，我知道自己去過哪裡，我繞了一大圈，就為了回到我的故事開始的地方。

「你想怎樣，迪倫？」伊芙問我：「你在人生中最想要的是什麼？」

這個問題只有一個答案。「第二次機會。」

「做什麼？」

「救卡莉。」

伊芙華麗地把傘轉一圈。「那你得動作快。」

我拔腿就跑。是的，我全力飛奔。我像個瘋子一樣跑過芝加哥街道，因為我終於知道自己必須去什麼地方。

我知道我的人生在哪裡。我知道我應該去哪裡。

我聽見卡莉呼喚我。

她從一開始就一直在呼喚我，我卻沒聽進去。

她的嗓音變得模糊；之所以模糊，是因為聲音必須穿過厚厚一層水才能傳進我耳裡，因為她在那裡。

她在河裡。

「來找我。我還在這裡。」

第三十六章

我沒有地圖指引我回去，但我不需要地圖指引方向。河流吸引著我，就像不可抗拒的磁鐵吸力。我每行駛一哩，風暴就增強一分，彷彿這最後一個世界知道我試圖逃跑，而它不想放我走。它在我的道路上掀起一場漩渦。憤怒的枝狀閃電劃破天空，雷鳴低吼警告我折返。

芝加哥像夢境一樣消失在我身後的迷霧中。郊區也消失了。不久後，我進入了未知之地，穿過寬廣田野和荒涼城鎮，這裡彷彿只有我是唯一的活人。我在白天出發，但隨著時間流逝，夜幕降臨。周圍沒有任何光線，我因此盲目地深入虛無之境。黑暗中唯一的光芒，是奪目的閃電衝擊，如三叉戟般穿雲而出。隨著每一次橙光爆發，我看到我周圍的空虛。玉米稈在田間的剪影。幾間毫無燈火的孤寂農舍。橡樹和楓樹的繁茂樹冠。炭色天空中一層層波紋狀的雲彩。

我持續駕車，穿過一哩又一哩的平地。我就像泡沫中的人，除了雨的鼓聲之外什麼也聽不到，透過車頭燈只看到潮溼路面的狹窄銀光。我失去了時間感和距離感，但最終，我胸口的沉重感告訴我那條河已經不遠。我放慢車速，觀察前方道路。我此時出現的感受，就像士兵即將遇敵時必須有的感覺。

找到了。

我回到了一開始的地方。

玉米田和樹林間，洪水怪獸在我前方若隱若現，翻騰洶湧，宛如惡龍出閘。我停在路中間，下車進入暴風雨的尖牙利齒。道路在我前面結束，怒河淹過了橋梁原本應該在的位置。泥土和水形成了某種熔岩，流過田野和道路時掀起碎片。我看到一支高速公路標誌像圓鋸一樣轉動。一根電線杆，懸空的電線，然後是一整棵樹，它的樹枝像骷髏的彎曲手指一樣攀住路面。

我沿著水邊離開大馬路，進入溼漉漉的田野。我踢掉鞋子，脫下腰帶和襯衫，脫下任何會拖慢我的東西。狂風呼嘯而過，差點把我推倒。雨水刺痛我的眼睛，另一道巨大的閃電把黑夜照亮成白晝。不到一秒後，雷聲如炸彈般炸裂。風暴此時就在我頭上，停留於此，朝我火力全開。我擦擦臉，試著看清楚該去哪裡。

那輛車在哪？

卡莉在哪？

我離目的地應該不遠，但河水覆蓋一切，到處都是一層又深又瘋狂的急流，沿兩個方向爬過陸地。碎片從我身邊滾過，在水浪中起伏，彷彿旋轉木馬的所有動物都獲得自由。我試著尋找一些線索，水面上的任何東西，讓我能找到她。輪胎。保險桿。那輛車離我很近，和我的妻子一起被困在水下，但沒有任何線索告訴我她在哪裡。

我站在原地，需要幫助。**拜託！**

就在這時候，多重世界讓我看到……我自己。

迪倫·莫蘭驟然浮出我前方的水面。我們相隔不到十呎。他像一隻海洋生物一樣浮起，渾身沾滿泥漿和黏液。他吐出水，喘著粗氣。這就像反過來的「似曾相識」。我是他，他是我。一切就是從這一刻開始，但我們調換了位置。

他在水裡，而**我**成了岸上的人。

電光再次閃爍時，迪倫在洶湧洪水中看到我。他花了一點時間才看懂自己看到什麼。我明白那種感受，因為我經歷過。他困惑得臉龐扭曲，就跟我當時一樣，因為河岸上的男人不可能是真的。但我是真的。

「幫幫我！」他喊道。是我說過的那幾個字。

褪色的電光被黑夜取代，然後他再次呼喊：「我太太溺水了！幫我找到她！」

然後他消失了，潛入水中。迪倫兩腳一踢，回到水下，但我知道他找不到卡莉。我經歷過他正在經歷的，而且失敗了。他會拚命搜索，但白費力氣。他會游向虛無，他會游向其他世界。

現在只有我能救她。

我走進水裡，狂野的水流把我撞得站不穩。我的雙腳在潮溼地面上打滑。我重重倒下，仰躺在地，還沒來得及喘口氣，河流已經把我吸進一個漩渦。頃刻間，急流把我向下拉，我瘋狂打轉，無法呼吸，載浮載沉，最後掙扎著回到水面，吐出水，焦急地吸口氣。河水如疾馳卡車般席捲我，但我拚命擺動雙手雙腳，對抗水流，待在原地。

那輛車一定就淹沒在附近，但我看不到它。我一旦進入水底下，就會什麼也看不見。時間所剩無幾，我只剩最後一個機會。

我用一連串深呼吸來讓肺臟膨脹。吸氣，吐氣，吸氣，吐氣。我強迫自己慢慢呼吸，每次都多吸進一些空氣，準備潛水。最後一次吸氣後，我屏住呼吸，讓肺臟充滿氧氣。上一秒，我在風暴喧囂下浮在水面上，半秒後，我潛入水下深處，沉浸在黑暗和寂靜中。

這條河就是我的敵人。來自大片田野的無形碎片鑽過水底下，襲擊我。樹枝敲打我的胃，試圖強迫我排出壓在肺裡的空氣。尖銳物體割過我的皮膚。我睜大眼睛，但什麼也看不到。我像跳傘員一樣張開雙臂，任憑水流鞭打，感到一種怪異又流暢的速度感。我沒抗拒它。不管洪水把汽車帶去哪，我希望它也帶著我。我和那輛車隨時可能在河床中相撞，它是我路上的巨大障礙，到時候就像全速撞上一堵磚牆。

事情發生得太快，我差點從它旁邊漂過。

我覺得自己撞到河岸的泥巴和鋸齒狀的樹根。上一秒，水裡什麼也沒有，但在下一秒，冰涼滑溜的金屬從我的指尖底下滑過。汽車就在那裡，卡在岸邊，但我感到河流正在把我從它旁邊拖走。我試著抓住任何施力點，好讓自己留在原處。我抓撓汽車的鋼鐵和玻璃，用指甲去挖河岸的泥土。

接著，某個東西撞到我的手掌。我出於本能地用兩根手指勾住它，穩住身子。河流開始把我沖走，但我的身體猛然停住。我拚命出力，指關節往後彎曲，而且水流隨時可能撬開我的手指。我伸出另一隻手，抓住任何能救我的東西。我用力一抓，摸到手底下的金屬，認出它是側照鏡。

我抵達了目的地，我來到了車子所在。我被水流拖到一邊，就像強風中的旗幟，但我緊緊抓住鏡子，用另一隻手捶打汽車的擋風玻璃，為了引起她的注意，為了給她希望，為了讓她知道我在這裡。隔著又黑又厚的河水，我聽到讓我欣喜若狂的聲響。

卡莉在玻璃另一頭搥打。

我再次敲打擋風玻璃，叫她撐住，然後我急忙尋找門把。玻璃沒破。我之前用來逃生的那扇窗在另一側，被泥土淹沒。我唯一的希望就是把門打開。在水流的阻礙下，我伸手尋找門把，用手指勾住它。

我用力一拉。門打開幾吋，然後砰的一聲撞到障礙物，拒絕移動。卡莉沒有逃生的空間。我不斷猛拉，試圖鬆開卡住的位置，但汽車被困在河岸邊，一堵泥土和石頭組成的牆壁擋住了車門，沒辦法開得更大。

在河流的衝擊下，汽車的底盤像翹翹板一樣搖擺。只要用力衝撞一下，整輛車就會脫離河岸。我把一腳踩在河岸上，接著用力一推。我不斷嘗試。汽車稍微搖晃，但還是停在原地。我用雙腳拚命出力，感覺每一次努力都令我的肺臟尖叫。我感覺胸腔彷彿著火，而且我快沒時間了。我體內的氧氣即將耗盡，我再不換氣就會死，這是僅有的兩個選擇。

我全身蜷縮成一條緊繃的彈簧。我彎曲雙膝，雙腳踩在泥土上，把體內每一條肌肉、每一絲體力都轉換成猛烈的最後一踢。車子在水中搖晃，車身往上漂。某個東西猛烈移動，接著整輛車自由地漂浮。幾乎就在同一瞬間，水流抓住這輛車，迅速地把它帶往下游。車門也因此猛然甩開，差點脫離我的手。我轉過身，感覺汽車把我拉在後面，就像被甩離了馬鞍的騎手。車輪撞到河床，車架為之翻騰時，我聽到金屬彎曲的呻吟聲，車身彷彿即將撕裂。我把手伸進車內。

卡莉抓住我的手。

我們相聚了一秒。只有一秒。

我們抓到彼此的手。她的手指纏住我的手指。我感覺到她的肌膚。我用力一拉，她的身體猛然脫離車裡，然後我鬆開她。她整個人像火箭一樣往上浮，漂向幾吋遠的河面。在我上方的某處，她脫離水面，來到夜空下，雨水打在她臉上，甜美的氧氣充滿她的肺臟。

我也放手。我沒時間了。

我用力踢腿，想追上她，但就在我的胳臂脫離水面時，我猛然停住，感覺身體再次被往下拉。我試著往上浮，想掙脫拘束，想漂浮，想游泳，但一股難以置信的重量壓在我的腿上，拒絕鬆開。我用力拉扯，但被困住了。

是安全帶。

我的腳踝被安全帶夾住了。巨獸般的汽車拖著我，順流而下。我彎下腰，試圖脫身，但在水流的轉動下，安全帶的繩結纏住我的腿。我拚命拉扯，但能感覺到汽車和河流在嘲笑我的努力。

我肺裡的空氣開始滲入水裡，一顆顆氣泡從我的口鼻冒出來。烏雲籠罩我的意識，我的心臟開始瘋狂跳動，節奏凌亂。我的胸腔再也無法忍受，終究放棄。我急促地吐氣，感覺體內最後的氧氣都消耗殆盡。

我需要吸氣。我沒辦法阻止自己。

我吸氣，就算我知道周圍沒有空氣。我張開嘴，嘴脣發出最後一個無聲字句。

「卡莉……」

然後河水貪婪地灌進我的肺裡。

第三十七章

「迪倫？」

「迪倫？」

「迪倫，你還在嗎？跟我說話。」

「迪倫，回來。我還在這裡。」

我熟悉這個嗓音。

我不知道它是從哪來的，但即使在黑暗深處，我也能想像伴隨這個聲音的臉孔，就像一條冗長隧道盡頭的微光。有個女人在那裡等我，我真希望能找到她，真希望能找到出去的路。

「迪倫，我在牽著你的手。你能不能感覺到？」

我確實有感覺到。某個溫暖的東西捏著我的手指，這種觸感既熟悉又美好。它帶來的回憶，像夢一樣在我腦海中漂浮。我有時候半夜躺在床上，唯一的感覺就是這隻手握著我的手。只要握著這隻手，日子就值得過下去。只要握著這隻手，我就不孤單。

「迪倫？」

「迪倫，睜開眼睛。」

「迪倫，求求你，睜開眼睛。」

「迪倫，回到我身邊。我在這裡。」

我想照她說的做，我願意為她做任何事。為了睜開眼睛，我必須掙脫黑暗，但我不知道該怎麼做。黑暗把我在懷裡抱了很久，很難說再見，也很難放手。置身於虛無，有一種奇怪的舒適感，但我也感到一種痛楚，一種渴望，我需要看到正在和我說話、握著我的手、在隧道盡頭等我的女人。我覺得我好像一直在尋找她。

我知道她的名字。卡莉。

我試著照她說的做。我試著離開我所在的地方，回到她所在的地方。我開始感覺到我的身體，感官慢慢恢復。我開始感覺到暖意。我開始意識到呼吸的時候會痛。我意識到自己有肌肉，而只要我認真思考，就能移動並控制它們。卡莉握緊我的手時，我的手指也握住她的手。

我能聽，能嗅聞，能觸摸。我現在醒來了。我的眼皮跳動。

在我上方，我聽到一聲尖銳的倒抽氣聲。

我睜開眼睛。我閉上眼睛。我睜開眼睛。就連黑暗也讓我瞇起眼睛，我努力試著弄明白周圍有什麼。

我一開始只看到一道光暈，但在裡頭認出一張讓一切都變得更好的臉。卡莉站在我身邊。她慢慢把雙手抵在自己的臉頰上，手指顫抖，彷彿不敢相信眼前所見。她蠕動嘴脣，但沒發出聲音。我抬頭看著她，她不由自主地落淚。她抽泣，然後跪倒在地，用雙臂摟住我，比我這輩子任何人都抱得更緊。

「迪倫。」

「三個星期。」卡莉告訴我。

我過了幾小時才大致恢復方向感後，她才告訴我。這時候，我意識到自己躺在醫院病房裡。

我昏迷了三個星期。

醫生用藥物讓我昏迷，讓我維持沉睡狀態，好讓我的大腦和肺臟有機會從水下缺氧造成的損害中恢復過來。沒人知道我究竟會不會醒來。

「你在一開始得了肺炎，」她坐在我的床邊，沒鬆開我的手。「你幾乎無法呼吸。他們以為你會死。老天，我真的害怕極了。」

「我的胸口很痛。」我沙啞道。

「盡量別說話，你的肺部還沒完全恢復。我說話，你聽就好。」

「好。」

「醫生們不確定……你能否在大腦功能完好無損的狀況下醒來。他們說我需要做好最壞打算。可是艾莉希雅說，掃描顯示你的大腦活動一直很強烈。事實上，她說你的腦部活動非常激烈，彷彿你的大腦有著某種瘋狂經歷。她確信你會沒事的，她說羅斯科正在某處保佑你。」

我微笑，沒說話。我之所以微笑，一方面是感恩，慶幸自己活了下來，有卡莉在我身邊；我雖然差點溺斃，但我的意識和運動能力都依然完好。另一個原因，是羅斯科在保護我。

我再次見到了他，這就是一項恩賜。我經歷過的一切都是恩賜。

護理師們說這是奇蹟。他們不會輕易說出這種詞彙。我在河裡缺氧將近四分鐘，腦部瀕臨永久損傷。我醒來後，日間護理師進來問我問題，測試我的認知程度。你叫什麼名字？現在是哪一年？你在哪個城市？看來我通過了測驗。

然而，她對我問她的某個問題感到困惑。

「《夜遊者》在哪裡？」

我問了幾次，所以她向卡莉求助。我的妻子納悶地看了我一眼，但還是回答了問題。「它一直在藝術博物館。這當然要感謝艾德加。他有來看你幾次。他每次來這裡的時候，都會跟你說起那個故事。」

這就是我需要聽到的。我的世界一切都很好。這讓我能夠安睡。

我又休息了整整一天後，卡莉問我：「你還記得河裡發生什麼事嗎？」

我搖頭。我不相信自己的記憶。

「你想要我告訴你嗎？我們不需要現在說到這件事。我們可以等你精神更好一點再說。」

「拜託妳現在就告訴我。」我輕聲道。

「好。那天，我們度完週末，開車回家。河水漫過公路，我們……我們直接開進水裡。」

「對不起。」

卡莉把手放在我的臉頰上，看著我，眼裡流露強烈的懊悔。「別道歉。該道歉的是我。迪倫，我有很多話要對你說，但讓我先把這件事說完。」

「嗯。」

「車子被淹沒，我們都被困住了，我這輩子從沒這麼害怕過。一棵樹撞進車窗裡，差點砸爛我們的腦袋。你成功脫身，但你想拉我走的時候，車子被河水沖走，你跟我就這樣分開了。」

她用單調的嗓音描述這段經歷，彷彿這件事發生在別人身上。我認為她只有這樣才說得下去。

「我當時一個人，你也是。我在擋風玻璃附近的小氣室裡，空氣即將耗盡。我試著打開車門，但被擋住了。我意識到我會死，我也試著接受。但是……也不知道為什麼，我就是知道你絕對不會丟下我。我知道你會回來找我、救我，我就是知道。我不知道經過了多少時間，大概只有幾秒鐘，但感覺就像永遠。然後你敲打擋風玻璃，讓我知道你在那裡。你不知道用什麼方法鬆開了車子，打開車門，我才得以脫身。我游到水面，爬上河岸。我以為你就在我身後，可是我意識到你沒上來，你還在水底下。感謝上帝，當時附近有人，附近一座農場的男子目睹了這起事故，而且已經報了警。我能聽見警笛。我朝他尖叫說你還在水底下、你一定被困住了。所以他跳進水裡救你。他在車旁邊找到了你，發現安全帶纏住你的腳踝。他有帶小刀，所以幫你割斷了安全帶，但他救你上岸的時候，你已經沒了呼吸。救護車抵達了現場，但我從救護人員的臉上看得出來，他們認為你不會活下來。」

我把她的手湊到我脣前親吻。「救了我的那個農夫，他是什麼模樣？」

「模樣？」

「他長得像不像我？」

她臉上露出好奇的笑容。這是個怪問題。「有點吧。你會見到他。等你恢復體力後，我們就開車去那裡，一起向他道謝。他的名字是哈維・布辛。」

我發出笑聲而咳嗽。

「什麼好笑？」卡莉問我。

「人生。命運。上帝。」

她還握著我的手。我們靜靜坐著，恐怖經歷的回音在我們倆身上蕩漾，然後慢慢消退。卡莉張嘴似乎想再說些什麼，但又閉上。她的眼裡充滿淚水，就像大壩決堤，釋放出內疚、慚愧和悔恨。我知道她有何感受，因為我也有同樣感受。

「迪倫，之前發生的——我做的那件——」

我捏她的手。「別說了。」

「我真的對不起你。拜託你，求求你，說你願意原諒我。要不是我這麼愚蠢——」

「別說了。」我重複。

「我愛你。我真的好愛你。你就是我的全世界。我做過的事，我那樣背叛你，我不敢相信那是我。」

「卡莉。」

她閉上嘴，擦擦臉，凌亂金髮懸於臉頰。

「問題不在妳。」我不確定該如何遣詞用字。

「別說話。你不該說話。」

「我非說不可。聽我說。這件事是我的錯。我差點失去妳，就因為我沒辦法放下我的過去。妳我邂逅的那天，妳在我身上看到一些東西，但我一直沒能滿足妳的期望。我這輩子都對整個世界感到憤怒、痛苦和沮喪，而沒珍惜世界給了我的東西，也就是**妳**。總之，那個迪倫死了，我殺了他。我只希望妳我之間還不算晚。」

卡莉又開始哭。「不晚。相信我，不晚。」

「妳嫁給了某個迪倫・莫蘭，」我告訴她：「但我向妳發誓，我已經不一樣了，不再一樣。我不是他。我是不一樣的人。」

當天晚上，卡莉回家洗澡，我睡在病床上。我的睡眠感覺完全無夢，而這正是我想要的。然後我睜開眼睛，不禁嚇一跳，因為一個穿著白色醫師袍的女人低頭看著我，她的白袍底下一身黑衣。

我立刻覺得自己彷彿又跳進《愛麗絲夢遊仙境》的兔子洞。

「莫蘭先生？我是伊芙・布萊爾醫師。」

是她。她完全沒變。她露出我再熟悉不過的神祕微笑。她的眼睛跟我印象中一樣散發誘惑力——

印象？

來自某個夢境嗎？

還是其他世界？

「我知道妳是誰。」我說。

她為之一愣。「你認識我？噢，尊夫人大概有跟你提到，我是在你昏迷期間一直在觀察你的醫生。你讓我們每個人都很擔心。看到你現在氣色這麼好，我安心多了。」

「謝謝妳。」

我一直在她臉上尋找跡象，想確認她**其實知道**我的多重世界經歷。我想聽她承認她依然是把我操弄於股掌之間的魔術師。

但她只是檢查了我的生命徵象。

「我們還需要密切觀察你一段時間，莫蘭先生，但就目前而言，一切看起來都非常樂觀。」

「很好。」

「你可能會出現失憶的問題。」她補充道，彷彿我躺在她在漢考克中心的診所沙發上，在光球雕像上方的二十九樓。

「目前沒有，」我說，然後意有所指地補充一句：「我**什麼都記得**。」

「我很高興聽到這個消息，但你可能還有因為缺氧而造成的副作用。你可能會注意到一些認知方面的阻礙，需要重新學習和復健。我也建議你在出院後考慮接受心理諮商。你經歷的事情不僅對身體造成了重大影響，也可能產生情緒和心理方面的影響。請不要覺得你必須獨自處理這些問題。」

「只要有卡莉在我身邊，我就會沒事的。」

「我明白，但你可能也想接受專業心理諮商。」

我沒吭聲。布萊爾醫師顯得不安，她再次檢查我的脈搏，她的手指很溫暖。她的長指甲輕輕壓在我的皮膚上。然後她彎下腰，用聽診器檢查我的肺部，並要求我盡可能深呼吸。她靠近我時，我聞到一股淡淡的香水味，就像玫瑰，這讓我想起她在白金漢噴泉附近給我的擁抱。

「你的肺部很乾淨，」她說：「好極了。」

「很好。」

「你會不會覺得痛？我可以開藥給你。」

「我什麼也不需要。」

布萊爾醫師站起身，把聽診器從耳朵裡拿出來，看著我，瞇起眼睛。「其實，莫蘭先生，經歷過昏迷的患者常常有著令人不安的經歷。」

「真的嗎？」

「是的。栩栩如生的夢魘很常見。有些患者把它們描述成幻覺或幻想。他們會經歷恐懼和偏執。現實世界的元素能潛入他們的夢中，儘管顯得扭曲，但感覺會非常真實，在患者恢復意識後也會持續一段時間。你有這種經歷嗎？」

「我還在消化我的經歷。」我答覆。

「當然。那麼，我不打擾你休息了。」

她又對我綻放那個怪異的親密微笑，我心想：**妳知道，是不是？**

她走到門口時，我叫住她。「布萊爾醫師？」

「嗯？」

「說出那個字。」

她回到我床邊。「什麼？」

「說出那個字。」

我們互瞪，醫生和患者，魔術師和蠢蛋，傀儡師和傀儡。我期望她不小心說出真相。我以為她會伸出一根手指，要我安靜，然後無聲地邀請我讀她的脣形。

她會用脣形說出那個字，對我拋個媚眼。

無限。

但她沒這麼做，而是盡責地扮演自己的角色。「抱歉，我不明白你的意思，莫蘭先生。」

「沒關係，」我答覆：「謝謝妳的一切幫忙，這是我的真心話。」

「別客氣。」

「妳改變了我的人生，我永遠為此感激，伊芙。」

「這是我的榮幸，迪倫。」

然後她離去了。

至於我？我回到家了。

尾聲

「艾莉還好嗎？」我取笑我的妻子。「妳已經至少已經二十分鐘沒確認了。」

卡莉把手機放回手提包裡，尷尬得臉紅。她已經打了四次電話給她爸媽，確認我們的女兒沒事。艾莉當然好得很。但這是我們在艾莉出生後第一次獨自外出，所以我明白卡莉為什麼緊張。

「噢，嗯，一切都很正常，就跟你說的一樣。說來你可能不信，不過我爸說我媽跪在地上學鴨子呱呱叫來逗她。」

「蘇珊娜？拜託告訴我他有拍下來。」

「他有，正在傳來我的手機。其實，我開始覺得，我大概因為給他們生下了外孫女而能夠順利退出房地產這一行。」

突如其來的既視感令我微笑。「妳會想念房地產嗎？」

「不會。你呢？」

「酒店業？完全不會。我喜歡非營利組織。好吧，看到薪水數字的時候例外。」

「我們過得已經很好了。」卡莉說。

我們站在湖邊，她把手伸進我手裡。這是一個晴朗的七月傍晚，白晝的藍天開始讓位給黑夜，只有極少數幾顆星星比城市燈光更耀眼。我們在湖岸被人群包圍。其他夫婦手牽手走路，孩子們尖叫，慢跑者們沿著水岸人行道奔跑。格蘭特公園的樂隊發出的搖滾樂曲從我們身後傳來。空氣中混雜著波蘭、墨西哥、希臘、燒烤和上百種民族食物的香氣。芝加哥美食節正在如火如荼地進行，成千上萬人在週六晚上擠進市中心。我們來這裡參加盛宴。

也為了紀念。

「兩年了，」卡莉看得出來我們正在想著同一件事。「兩年前的今晚，我們差點溺死在那條河裡。」

雖然空氣溫暖，但她還是因為想起被困在水底而顫抖。我抬起她的下巴，親吻她柔軟的嘴唇。「可是我們沒死。」

「的確。」

「妳想聽實話嗎？就算可以，我並不想改變那件事。那個晚上讓一切變得更好。」

「我知道。」

「看看我現在的樣子，」我微笑道：「我太太是河濱公園的桂冠詩人。」

卡莉翻白眼。「我只是出了一本書，要是能賺個五百塊錢就該偷笑了。」

「錢不重要。我還是為妳感到無比自豪。」

她開玩笑地把我推開，但我知道她很高興。我們在她懷孕期間，還有艾莉出生後，度過了許多不眠之夜，卡莉有時候會坐在火爐旁低聲吟詩，用手機錄音。她說她不知道這些詩詞是從哪來的，感覺就像從別人的腦海裡跳進她的腦海。令她驚訝的是，她讓父親讀這些詩的時候，他讚譽有加。他把詩寄給了他的出版社，也深獲好評。

我一點也不驚訝。

卡莉沉浸於公園裡的氣氛，她依然充滿一些被壓抑的能量。我們已經在這裡待了幾個小時，散步、接吻、交談、品嘗美食，但卡莉想好好利用這一晚的自由。她爸媽會照顧艾莉到早上，所以這是我跟她再次談戀愛的時光。

她窺探我們周圍的人，開心得容光煥發。這向來是她的天賦之一，她能以他人的幸福為榮。長椅上的老婦人，頭靠在丈夫的肩上。兩個十歲孩子在草地上把足球踢來踢去。一名街頭藝人拋甩保齡球瓶來賺取小費。一名穿著紫色運動胸罩的女人朝我們慢跑而來，戴著耳機聽音樂。

不一樣的人，一樣的幸福。

我的幸福則是看到我妻子臉上的光芒。她抱著我們的女兒時，我看到這道光，還有她晚上躺在我身旁的時候。每當我照鏡子，也在自己的眼睛裡看到同樣的光。這對我來說是個新體驗。

平靜。

「想不想跟我一起去跳舞？」卡莉提議。

「只要是跟妳在一起，我什麼都想做。我們該去哪？」

卡莉一直看著公園裡來來往往的人，掃視一張張臉龐。「間諜酒吧怎麼樣？我們可以假裝自己還年輕又時髦。」

「間諜酒吧。」我喃喃自語，口氣陰暗。

我看著遠處的湖水，水面反射燈光，我試著吞下片刻的焦慮。卡莉太專注於觀察旁人，沒注意到我的遲疑。雖然我已經很少花時間思索我那些昏迷夢境，但一聽見間諜酒吧這幾個字，我就回到那個晚上，音樂震耳欲聾，我美麗的妻子在我懷裡失血而亡。

有些回憶就是難以甩開，有些回憶就是終身相伴。我不得不提醒自己：那個夢雖然栩栩如生，但那一刻未曾成真。它只是一個在我腦海中上演的幻想，在我躺在醫院病床上的時候。

「沒問題，」我回話：「就去間諜酒吧。我們走。」

卡莉沒吭聲，只是盯著一名從我們身旁草地慢跑而過的金髮女子。這名女子穩穩地跑向格蘭特公園的明亮舞臺燈光，逐漸遠去。她穿梭於陰暗處時，我只看到她的背影。

「卡莉？妳還好嗎？」

我的妻子從恍惚狀態中回過神，給我一個燦爛微笑。「我沒事。」

「發生什麼事了嗎？」

「不，沒事，只是覺得有點怪。」

「怎麼了？」

卡莉聳個肩，再次轉頭望去，瞥向那名穿著紫色運動胸罩的慢跑者，那人幾乎消失於我們的視野，成了芝加哥之夜的數百名跑者中的一個。

「那邊那個女人，」她說：「從我們身旁跑過的那個金髮女子。說來也怪，她經過的時候，我清楚地看到她，而且我發誓，她長得跟我一模一樣。」

作者鳴謝

我這輩子出版了二十多部驚悚小說，但《無限人生》是我訴說過的故事中最不尋常的。希望您很享受跟著迪倫・莫蘭一起踏上這趟不可思議的旅程。

一九七〇年代，我還是個少年的時候，最喜歡的小說之一，是英國作家約翰・福爾斯所著的《巫術師》（The Magus）。這個故事描述一名教師來到一座希臘島嶼上，進入了一名神祕的「巫術師」的莊園，陷入了充滿情慾氣氛的超現實謎團。我讀過那本書後，就一直想寫一部突破現實界限的驚悚作品，就像福爾斯的文學小說，而《無限人生》就是我的成果。福爾斯已於二〇〇五年離世，但我還是感謝他激勵了小時候的我夢想成為作家。

我也感謝我的經紀人黛博拉・史奈德，還有我在 Thomas & Mercer 的編輯潔西卡・翠柏・威爾斯的支持，這兩位從一開始就看出這個構想的潛力。她們對這本書抱有的興奮和熱忱，大大地幫助我實現了我的願景。我也感謝夏洛特・赫希在編輯方面提供的豐碩成果，感謝瑞克斯・波諾梅利製作的神奇封面，也感謝葛瑞絲・道爾、莎拉・肖爾、蘿拉・巴瑞特、蘇珊・斯托克，以及 Thomas & Mercer 團隊的每一位讓這本書得以成真。

我的老讀者都知道，我的妻子瑪西亞是我每部新小說的第一個讀者。她就是我的編輯、測試人、心理學專家和校對者；在我把一本書的稿子交給出版社之前，她的見解和反饋讓每本書變得更好。我的另一個重要讀者，是神奇的安・蘇利文。她和瑪西亞一起挑戰我，以確保頁面上的文字有傳達我的想法。

當然，我也要大大感謝我所有的讀者，感謝你們陪伴我超過了十五年。有任何反饋意見，請寄至：brian@bfreemanbooks.com。您也可以上我的臉書粉絲專頁 facebook.com/bfreemanfans 幫我按個讚，或是在推特或 Instagram 上透過 #bfreemanbooks 這個標籤來追蹤我。想瞭解我生活中有趣的一面，也可以上 facebook.com/theauthorswife 幫瑪西亞按讚。

如果您很喜歡這本《無限人生》，請務必看看我其他的驚悚作品。請造訪網頁 bfreemanbooks.com 來訂閱我的電子信，獲取讀書俱樂部的討論問題，並更瞭解我和我的作品。

最後，我希望您能在 Amazon、Goodreads、Audible 和其他書籍愛好者的網站上發表您的評論，並將我的作品介紹給您的親朋好友。出版業依然是靠讀者們口耳相傳！謝謝！

逆思流

無限人生

（原名：Infinite）

著者／布萊恩．弗利曼（Brian Freeman）
譯者／甘鎮隴
企劃宣傳／楊玉如、施語宸、洪國瑋
執行長／陳君平
榮譽發行人／黃鎮隆
美術總監／沙雲佩
國際版權／黃令歡、梁名儀
協理／洪琇菁
美術編輯／李政儀
文字校對／施亞蒨
總編輯／呂尚燁
主編／劉銘廷
內文排版／謝青秀

出版／城邦文化事業股份有限公司 尖端出版
台北市中山區民生東路二段一四一號十樓
電話：（〇二）二五〇〇—七六〇〇
傳真：（〇二）二五〇〇—二六八三
E-mail：7novels@mail2.spp.com.tw

發行／英屬蓋曼群島商家庭傳媒股份有限公司城邦分公司 尖端出版
台北市中山區民生東路二段一四一號十樓
電話：（〇二）二五〇〇—七六〇〇（代表號）
傳真：（〇二）二五〇〇—一九七九

中彰投以北經銷／楨彥有限公司（含宜花東）
電話：（〇二）八九一九—三三六九
傳真：（〇二）八九一四—五五二四

雲嘉以南／智豐圖書有限公司
（嘉義公司）電話：（〇五）二三三—三八五二
傳真：（〇五）二三三—三八六三
（高雄公司）電話：（〇七）三七三—〇〇七九
傳真：（〇七）三七三—〇〇八七

香港經銷／城邦（香港）出版集團有限公司
香港灣仔駱克道一九三號東超商業中心一樓
電話：（八五二）二五〇八—六二三一
傳真：（八五二）二五七八—九三三七
E-mail：hkcite@biznetvigator.com

新馬經銷／城邦（馬新）出版集團 Cite（M）Sdn. Bhd.
E-mail：cite@cite.com.my

法律顧問／王子文律師 元禾法律事務所
台北市羅斯福路三段三十七號十五樓

二〇二二年六月一版一刷

Infinite
by Brian Freeman

■中文版■

郵購注意事項：
1.填妥劃撥單資料：帳號：50003021戶名：英屬蓋曼群島商家庭傳媒(股)公司城邦分公司。2.通信欄內註明訂購書名與冊數。3.劃撥金額低於500元，請加附掛號郵資50元。如劃撥日起 10～14日，仍未收到書時，請洽劃撥組。劃撥專線TEL：(03)312-4212 ・ FAX：(03)322-4621。E-mail：marketing@spp.com.tw

國家圖書館出版品預行編目資料

無限人生 / 布萊恩・弗利曼 (Brian Freeman) 作；甘鎮隴譯. -- 1 版. -- [臺北市]：城邦文化事業股份有限公司尖端出版：英屬蓋曼群島商家庭傳媒股份有限公司城邦分公司發行, 2022.06
面；　公分
譯自：**Infinite.**
ISBN 978-626-316-934-0（平裝）

874.57　　111006366